JN247720

魂手形

宮部みゆき

三島屋変調百物語七之続

TAMA
TEGATA
MIYABE MIYUKI

角川書店

魂手形

装画・本文挿絵　三好愛
ブックデザイン　アルビレオ

目次

序

江戸は神田三島町《かんだみしまちょう》にある袋物屋の三島屋《みしまや》は、風変わりな百物語をしていることで知られている。人びとが一夜一間に集って順繰りに怪談を披露するのではなく、語り手一人に聞き手も一人、一度にひとつの話を語ってもらって聞きとって、その話はけっして外には漏らさず、

「語って語り捨て、聞いて聞き捨て」

これが三島屋の変わり百物語の趣向である。

三年余り前、彼岸花の咲く季節に、主人・伊兵衛《いへえ》が招いた来客の身の上語りが振り出しとなったこの変わり百物語は、最初の聞き手を務めた姪《めい》のおちかが近所の貸本屋へ嫁いだあと、次男坊の富次郎《とみじろう》が引き継いでいる。いささかの遊び心と絵心がある富次郎は、語り手の話を聞き終えると、それをもとに墨絵を描き、〈あやかし草紙〉と名付けた桐の箱に封じ込めて、聞き捨てとする。

若いうちは買ってでもするべき苦労をしにいった奉公先で思いがけず大怪我を負い、生家へ帰

ってきて、療養がてらのぶらぶら暮らし。変わり百物語の聞き手としても新米の富次郎には、怪談語りが呼び込む怪異から三島屋を守る禍祓《まがはら》いの力を持つお勝《かつ》、富次郎を子供のころから世話してきた古参のおしま、この二人の女中が強い味方だ。

人は語りたがる。嘘《うそ》も真実《まこと》も、善きことも悪しきことも。

気さくで気が良く、旨《うま》いものが大好きで、今の気楽な身の上に、自ら「小旦那《こだんな》」と称して剽《ひょう》げてみせる富次郎。しかし、変わり百物語に臨むときはいつも真剣勝負だ。そんな聞き手の待つ三島屋に、今日もまた一人、新たな語り手が訪れる。

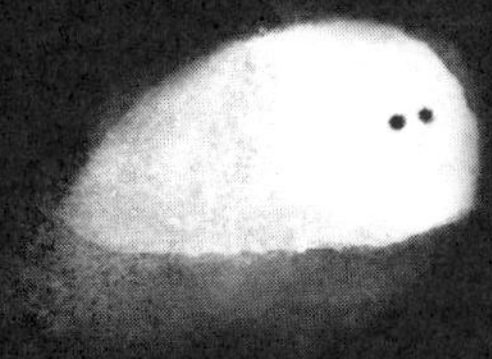

第一話
火焔太鼓

水無月《みなづき》の朔日《ついたち》、鐵砲洲《てつぽうず》稲荷《いなり》へ富士《ふじ》参りに行く母・お民《たみ》のお供をした富次郎は、本物の霊峰富士の溶岩を使ってこしらえたという高さ十一間（約二十メートル）もあるお参り用の富士山のそばで、懐かしい「師匠」とばったり会った。花山蟷螂《はなやまとうろう》という絵師である。

背が高く手足が長く、痩《や》せぎすで顎《あご》がとんがっており、ちょっと飛び出し気味の目玉ばかりがぎょろりとしている。そんな見てくれが雅号の由来だというこのかまきり絵師は、人柄は優しくて教え上手だった。

富次郎は十五の歳に、「他所《よそ》の釜《かま》の飯を食って来い」という父・伊兵衛の言いつけに従って、新橋尾張町《しんばしおわりちょう》の木綿問屋〈恵比寿屋《えびすや》〉に住み込みの奉公に出た。先様では富次郎を三島屋からの預かりものとして丁寧に遇し、木綿問屋の商いを一から教えてくれたのだが、それに加えてもう一つ、富次郎に学びの機会を与えてくれた。それが絵を描くことである。

恵比寿屋の主人は、外に女をつくって子を産ませ、その子をお店《たな》に入れて奉公人として追い使うという酷《ひど》い一面のある人だったけれど、気の多い趣味人でもあった。謡いに三味線、鼓などの芸事はもちろん、朝顔を育ててみたり、メジロを飼ってみたりといろいろやっていたが、そのなかの一つに絵を描くことがあり、その師匠が花山蟷螂だったのだ。

蟷螂師匠はしばしば恵比寿屋に通ってきて、奥の一間で絵描きのいろはを主人に教えた。当時の富次郎は奉公を始めて半年足らずで番頭格になり、何かと主人のそばについていることが多かったので、自然と蟷螂師匠とも顔馴染《かおなじ》みになった。あるとき、実は自分も子供のころから絵が好きなのだが、きちんと習ったことはないと話してみると、師匠の方から恵比寿屋に掛け合ってくれて、富次郎も主人と一緒に習えることになった。

絵師がそんな計らいをしてくれたのは（もちろん富次郎がただの奉公人ではないことを知った上ではあるが）、恵比寿屋の主人がむら気な上、素人のくせに絵の鑑識眼があることを吹聴《ふいちょう》するので、教えがいがなくってつまらなかったからだと、あとで本人がこっそり教えてくれた。

富次郎の絵心は生まれついてのものらしく、最初から筋がよかった。振り売りから三島屋を興した伊兵衛にもお民にも、美しいものを見る目はあるわけだから、その血筋の力なのかもしれない。

恵比寿屋の主人が次の習い事に気を移すまで、二年ほどのあいだ、蟷螂師匠は熱心に教えてくれたし、富次郎はよき弟子であった。そのように親しくなってからわかったのだが、蟷螂も小さな商家の生まれだった。どうしても絵を描きたくて、十二のときに家を飛び出し、小石川《こいしかわ》の御家人で絵師でもあった花山松治郎《しょうじろう》（雅号は美松《びしょう》）に弟子入りして、下働きしながら絵を習ったのだそうだから、富次郎に少し似たものを感じてくれたのだろう。

当時は三十代半ば、今は四十路《よそじ》を越した花山蟷螂は、富士参りの場で再会してみれば、鬢《びん》に白いものがちらちらとまじり、洒落《しゃれ》た刺繍《ししゅう》の花紋付きの黒羽織をさらりと着こなしていた。

二人で再会を喜び合った。絵師は富次郎が恵比寿屋から三島屋へ帰ったことを知っており、今も絵を描いているかと問うてくれた。

「ほんの手慰みでございますが」

変わり百物語の聞き捨てのためだとは言えず、そう答えた富次郎に、花山蟷螂は連れの男を紹介してくれた。日本橋通町《にほんばしとおりちょう》四丁目にある筆墨硯《ひつぼくけん》問屋「勝文堂《しょうぶんどう》」の手代頭で、名前は活一《かついち》。歳は蟷螂と富次郎のあいだくらいだろう。空豆に目鼻をつけたような顔で、にこにこと愛想がいい。

「私は筆や墨ばかりか、画材はみんな活一さんに頼っているんですよ。この人だけの伝手《つて》を持っていて、いいものを安く仕入れてくれるから、ぜひ便利にお使いなさい」

活一も「どうぞよろしくごひいきに願います」と言ってくれたので、富次郎も「こちらこそ」と愛想を返しておいた。

帰り道、厄除《やくよ》けの麦わら蛇をぶらぶらさせながら、お民に絵師との縁を話して聞か

せると、この働き者のおっかさんは素朴に驚いた。

「あんたはそんなに絵が好きだったのかえ」

「いいえ、下手の横好きですよ。蟷螂さんのあとは、これという師匠についたわけじゃありません」

「近ごろも、ときどきうんうん唸《うな》りながら何か描いておいでだよね」

「はあ」

「道具や画材はどうしておいでなんだ。お愛想じゃなく、さっきの勝文堂さんにいろいろ頼んだらいいんじゃないの」

「本物の絵師が使う画材なんぞ、わたしにはもったいないですよ、おっかさん」

花山蟷螂はかつても名のある絵師ではなかったし、今もそうなのだろう。だが、好きな絵を描いて、そこそこ良い暮らしをしているように見えた。富次郎とは居場所が違う。

ところが、それから数日後、

「近くまで届け物に参りましたので、ご挨拶《あいさつ》だけでもと思いまして」

と、活一が三島屋を訪れた。

富次郎は慌ててしまった。出商いの商人には縁先で会えば充分なのだが、客間に通して丁重にしたのは、やっぱり元師匠の顔を思い浮かべたからである。

富次郎は正直に、今の自分の「手慰み」は本当にそこらの半紙に墨絵を描くことで、子供が板塀にいたずら書きをするのと大差ないと話した。活一は嫌味のない商売人で、富次郎の汗顔をやわらかく受け流した。

「お騒がせしてあいすみません。ただ、富士参りでお目にかかったあと、蟷螂師匠がたいそう嬉《うれ》しそうに富次郎さんの話をなさいましてな」

――私が教えたときにはまだ小僧の面影が残っているような年頃だったが、あの人には独特の才があった。これまで出会った弟子のなかでは、いちばん光るものがあった。

――今も描いているなら幸いだと思ったが、三島屋さんほどのお店の倅《せがれ》が、それを放り出して絵の道に進めるわけもあるまい。つくづく惜しい。きちんとした師匠について腕を磨けば、花を咲かせる才だと思うのに。

これを聞いて、富次郎は耳が熱くなった。花山蟷螂が本当にそこまで言ってくれたかどうかは怪しい。活一が話を盛って、勝文堂の商売に繋《つな》がればいいと恃《たの》んでいると踏んだ方が正しかろう。それでも嬉しかった。自分には光るものがあったのか。二年ばかりの師匠と弟子でも、今も覚えていてもらえるほどに。

活一が引き揚げていったあと、しばらく客間でぼうっとしていた。

今の富次郎が描く絵は、変わり百物語の聞き手としてのものである。もとより永くとっておくものではなく、〈あやかし草紙〉の桐箱のなかで、自然に古びて薄れて消えてしまうことをこそ望んで描いている。

――そうじゃなくて、ホントに本物の絵を描いてみたらどうなるだろう。

それ以前に、描けるだろうか、自分に。

――きちんとした師匠について腕を磨けば。

考えてみたこともなかった。

長男である兄の伊一郎《いいちろう》がいるのだから、この先、富次郎が両親の商いを継ぐにしても、それは暖簾《のれん》分けの形になる。伊一郎が受け継ぐこの三島屋を助けつつ、競い合えるような分店を立てられるならば、それ以上の親孝行はあるまい。

今はまだ、かつての富次郎と同じように「他所の釜の飯を食って修業中」の伊一郎だって、遠からずうちに帰ってくるのだから、今後のことはそのとき相談すればいいのだと思っていた。今のぶらぶら暮らしは、それまでの楽しい幕間《まくあい》だ。ほかの人生を選ぶなんて、頭の隅をかすめたこともない。

富次郎は二十二歳、次の正月が来れば二十三歳になる。父・伊兵衛が母・お民をめとった歳だ。夜なべで袋物をこしらえては、日中は振り売りに励む暮らしのなかで、いつか二人でお店を持とうと誓った歳だ。

これからまるっきり違う道へ進むなんて。商人ではなく、絵師になるなんて。

――遅すぎるよな。

呟《つぶや》いて、独りでふっと笑いをもらした。

「合歓《ねむ》の花は、昼間はうつらうつらしておりますわね」

黒白《こくびやく》の間の床の間に、お勝が合歓の花を活《い》けている。薄暮に花を開く合歓は、昼前の今は確かに半開きである。

「小暑のころがいちばんの見頃でございますから、今はまだつぼみも若うございます。今日お見えになるお客様がお若い方でしたら、ちょうど釣り合いますが」

百物語に次の語り手を迎えることになり、支度をしているところである。人選びは口入屋《くちいれや》の灯《とう》庵《あん》老人に任せているので（おちかが聞き手をしているころには、飛び入りもあったそうだが）、いざ語り手と顔を合わせるまでは、富次郎はその人物風体を知らない。しかし、勘のいいお勝がそんなことを言うのだから、本日の客人は若者なんじゃないか。

掛け軸に真っ白な半紙を吊《つる》すとき、勝文堂の活一とのやりとりが頭をよぎった。麻紙や鳥の子紙や絹地に、顔料や岩絵の具を用いて美しい色合いの絵を描く——それは趣味として楽しいだろうけれど、語り手の話を聞き捨てにするためにしては、ちょっと贅沢《ぜいたく》に過ぎるように思うのだ。

これまでに、墨絵ではなく、色も差せたらいいなと思う折がなかったわけではない。蟷螂師匠の下で習っていたころに使っていた水干《すいひ》絵の具ならば安価なので、試してみようかと思ったこともある。

しかし、〈あやかし草紙〉の絵は、やっぱり白地に黒い線だけであるのがふさわしいのだと思い直した。語り手の話は、そっくり全て過去のことだ。今、この世で起きていることと同じように色鮮やかではない方がいい。

一度、何気なくそんなことをお勝に話したら、こう返された。

——そのようにお考えになるということからして、小旦那様は絵師の心をお持ちなのだと、わたくしは思います。

　悪い気はしなかった富次郎である。

　本日供する茶菓子には、上品な練り切りを用意してある。旬のない菓子だが、富次郎ひいきのこの菓子屋のものは、夏場は水鳥の形になっており、目にも涼しい。香ばしい麦湯とよく合うはずである。

　さて、約定の昼間の八ツ（午後二時）に、おしまの案内で黒白の間に通ってきた語り手は、長身で筋骨たくましい侍であった。

　歳はいくつぐらいか。三十路《みそじ》には達してなかろうが、富次郎よりは年上に違いない。だから「若者じゃないか」という読みは外れた。しかし、若々しく清々《すがすが》しい人だ。身体に清冽《せいれつ》な気が漲《みなぎ》っている。目尻《めじり》がきりりと上がり気味で、鼻が高く、口元は引き締まっている。やや面長で、額が秀でているので釣り合いがよく、つまりは、

　——美丈夫とはこういうお方のことよ。

　髷《まげ》は細く、刷毛《はけ》先が小ぶりの銀杏《いちょう》の葉のように少し開いている。これが武士の結う銀杏髷の特徴だ。ほのかに薫る髪油。薩摩《さつま》の紺がすり上布を着ているが、これは略式ながらも夏の外出着である。平織りの角帯に、さすがに羽織はなしの着流しだが、白足袋《しろたび》がすがすがしい。

　三島屋にはおそらく徒歩で来たのだろうから、この出《い》で立ちに網代笠《あじろがさ》をかぶっていたのだろう。その姿も見てみたかった。

　語り手が武士であっても慌てぬよう、黒白の間には黒漆塗りの刀置きを備えてある。が、この

客人は両刀を外すと傍らに置いた。無駄のない、無造作にも見える所作。袖口《そでぐち》からちらりと覗《のぞ》いた腕の、がっちりした肉付き。

――剣術の腕も立ちそうだ。

おしまがしずしずと盆を捧《ささ》げてやってきて、麦湯と練り切りを並べる。いったん次の間に引き返し、今度はお代わりの麦湯を満たした大きな土瓶を載せた盆を、富次郎のそばに置いてゆく。その手つきを見るに、おしまはいくらか上がっているらしい。

富次郎も同じ心地だった。この語り手に対して粗相があってはならない。武士の怒りが怖いからではなく、恥ずかしいのだ。

おしまが無事に下がり、次の間との仕切りの唐紙が閉まる。呼吸を計って、富次郎は丁重に畳に指をつき、挨拶を始めた。

「ようこそ三島屋の変わり百物語においでくださいました。手前は聞き手を務めます当家の倅、名を富次郎と申します」

こうして向き合うと、上座の美丈夫殿も、ちょっぴり肩がいかっている。頬が上気しているのは、この方も緊張しているからだ。それに気づくと少しだけ気がほぐれ、滑らかに口上を続けることができた。

「まず、手前が先んじてまくしたてるご無礼をお許しください。と申しますのは、この変わり百物語には、お客様のお名前やご身分を明らかにされぬままお話を伺ってもよいという決まりがございますからでして」

相手が町人なら、真っ先にこれを言わなくてもかまわない。しかし、今はいの一番に申し上げておかないと、こちらが落ち着かない。

「これからお話を頂戴《ちょうだい》します上で、ご不便がありましたら、どうぞ仮名《かりな》をお使いください。またお話の内容についても、差し障りのあるところは伏せていただくなり、変えていただくなり、お客様の裁量に全てお任せいたします。お話は、語って語り捨て、聞いて聞き捨て、一から十までこの場限りのことでございます。どうぞお心を安らかに語っていただけますよう、あらかじめお願い申し上げる次第でございます」

富次郎がもう一度平伏すると、美丈夫殿は、形のいい（ほんの少しいかつい感じがなおさら好ましい）顎を引いて、軽くうなずいた。

「こちらのしきたりの委細は口入屋から聞き置き、心得ております」

丁寧語である。身分を脇に置き、語り手としてここにいると示しているのだ。おまけに、声もよかった。この顔から出てくるならこの声だよ、という声音。

およそ男と生まれつくなら、こういう漢《おとこ》に生まれたい——と思うよりも、描きたいなあと思ってしまうのは、やっぱり蟷螂師匠との再会があったからだろう。富次郎の絵心が浮ついて騒いでいる。

「みどもは、江戸市中の人びとが浅黄裏《あさぎうら》と笑うという勤番者でござる」

白い歯を見せて、美丈夫殿は笑った。

「殿の出府に付き従い、江戸に上るのはこれで三度目でござるが、裾《すそ》を払えば土の匂いのたつ田舎者。ただ国許《くにもと》の出来事を、国許では語れぬ故に、こちらの珍しい趣向の場で吐き出したく、今日の機会を得たものでござる。何卒《なにとぞ》よしなにお願い申し上げる」

富次郎はもう惚《ほ》れ惚《ぼ》れとしてしまって、ああ描きたい、この方の肖像を描きたい、立ち姿も、馬上の姿もよかろうなんて思って、驚きはあとから追っかけてきた。

え？　勤番武士？　お国訛《なま》りがなさ過ぎる。野暮ったい浅黄裏なんてとんでもない、この方にそんなふざけた言葉をぶつけたら、罰が当たる。

「お、お、お」

畏《おそ》れ入りますとつっかえながら申し上げて、額に汗が浮く。背筋にもつうっと汗が走る。

富次郎ののぼせぶりを、素直に受け取ってくれたのだろう。美丈夫殿はまた爽《さわ》やかな笑みを浮かべた。いかっていた肩もゆるんだ。

「こちらの店先には、五年ほど前に初めての勤番を終えて帰国する際に、土産物を探しに参ったことがござる。評判以上に、どの品もきらびやかで垢抜《あか》けており、目が迷うばかりで、結局何も買わぬまま、這々《ほうほう》の体《てい》で逃げ帰ってしまったのですが」

その謙譲な口調、言葉の選び方、富次郎に向ける表情。全てが一定の教養に裏打ちされている。

富次郎は深く感動した。この方の故郷、主君の領地がどこにあるにせよ、そこがどんな辺鄙《へんぴ》な場所であろうとも、けっして「田舎」と貶《おとし》められる場所ではない。

「お客様のお心を乱すばかりで、お気に召す品物を揃えておけなかったのは、手前どもの手抜かりでございます」

三島屋ばかりか、袋物屋ぜんたいを背負うつもりで、富次郎は頭を下げた。

「もしや、そのとき限りで、袋物屋にはすっかり懲りてしまわれましたか」

美丈夫殿は、いいえ――と軽く手をあげ、そのままその指先で秀でた額をかいた。

「空手で帰国しては、江戸土産を心待ちにしている母にも妹にも泣かれます。日を改め、藩邸詰めの朋輩《ほうばい》に頼んで同道してもらいました。そうして選んだ品物のなかにこちらで買い求めた懐紙入れがあり、妹が今も大切に使っております」

おお！　よかった。

「たいへん光栄なことでございます。お買い上げありがとうございました」

この方には母上と妹御がいらっしゃる。奥方はまだもらっていないのかな。いや、初出府・初帰国のころは独り身だったけれど、今は妻帯しているのかもしれない。だったら此度《こたび》の出府からの帰国の際には、ぜひうちのとびっきりの品物を奥様のお土産にしていただきたいものだ。

聞き手をしているのか売り子をしているのかわからなくなってきた富次郎は、やっぱり興奮しているのである。

幸い、美丈夫殿が先に麦湯に口をつけてくれたので、富次郎も喉《のど》を湿した。今日はふと気が向いて、麦湯の器にとっておきの白磁を使わせてもらったのだが、それでよかった。今、目の前の美丈夫殿の厚みのある手のなかにすっぽりと収まっている華奢《きやしや》な白磁の湯飲みは、涼やかな夏の花のようだ。

富次郎の考えが伝わったのか、美丈夫殿は手にした白磁に目を落とし、しげしげと見回した。

それから言った。

「このように美しく儚《はかな》げな風情のものとは比べようのない無骨なものですが、みどもの国許でも焼き物が盛んに作られております」

名高い窯元《かまもと》のある場所は限られているから、迂《う》闊《かつ》に問い返すと、美丈夫殿のお国を言い当ててしまう。富次郎は口をつぐんでうなずいていた。

「但し、名産物ではござらん」

美丈夫殿も、すぐに断りを入れてきた。

「はるばる江戸市中にまで流通するほどの焼き物ではないのです。みどもの国許と、せいぜいそのまわりの国々の日々の暮らしのなかで使われ、脆《もろ》く壊れ、また新しいものが使われては壊れる。さすがに素焼きでは不便だから釉薬《ゆうやく》ぐらいはかけておこうというほどの、工芸品とも呼べぬ代物でござる」

ずいぶんとへりくだっている。

「その、焼き物に」

富次郎は慎重に、ゆっくりと問うた。

「呼び名はついておりましょうか」

瀬戸《せと》焼、備前《びぜん》焼、有田《ありた》焼、砥部《とべ》焼——そういうのとは違うのだとしても、名称はあるだろう。

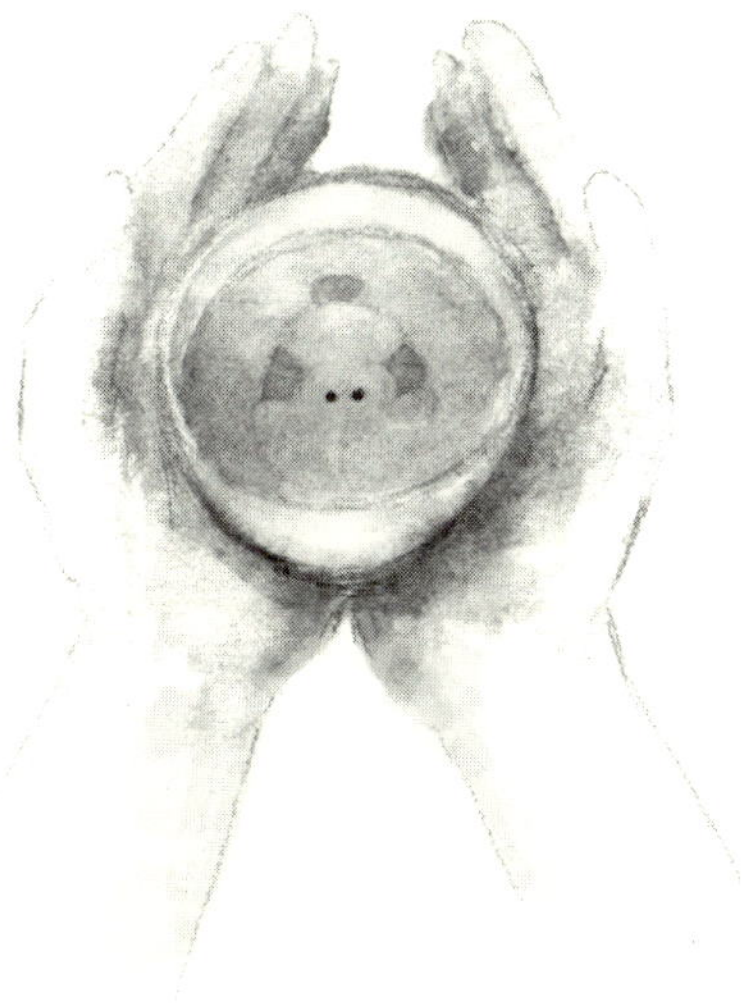

果たして、美丈夫殿は詰まった。

「ある――のですが」

それを聞いてしまうと、美丈夫殿の名前やお国の見当がついてしまう。

「では仮名をつけましょう。先ほど手前が申し上げましたのは、こういう場合のことなのです」

「なるほど。どうするかな」

思案する美丈夫殿の眼差《まなざ》しは真剣だ。

「こうした事柄は、いざ偽ろうとすると、難しいものでござるな」

「偽るというほど厳《いか》めしいことではございません」

それでも美丈夫殿が考え込んでいるので、こちらから「三島焼でいかがでしょうか」と言おうとした寸前、その口元がやわらぎ、目元が笑みに緩んだ。

「では、〈かじ焼き〉でお願いしよう。〈かじ〉には加持の二文字をあてます。この焼き物を始めたところが、加持《かじ》村と申すので」

もちろん、それで富次郎には何の障りも不満もないが、不思議だった。なぜ、この仮名を思いついて微笑んだのだろう。秘密や皮肉の苦みの混じらぬ、思い出し笑いみたいな素直な笑みだった。

「みどもは――ああ、これも重苦しい」

美丈夫殿は進んで打ち消すように言って、かぶりを振った。

「ここからは、〈私〉で通しましょう。この話はもう二十年も昔、私が十歳の洟《はな》たれ小僧であったところの出来事でござる。国許では語れぬというのは、この話が我が家中のごく限られた者どものあいだだけの秘事であるからですが」

「秘事」という強い言葉の響きを確かめるように、そこでいったん言葉を切ったが、得心がいったのか吹っ切れたのか、すぐとこう続けた。

「左様、秘事ではござるが、今の私自身は、家柄の上でも家臣としての役務の上でも、この秘事を守るべき立場にはない。そのような秘事があったことさえ忘れた顔をして過ごしております」

だから全ては思い出話だ、と言う。

「私がかつて見聞きしたこと、出会ったものが、今もあのとおりであるかどうかはわからぬ。それを今さら誰かに問うて確かめることもかなわぬ。そういう類《たぐ》いの話でござる」

あいわかりましたと、富次郎は応じた。

「手前どもの百物語は、まさにお客様の思い出話のようなお話のための場でございます。どうぞ、どこからでも存分にお語りください」

「かたじけない」

また顎を引き、美丈夫殿はつと瞼《まぶた》を閉じた。心を静め、あらためて富次郎の顔を見る。

「私は中村新之助《なかむらしんのすけ》と申します。ただ、これから語る出来事があった当時は、元服前の幼名で小新《こしん》左《ざ》と呼ばれていました」

お話の舞台である小新左の国は大加持藩、お城は大加持城、中村家が仕える主君は大加持風之《かぜの》守加持衛門《かみかじえもん》――と決めて、語りが始まった。

大加持城のある山の高みから、盛夏の風が吹きおろしてくる。小道を下ってゆく小新左の背中を押し、身体にしみついた汗の臭いを浄《きよ》めてくれるような風だ。

峻険《しゅんけん》な山並みの連なるこのあたりの国々では、昔から山城は珍しいものではない。それでも、大加持山の尾根の先端の地形を利用し、営々と人手をかけて道を開き岩を削り、竪堀《たてぼり》を切り、区画分けを行って造りあげられた大加持城は、その入り組んで堅牢《けんろう》な城壁と、本丸天守台の一風変わった屋根飾りが、いつの時代もそれを仰ぐ者の目を奪ってきた。無論、この山城の主《あるじ》に仕える家臣の心も、その壮観に昂《たか》ぶるのだ。

小新左は今年から、午前は山麓《さんろく》に広がる通称・千畳敷町《せんじょうじき》にある藩校で「文」を学び、午後からは七曲道《ななまがりみち》を登った先の三の曲輪《くるわ》を稽古《けいこ》場として「武」の鍛錬にいそしむという充実した日々を過ごしている。今は「武」からの帰り道、大加持藩伝統の短槍《たんそう》を用いた三船《みふね》流槍術の基本を文字通り総身に叩《たた》き込まれ、へたへたにへたれて家路をたどっているところだ。

夏の日は長く、陽ざしもまだ強い。少年は歩きながら胴着の袖で顔を拭《ふ》く。刺し子の胴着は汗を吸い込む前から相当にへたれており、肩に担いだ稽古用の（刃の部分がない）短槍も年季物で、握りの部分の色が変わっている。どちらも亡き父が遺《のこ》してくれたものだから、小新左には宝物だ。

小新左の生家・中村家は、小新左の祖父・父と仕えて今が兄の三代目。家中では、これは新参者である。大加持藩の家臣団は、それほど昔からこの地にいて、強い紐帯《ちゅうたい》で結ばれているのだ。

結束固く戦国の世の荒波を渡りきり、徳川《とくがわ》将軍家の世が到来すると、幸いにもそのまま大加持家がここに所領を認められ、外様《とざま》の小大名となった。なったらなったでこれは難しい立場だが、これまでのところは大きな間違いをせずに過ごしてきた。大加持の家臣団にとっては、地縁は血縁と同じほどに濃く、大切なものである。

小新左の祖父は、近隣の藩の改易で禄《ろく》を失い、農事に明るいことを買われて大加持藩に仕官の口を得た人だった。ところがその一子である父は一転して生来の武芸者で、鍛錬に励み三船流槍術の免許皆伝となって、殿の近習として仕えるようになった。この父が早世したために、小新左の兄・柳之助《りゅうのすけ》は十五で元服するとすぐ家督と役務を継いだ。この嫡子もまた父そっくりの武芸者である。

今年、柳之助は二十一歳、小新左は十歳だ。母も先年亡くなってしまったので、今の中村家は兄と嫂《あによめ》、小新左と用人の山辺八郎兵衛《やまべはちろべえ》（小新左はじいと呼んでいる）が束ねる若党と奉公人たちとの暮らしである。中村家は父の代から近習として取り立てられた分を加禄されているが、家格は低いので、一家の住まう組屋敷は千畳敷町の外れにある。

今、小新左は、腹の虫を盛大にぐうぐうと鳴かせながら、そこへ帰ろうとしているところなのだ。

――よし殿、今日は何を食わせてくださるかなあ。

そう思うだけで口中に唾《つば》がわいてくる。

嫂のよしは、兄より五つ年上である。柳之助が若くして家を継いだので、しっかりした姉さん女房がよかろうということだったのだろう。小新左は幼かったから、当時のことは何も覚えていない。こうした事情は近ごろになって、まわりから切れ切れに聞こえてくる言葉をつなぎ合わせて解するようになった。

よしは大加持藩の旧家・茅野《ちの》家の娘だが、柳之助に嫁いできたときは二十歳《はたち》。それまでまったく縁談がなかったというのだから、家中の娘としては見事な嫁き後《いおく》れである。ただ、よしに会う人はすぐにその理由を納得する。

不器量なのだ。人は陰口で、その容貌《ようぼう》をこう喩《たと》える。河原の石に目鼻をつけたようだ、と。小柄でずんどうな身体の方は、けしからぬことに、しばしば石地蔵に喩えられた。

ちょっと飾ったぐらいではどうしようもない、土台の作りからの不器量。本人はそれを百も承知しており、どこにも縁づかぬまま、いずれは尼になろうと思っていたらしい。

ところが、そこを口説いたのが柳之助の母である。

——我が家には、よし殿のような嫁が必要なのです。

周囲の人びとは大いに驚き、騒いだらしい。

千畳敷町の組屋敷や侍長屋からは、そこの子女らの笑い声、泣き声、叫び、訝《いぶか》り狼狽《うろた》える声が聞こえてきて祭りさながら——いや、むしろ地獄絵図？　とにかく大変だったそうな。

当時の中村柳之助は、十五歳の美少年であり、勇猛果敢な短槍使いであった。彼と共に藩校や道場へ通う朋輩らの憧憬《しょうけい》と羨望《せんぼう》を集め、しかし当人は傲《おご》らず怠らず勤勉で、良き競争相手にも恵まれていた。そんな姿を遠目に見つめる家中の娘たちのあいだでは、柳之助はほとんど天の星であった。誰がそれを射落とせるか、密《ひそ》かに熱い戦いが繰り広げられていたのだった。

それなのに。

河原の石に目鼻をつけたような、茅野家のよしが柳之助の妻になる。それも、彼の母親のたっての希望で。

当人の柳之助がこの縁談をどう受け止めたのか、未《いま》だに謎のままだ。本人が語らないからである。それはよしも同じで、何も語らず、顔にも表さない。

で、今の小新左から見る限り、彼らの夫婦仲は普通に平らかである。赤子も生まれた。愛らしい女の子だ。小新左もときどきおっかなびっくり子守をするが、子供は兄・柳之助によく似ている。

というような事情はあるが、白状すれば、小新左にはそんなのはどうでもいい。小新左にとって大切なのは、

──食いもの！

嫂のよしは賄いに長《た》けている。

大加持藩では、家臣とその家族は、家格を問わず誰もが雑穀飯を食べる。八分づきの玄米が三で、あとの七は麦や稗《ひえ》や粟《あわ》を混ぜたもの。大加持領は陽光にも水利にも恵まれた土地だが、山がちで平野が少ないから、米は贅沢品だ。

この雑穀米の混ぜ方（合わせる案配）と水加減、炊き方にそれぞれ微妙なコツがあり、飯の旨い家と不味《まず》い家とに分かれる。よしはまずこの腕が抜群にいい。さらに、様々な材料を使って飯の嵩《かさ》を増したり、腹持ちがいいようにしてくれる。それがまた旨い。

真夏の今は枝豆飯。塩をたっぷり振って焼いた川魚の身をほぐして混ぜ、刻み葱《ねぎ》を薬味にする魚飯。自然薯《じねんじょ》を擂《す》って出汁《だし》でのばしたとろろ汁をかけるとろろ飯。葱や山菜をたくさん入れた味噌《みそ》汁を冷たくしてかけるぶっかけ飯。

秋になったら茸《きのこ》や栗、芋がふんだんに使えるようになる。冬には寒餅《かんもち》や餅米を混ぜて炊いたり、雑穀飯と平打ちうどんを一緒に煮込むうどん雑炊も旨い。食い盛りの小新左には、どんなに香りがよかろうが、菜っ葉の混ぜものが多くなる春がいちばんつまらない。

よしはお菜をこしらえるのも上手だ。田楽、和《あ》え物、焼き物、煮付け、何でも旨い。ただ小新左は物心ついたときからよしの賄いで育ってきており、他に比べる相手がいないから、

──おまえには、よしの本当の有り難みはわからん。

──よし様の賄いで育ってこられて、小新左様はお幸せじゃ。このじいも、よし様のお手になる旨い物をいただくため、一日でも長く生きましょう。

兄にもじいにも、そんなふうに言われっぱなしである。

登城している兄が帰宅するまでは夕飯にはならないから、稽古あがりで飢えている小新左のために、よしは何かしら間食を用意してくれるだろう。ありきたりな粟餅や黍《きび》団子でも、よしが作ると旨いから不思議だ。

千畳敷町に入ると、道はちょうど扇子の骨のように、山裾から南の平野に向かって延びている。藩校と文庫、重臣らの屋敷が並ぶ東筋ではなく、小新左は職人通りである西筋を歩んで町外れへと向かう。町の真ん中には商家や旅籠《はたご》がみっしりと集まっており、空《す》きっ腹には酷な匂いがした

りするから、避けるが吉だ。

鋳掛け屋や鍛冶屋《かじ》がきんきんと音をたてて仕事に励んでいる傍らを過ぎ、小新左の腹がまた大きくごぉろごぉろと鳴った。この通りを抜ければ組屋敷の入口だ。じきに我が家の冠木門《かぶき》が見えてくる。裏庭の生け垣には合歓の花がたくさんのつぼみをつけており、おっつけ陽が傾いてくれば、あくびをするように悠長に開き始めるだろう。

――それより何より、今は食いものだ。

心のなかで元気よく叫んだところで、どこか彼方《かなた》から腹に応《こた》えるような不可思議な物音が響いてきた。

ぶぉぉぉ～、ぶぉぉぉ～。

夏の風に乗り、いったいどこから聞こえてくるのか。小新左は足をとめ、ぐるりを見回した。道筋の家の戸口からも、腹掛け一つで汗をかいた職人たちやその女房たちが、次々と驚いた顔を覗かせる。

――お城だ。

この場所からでも、急峻な山肌を覆う深い木立のなかをうねうねとよぎる城壁と、その連なりの上に華奢な小舟を浮かべたかのような天守台を望むことができる。

小新左だけではない、ここの家臣や領民たちには見慣れた景色だ。だが、そこからこんな奇妙な物音が聞こえてきたのは初めてである。少なくとも小新左にはそうだし、この町筋の者どもの怪訝《けげん》そうな様子からしても、めったにあることではないと思える。

小新左は走って家に向かった。組屋敷から町へ通じる表通りにも、人びとが出てきていた。みんな、不安そうにおかしな物音の聞こえてくるお城の方を仰いでいる。そのなかに、じいとよしの顔もあった。

「じい！　よし殿！」

呼びかけると、山辺八郎兵衛は、はっとこちらを見た。「おお、小新左様」

よしの方は、なぜかしらひどく険しい面持ちのまま、大加持城の方を仰いだきりである。庭の小さな畑をいじっているところだったのか、両手が土で汚れていた。

「じい、これは何の音だろう」

「小新左様はご存じないか。これは法螺《ほら》の音でござるよ」

八郎兵衛は、まわりにいる組屋敷の妻女や若党、奉公人たちの耳にも入るように、わざと大きな声を出している。

「法螺貝という、じいの頭よりも大きな貝がありましてな。昔は、戦場で侍どもを奮い立たせるため、勇ましく吹き鳴らされるものでございました」

「それくらい私も知っているよ。でも、こんな音がするものだったのだな」

重々しく勇壮でありながら、かすかに不吉さもはらんでいる。

「このような音だからこそ、遠くまで聞こえるのですぞ」

太平の世が来てからは、法螺貝には使い道がなくなった。法螺貝をよく吹き鳴らすことのできる侍も、法螺の係りを置く大名家も減っている。しかし大加持城にはまだその係りがおり、今何かしら理由があってこれを吹き鳴らしているのである。

話しているうちに、法螺貝の音は止《や》んだ。何事もなかったように、あたりには夏の空と風だけが戻ってきた。

「お城で演習をしていたのかもしれませんな」と、じいがまたまわりの皆に聞こえるように言った。「何にせよ、変事を報《しら》せるものではございません。いやはや、思いがけなかったが、耳の宝となる響きじゃった」

不安気だった人びとも、組屋敷の方へ帰り始めた。しかし、よしだけは硬い表情のままその場に佇《たたず》んでいる。

「よし殿、どうかなさいましたか」

凜々《りり》しく問いかけたつもりの小新左だが、声と同時に、これでもかというほど大きく腹が鳴ってしまった。じいが顔中の皺《しわ》を開いて笑い、よしも張り詰めていた糸が切れた。

「お帰りなさい、小新左殿。おやつをこしらえてありますよ」

いつものように優しくにこやかに、働き者らしくきびきびと、よしは言った。そして、他の者たちがいなくなり、中村家の三人だけになったことを確かめてから、つと声を落としてこう続けた。

「先ほどの法螺の音は、お太鼓様に変事があったことを報せるものです」

小新左はきょとんとした。じいは皺顔の奥に引っ込んでいる小さな目をまたたいた。

「山辺様はご存じと思いますが、わたくしの実家《さと》はお太鼓様に仕えておりますので、一朝事有る際にはこの法螺が奏じられることは教えられておりました」

「ははあ、なるほど左様でござるか」

八郎兵衛は半分驚き、半分納得しているというふうである。

「既に中村家に嫁いだ身であるわたくしはともかく……お太鼓様にどのような変事が起きたのかにもよりますが、柳之助様には大事なご下命があるやもしれません。心しておきたいと存じます」

「あいわかりました。この老体もその心構えをしておきましょう」

二人に置いてきぼりにされて、小新左はきょとんとしたままだった。

お太鼓様？


「この先を語る前に、まず我が藩――大加持藩の火消しの仕組みについてお話ししておかねばなりません」

中村美丈夫殿は、麦湯で喉に湿りを加えてから続けた。

「私の国許にも、江戸の町火消しと同じような仕組みがありました。といっても、組として常駐していたのは山上にある大加持城のみでござるが」

富次郎は考えた。江戸市中で「大名火消し」と言えば、市中の火災に対処するため諸大名が抱えている火消しの組のことだが、大名が国許で自身の統べる町のために設けている火消しの組は、その地の町火消しになるわけだよな。

「その火消しの組は、家中の若く勇猛な平士が足軽や中間《ちゅうげん》を従え、町なかからも大工やとび職などを入れて構成していたものです。士分でなくとも一定の手当てが出た上に、この町火消しに選ばれることは非常な名誉でしたから、命がけになると承知した上で、手をあげる者は大勢おりました」

心の持ちようとしては、江戸の町火消しも同じである。火消しは男伊達《おとこだて》の極みであり、その名誉はもっとも尊ばれるものだ。逆に言えば、それほどに火事は恐ろしい。

「山城である大加持城には、毎年冬の少雨の時季と、春先の雷が多いころには、常に山火事の不安がござった」

「ああ、だから火消しを常駐させる必要があったんでございますね」

そちらに重きを置くなら「大加持城の定火消し」と呼ぶ方が正しいかな。

富次郎がそんなことを口に出してみると、中村美丈夫殿はにっこりと笑った。

「いえ、大加持藩のこの火消しには、独特の呼び名がござった」

〈太鼓火消し〉と称したという。

「三の丸に屯所を構えており、山火事があらばここから上へ登り、城下の千畳敷町で火事があらば、大手門を抜け七曲がりを下りて駆けつける」

その三の丸の脇に立つ火の見櫓《やぐら》には、常に太鼓が一つぶら下げてあった。

「大きさは、小さな盥《たらい》ほど」

美丈夫殿は両手を肩幅に広げて、その大きさを示してみせる。

「作りはいたって素朴なもので、ずいぶんと古びて汚れておりました」

大加持藩の火消しは、火事が起こって出陣するとき、必ずこの太鼓を掲げていった。

「火事場へ駆けつけるあいだも、到着して火消しに取りかかってからも、休みなく打ち続けるのでござる」

打ち手は、そのために日頃から鍛錬している「太鼓番」で、これには必ず家中の若侍があたると定められていた。

「そうすると、どれほどの大火事であっても、たちまち鎮火する」

実際、美丈夫殿も六つか七つのとき、城下で起こったけっこうな勢いの火事が、山城から駆けつけた火消しが到着するや、見えない手でなでつけられたかのように収まってゆくのを目の当たりにしたことがあるそうだ。

「ははあ」富次郎は大きくうなずいた。「それが〈太鼓火消し〉の由来でございますね」

「左様でござる。とはいえ、件《くだん》の太鼓はこれという特徴もないありふれた代物で、叩いて水が出るわけでも、風が吹き出すわけでもござらん」

だから、この太鼓の役目は火消したちを鼓舞することであり、これを持ち出すと首尾よく火消しが務まるという験担ぎの意味もあるかもしれないが、太鼓そのものに格別な鎮火の効能があるわけではない。中村美丈夫殿はそう思って十歳まで育ったし、まわりの人びとも大方はそう思っていたのだ。

「ところがあの日、法螺貝の音を耳にしたあのときから、私は考えを変えざるを得なくなりました」

まるでお伽話《とぎ》のようだけれど、大加持藩の太鼓火消しが奉じる太鼓は一種の神器であり、摩訶《まか》不思議な力を以《もっ》て火災を制するものだったのである。

その日、夕餉《ゆうげ》の時刻どころか、夜更けになっても、兄・柳之助は帰宅しなかった。どこで何をしているのか知る手掛かりはなかったし、お城から報せが届くこともなかった。

藩主の近習を務める兄の行動が変わるということは、やはり大加持城の中枢で変事が起きたに違いない。あの法螺貝の音が響いたときの、嫂・よしの謎めいた言葉、

――柳之助様には大事なご下命があるやもしれません。

それとも重ね合わせて、小新左は不安な一夜を過ごした。山辺八郎兵衛は、「こういうときこそ落ち着かねばなりません」とぐうぐう寝ていたが、よしも夜通し灯をともして兄を待っていたようだった。

そういう宙づりのままで、中村家の者どもはまる二日待った。三日目の朝に、柳之助が深手を負って大加持城・三の丸の太鼓火消しの屯所にいるという報せが来た。伝令はよしの実家・茅野家の家令で、よしに夫の看護に来るよう申し伝えると同時に、小新左にも同道を命じた。

この伝言に、よしは一瞬頬を強《こわ》ばらせると、きりりと問い返した。

「何故に、どなたが小新左様をお召しであるか」

嫂の武人のような口跡に、小新左は驚いた。ちょっとぞわりとしたほどに。

茅野家の家令は前庭の地べたに片膝《かたひざ》と片手を突き、さらに深々と頭《こうべ》を垂れたまま、早口に応じた。

「殿のご下命にござります」

　これを聞いて、小新左はまたぞわりとした。「参ります！」

天井をぶち抜きそうな大声の返答は、隣家にまで響いたかもしれない。

結局、柳之助と小新左が案じられるという山辺のじいを供に、三人で大加持城三の丸の屯所へ向かうことになった。怪我人の看護に要りそうなものを包み、手分けして背負って山道を登るあいだ、三人とも余計な口はきかなかった。山辺のじいがひっきりなしに、

「ご案じ召さるな。柳之助様はこのじいが、岩よりも頑丈になるようお育て申し上げたのですからな。どのようなお怪我でも、必ず本復なさいます」

と、よしを慰めていたのを、「余計な口」の勘定に入れぬのならば。

　怪我人がなぜ火消しの屯所に？　という訝しさは、その場にたどり着いてみたら、たちまち晴れた。一人や二人ではないのだ。起きて座っていられるくらいの軽傷の者から、完全に横たわったまま身動きせず、身体中に晒《さらし》を巻かれて、呼吸をしているのかさえ怪しいほど重傷の者までとりどりに、ざっと十二、三人はいる。看護の人手も城内から駆り出されており、ある者は怪我人の世話をし、ある者は屯所の外に設けられた竈《かまど》で湯を沸かし、ある者は洗い物をし、ある者は薬湯をこしらえている。

　幸い、柳之助は深手とはいえ目を覚まして起きており、中村家の三人の顔を認めると、ほっと安堵《あんど》してくれた。

「お帰りなさいませ。お役目ご苦労様にございます」

よしは素早く指をつき、山辺のじいは柳之助を励ますような持ち上げるような自慢するようなことをごちゃごちゃと言い並べ始めた。

「じい、わかったわかった。おれは死なん。だから安心してここの手伝いを頼む」

柳之助は、痛みに顔をしかめながら笑みを浮かべた。しかし、小新左と目が合った途端に、その頬の隅に隠しようのない悲痛なものが走って、笑みを打ち消してしまった。

「小新左、おれがこのざまで、おまえを巻き込むことになってしまった」

済まない――と呻《うめ》くように呟く。

巻き込む？　何に？　ままよ、自分は何にも怖《お》じけたりしない。麒麟児《きりんじ》の兄には及ばずとも、この小新左も猪ほどの勇猛さは持ち合わせているつもりだ。

しかし、この様子は何だ。兄も、この怪我人たちも、なぜこんなことになっているのだ。

柳之助が深手を負ったと聞いたとき、ごく自然に、戦いによる怪我なのだろうと思った。殿の御身と大加持藩を守るため、身を挺《てい》して戦うのが近習の務め。いや、それは家臣全ての務めである。どんな傷や怪我を見せられても取り乱さない。小新左に覚悟はできていた。

だが、これは違う。柳之助を筆頭に、ここで呻吟《しんぎん》している者たち、死にかけている者たちを苦しめているのは、

――火傷《やけど》だ。

皆、火事に遭ったのか。

柳之助の腰から下も、晒が分厚く巻き重ねられている。それでも薬臭がぷんぷん匂うし、重な

り合った晒と晒の隙間から、火傷用の油薬がにじみ出している。刀傷らしきものは、両腕に少しばかり散っているだけだ。

それにもう一つ、この場には見過ごしにすることができぬ疑念があった。

大加持藩は小藩だ。家中の者はほとんどが顔見知りである。とりわけ今ここにいる怪我人は、近習である兄の同僚や、城の警護を務める馬廻役《うままわりやく》、太鼓火消しの者たちであるはずで、現に小新左はその顔をいちいち見分けることができた。

しかし、髪がすっかり焼け焦げて坊主のようになり、ぐったりと眠っている片隅のあの一人と、その手前で上半身と首まで晒に覆われ、顔じゅうに火ぶくれを散らし、血走った眼《まなこ》で天井を睨《にら》みつけているあの一人の顔には見覚えがない。何度見つめ直しても、見知らぬ他人だ。

「この仕儀には理由がある」

小新左の目の色を読んだのか、柳之助はそう言った。声がかすれている。これも、火事で熱気を吸い込んだせいだろうか。

「情けないが、これこのとおり、おれは動けぬ。今はおまえに中村家を担ってもらわねばならん。弟よ、心を強く持ってくれ」

兄は苦しげに息を切らす。小新左がその手を強く握りしめたとき、大加持藩藩主・大加持風之守加持衛門が、大股《おおまた》に床を踏み鳴らしながら屯所のなかに入ってきた。

「久しいの、よし」

言って、加持衛門は磊落《らいらく》に笑った。太い眉《まゆ》、大きな鼻、長い顎。縦にも横にも大柄で、体軀《たいく》が分厚い。

「面《おもて》を上げ、よく顔を見せてくれ。千畳敷町一のいい男に嫁ぎ、そなたもいい女になったともっぱらの噂だぞ」

屯所の奥、板敷きの一間だ。上座の床几《しょうぎ》が藩主の座するところである。

小新左とよしは、その前に並んで平伏している。加持衛門に促されて身を起こしたよしは、軽く目を細めた。

「そのような戯《ざ》れ言をおっしゃる癖は、変わっておられませんのね」

ずいぶんと気さくな言い返しである。今日、小新左は驚くこと続きで、もう驚きの泉が涸《か》れてしまいそうなのだが、底からすくい上げてもういっぺん驚いた。

その様を哀れに思ってくれたのか、

「わしとよしは従兄妹《いとこ》同士なのだ」

親しげな口調で、加持衛門は言った。

「わしの母が長女、よしの母が次女の茅野家の姉妹でな。わしの母が父のもとへ上がったあと、よしの母が婿をとって茅野家を継ぎ、運悪く産褥《さんじょく》で亡《の》うなったわしの母に代わって、一時はわしの乳母も務めてくれた。まんかか殿は健勝でいるのだろうな？」

大加持藩の家中の一員として、小新左も、今の殿が正室の子ではなく、先代藩主が国許に置いたお国様（側室）の子だということは知っている。江戸藩邸住まいの正室には男子が一人いたのだが、行状によろしからぬところが多く、二十歳前にとうとう廃嫡となった。そのあとに直ったのが加持衛門で、大加持領で生まれ育ったお殿様として、領民に広く親しまれている。嗣子と決まって江戸へ赴かねばならなくなったとき、駕籠《かご》を嫌い、そこには影武者を押し込んでおいて、自身は騎馬で道中を駆け通したという暴れ殿様でもあるが、その治世は公正で、安易な大名貸しで借金を増やすのを嫌い、新田開発に熱心なところは手堅くもある。英明なお方なのだ。

元服前・部屋住の小新左が、こんな近くで藩主と顔を合わせるなどあり得ないことで、何から何まで眩《まぶ》しく、畏れ多くて逃げ出したくなる――はずなのに、殿と嫂のかもしだす雰囲気の明るさに、ついぽかんとして呑《の》み込まれている。

「おかげさまで、母は健勝にしております」

膝の上に手を揃え、よしは言った。

「今年は殿が国許におられる年なので、御目文字する折に恵まれるかもしれないと、つい先頃も申しておりました」

「そうか。わしもまんかか殿に会いたいが」

言って、加持衛門はにわかに険しく眉根を寄せた。まんかかとは乳母や養母をさす親しげな呼び方だ。

「あの旨い岩魚《いわな》飯を炊いてもらい、そっくり一釜平らげる前に、片付けてしまわねばならぬことがある」

眼差しを強くして、加持衛門はよしの方へ半身を乗り出した。

「急ぎ、おおぼらけ沼のぬし様にお会いせねばならなくなった。わしは今のぬし様を知らぬ。ぬし様も、わしが今の当主だとご存じなかろう」

仲立ちが要る、と言う。

「中村家に嫁いだおんのを今さら担ぎ出すのも悪いが、案内役を頼まれてはくれぬか」

おんのというのも、仲良しの子供同士で呼び合うときの言葉だ。

「子細あって、茅野家の者を直《じか》に駆り出しとうないのよ。おんのならば大加持山の道に詳しい上に、中村柳之助の妻として夫の名代を務めるという筋も通せる」

「かしこまりました」

よしは躊躇《ためら》いもせず一礼を返したが、そのまま表情を硬くした。先ほどよりも不安そうな目をしている。

「殿、なぜこの小新左までお召しになられたのでございますか」

「ぬし様に会いに山を登るなら、どうしても弟を同道してくれと、柳之助に頼まれたのだ」

加持衛門が小新左に目を向ける。険しい表情は消えて、眼差しが優しい。

「よし、おんのの夫は、あの火傷ですっかり気がくじけてしまってな。己は、もうこれまでのようにわしの近習を務めることはかなわぬ。ならば中村家の代々の名誉を守るためには、弟の小新左がすぐにもわしのおそばにつくべきだと頑《かたく》なに言い張っておる」

小新左は殿様と嫂の顔を見回した。嫂の方が渋い顔つきになっている。

「本復に努めることの方が先でございましょうに」

「まあ、そう言ってやるな。火傷は痛く辛《つら》いが、その治療はもっと痛くて辛い。無論、柳之助ならば乗り越えることはできようが」

殿の声音が低くなった。

「本人が覚悟しているとおり、もとのように一人で立ち、歩くことや走ることは難しいだろう。ならばいずれ弟が家督を継ぐことになるのだし、おんのの義弟として、小新左が早々にぬし様のことを知っておくのはけっして間違った段取りではない」

よしは目を伏せ、口を一文字に結んだまま、一度、二度とうなずいた。無論、加持衛門の言葉に異論があるのではなく、腹を決めている――という所作に見えた。

「小新左、そなた歳はいくつになる」

藩主に直に問いかけられ、大きな眼《まなこ》で直答を求められている。小新左はのぼせてしまい、「は、はは、わた、わたくしは」とつっかえた。「じ、じゅ、じゅっさいでございます」

「十《とお》か」と言いながら、加持衛門は小袖をめくりあげて右肘《みぎひじ》を見せた。手のひらほどの大きさの古い火傷の痕《あと》があった。

「それなら、わしがこの火傷を負ったのと同じ歳だ。わしは己の愚かさ故に怪我を負い、わしをかばった小姓と火消しの組頭が命を落としてしまった」

小新左はそのような目には遭わせぬから安堵せい、と言った。

「おおぼらけ沼まで登るには、しっかりと足ごしらえをしておかねばならぬ。中村家に戻る暇はないから、屯所で要るものを揃えてもらうがいい」

ついでに腹ごしらえも忘れるな、と言い置いて、加持衛門は床几の間を出ていった。すれ違いに、大加持城の天守台から、明《あけ》五ツ（午前八時）を報せる時の鐘が聞こえてきた。

「屯所で急ぎ支度を調えているあいだ、私が何を問うても、嫂は答えてくれませんでした」

――あなたが知るべき事柄ならば、殿からお話があります。

中村美丈夫殿は語り続ける。

「火消しの屯所には、当時の私のような子供の丈に合う軽衫《かるさん》や野袴《のばかま》がなく、畏れ多くも殿の子供時代の軽衫を拝借することになったのですが」

その縞《しま》木綿の布地の脚部とコハゼ留めのまわりに、点々と焦げ痕が散っていた。

「じゃあ、お殿様がお話しになった、右肘に火傷を負ったというときにその軽衫を――」

「左様でござる。それ故に、私に貸してくださったのかもしれませんが」

今日はいくぶん風があるので、黒白の間のなかは涼しい。北向きの座敷も、夏はなかなか便利なものだ。

しかしその風通しのせいで、美しい水鳥の形の練り切りが乾いてしまう。美丈夫殿の湯飲みに新しい麦湯を注ぎながら、富次郎は勧めてみた。

「この先、お話の本題は山登りに終始するのでございましょう。どうぞ甘い物をおとりになってください」

美丈夫殿は茶菓子のことなど忘れていたらしく、驚いたようにまばたきをした。それから、つと目を細くして言った。

「我々の目指すおおぼらけ沼というのは、大加持山の八合目ほどのところにあるのですが」

その周辺には、ほとんど生きものがいないのだという。

「鹿も狸も狐も山犬も、鳥さえおりません。幼いころの私は、それは、藩の政策で山の六合目あたりから上を開拓し、森の木を伐っては焼き物用の窯の焚《た》き付けにしているせいだと思い込んでいました」

「最初にお話に出た焼き物を作るためでございますね」

「はい。しかし真実としては、その順番は逆でござった」

美丈夫殿は黒文字をつまみ、水鳥の練り切りを二つに割った。

「もとより、おおぼらけ沼そのものは生きものが生きられるはずもないところだと、たどり着いてみれば一目で得心がいきましたが」

生きものが生きられるはずのない沼？

「なにしろ、水が煮えくりかえっているのでござる」

そう言って、富次郎の驚きを楽しむように、美丈夫殿は目元だけで微笑んだ。

おおぼらけ沼を目指す一行は少人数だった。近習や馬廻役にそれだけ怪我人が多く、人手が足りないということはあろう。しかし、案内役のよし、小新左、加持衛門の近習のなかでも最古参の樫村新兵衛《かしむらしんべえ》、馬廻役見習の大月由寿之介《おおつきゆずのすけ》という若侍、この四人だけで加持衛門の供をするというのだ。すわという折に、藩主を守り切れるのか。

「この山行では、わしがそなたらを守るのじゃ」

加持衛門はあっさりそう言い放ち、誰よりも精悍《せいかん》な顔つきをしていた。

一行は大加持城の西側にある馬出郭《うまだしくるわ》から山中に分け入ったが、馬は使わず徒《かち》だった。それもそのはず、大加持山の山頂を目指すいくつかの経路のうち、もっとも短いがもっとも険しいものを選んだので、四半刻（約三十分）も歩くと、あたりの斜面は岩だらけになった。〈岩地獄〉という恐ろしい名称のところである。

「一列になり、前の者の足跡を踏んで歩くのだぞ。余計なところに踏み出せば、落石を招いてしまうからな」

見渡す限りの岩と石ころの海。幸い、傾斜はひどく急ではない。天然の切り通しのようなところや、岩の割れ目を登ってゆくときは縄や石杭《いしぐい》が要るが、よしと加持衛門、それに大月由寿之介の三人の、そのあたりの手際がてきぱきと鮮やかで、一行の足取りは緩やかながらも淀《よど》むことを知らなかった。

「この一帯は開墾できず、窯を作ることもできぬ。岩だらけのまま放置してきたが、今般のようなときには都合がいいな」

小新左を気遣いつつ、常にすぐ後ろについている加持衛門が、足元を確かめながら、

「岩地獄でも、崖《がけ》を登るよりは楽じゃ」

愉快そうに言って、後ろを振り返る。

「新兵衛、生きておるか?」

「おかげさまで」

五十年配の樫村新兵衛は、息こそ切らしているが、不思議と汗をかいていない。軽装で、背中の荷も軽いが、懐には何かしまいこんでいるらしく、小袖の胸元が膨らんでいる。

「おお、風が心地よい」

最後尾にいる由寿之介が顔を上げ、眩しそうに目を細めて額の汗を拭《ぬぐ》う。ひょろりと手足の細長い若者で、面差しは女のように優しい。歳は十七、八だろうか。

彼もまた、小新左が藩校でも道場でも見かけたことのない顔だが、殿との親しさ、由寿之介のまめまめしい気配りから推して、江戸定府の馬廻役見習が、今年は殿に随行して国許に戻っていたのかもしれない。

「岩地獄の半ばまで来たか。一息入れよう。皆、岩陰に入れ」

何がどうしたらこんな巨大な岩が山の斜面に転がり、こんなふうに真っ二つに割れるのか見当もつかないが、そのもたらしてくれる日陰は有り難い。竹筒の水も、冷たく喉を潤してくれる。

「我が藩の宝、お太鼓様とは……」

由寿之介が据えた床几(ちょっと斜めになっている)に腰をおろし、加持衛門は切り出した。

「日頃は火の見櫓にある、あの太鼓だ。いざ火事となれば火消しどもがこれを持ち出し、太鼓番が鍛えた腕で打ち鳴らして、火消しを鼓舞する」

よしと樫村新兵衛に促され、小新左と由寿之介は藩主の前に肩を並べる恰好《かっこう》になった。新兵衛が帯から扇子を抜き取り、三人に向かってゆるゆると風を送り始めた。

「だがな、実はあの太鼓はただの太鼓ではない。神器なのだ」

神の力を宿した器。「様」をつけて仰ぐのも、その御力のほどを尊んでいるからだ。

「お太鼓様のなかには、あらゆる火気を吸い取って喰《く》らい、たちまち鎮火させてしまう力を持つ、ある尊いものが入っている」

いつ誰が叩こうと、その神秘の力には変わりがない。

「長い年月、大加持城と千畳敷町で、家臣と領民どもを苦しめる火災が一つも起こらなかったのは——火事という火事が小火《ぼや》で消し止められてきたのは、お太鼓様が火気を喰らって封じてくださるからだ」

しかし、火の気のないときにお太鼓様を打ち鳴らすと、恐ろしいことになる。

「太鼓からあふれ出る火気で、近くにあるものが全て燃え上がるのでな」

太鼓から火気が噴き出す？　小新左はにわかには信じられず、目を瞠《みは》ったまま嫂の顔を見た。

よしは小さくうなずいて応じ、

「火消しの皆様は、お太鼓様の御力と恐ろしさをよく承知しておられます」と言った。

「うむ、あれが神器であり、大加持藩の宝だということは、火消しの者どもに周知されている。ただ、その深い由来まで知っているのは、わしのような大加持家直系の男子と、よしの実家《さと》である茅野家の者どもに限られておるのだ」

大月由寿之介が、さらりと問うた。

「殿の大加持家に、なぜ茅野家が並ぶのでございますか」

「そこは順々に語ってやるから待っておれ。小新左」

呼びかけられ、小新左は飛び上がりそうになった。「は、はい！」

「そなたは、大加持領から外に出たことはあるか」

小新左の顔からは雨粒のように汗が滴った。

「い、未だございません」

「そうか。ならば知らぬだろうが、この大加持山は、蜥蜴《とかげ》の背骨のような連山の西の末端にあたっているのだ」

連山のなかには活発な火山がある。大加持山は既に活動をやめて久しいが、

「地の底では連山のなかの火山と繫がっているので、大加持領内にも温泉の湧くところがあるのだよ」

連山の地の底で繫がっているのは、水脈ばかりではない。溶けた熱い岩石そのものも水のように溜《た》まったり、そこから流れて動いたりしながら繫がっている。

「昔、天下取りの戦が終わり、太平の世が来て、この大加持領が我ら大加持家に安堵されたころのことだが……」

火山の底の溶けた岩石、溶岩のなかに棲《す》む奇妙な生きものが、どこでどう間違ったのか、連山の地底深くで繫がる溶岩脈に入り込み、さんざん彷徨《さまよ》った挙げ句に、この大加持山の奥深くにあ

る地底湖に迷い込んだ。

「溶岩のなかに棲む生きものだから、その身体は溶岩のように熱く燃えている。地底湖の水はたちまち沸き返り、地表へと上昇してあふれ出た」

地底湖の入口は、山間《やまあい》の小さな洞窟《どうくつ》になっていたが、そこから噴き出る熱い蒸気と臭気に、周辺の木立は枯れ、獣たちは逃げ散ってしまった。

その熱気と臭気は、大加持山の山肌を伝って下へ下へと広がっていった。異変を感じた風下の村の長《おさ》が男手を集めて探索を始め、地底湖の入口へとたどり着いた。

「この集落の長が、後に茅野という姓を賜ることになる。つまり茅野家の祖先だから、茅野太郎《たろう》と呼ぶことにしよう」

地底湖の入口からは、すさまじい量の蒸気が噴き出していた。不穏なことに、足元の地面もかすかに揺れている。

「迂闊に近づいては危ないと、茅野太郎が男たちを下がらせたそのとき、地底湖の入口が崩れ始めた」

崩落はみるみる足元の地面にも広がってゆく。まさに茅野太郎たちが立っている地べたの下に地底湖があるからだ。一同は命からがら走って逃げた。

「ようよう崩落が収まったとき、そこには沼ができていた」

地の底から解放された蒸気が、青空へと吸い込まれてゆく。沼の水はこんこんと湧き、同時にふつふつと沸いていた。

「そこには件の生きものがおった。崩落に巻き込まれず、無事生き延びていたのだ」

煮えくりかえる沼のなかを、するりするりと泳いでいる。

「わしが父上から聞かされた話では、背丈はちょうど今の小新左ほど、由寿之介のように手足が長かったそうな」

　加持衛門が二人を見比べて笑うので、小新左はつい横目で由寿之介を見た。すると馬廻役見習も微笑んで、

「とおっしゃいますならば、それは人の形をした生きものだったのでございますね」

　と、加持衛門に問うた。藩主はうなずく。

「手足があって頭があり、尾はなくて指が五本ずつ。人の形に似ておった。だが身体じゅう、顔までも、灰色のごわごわとした長い毛に覆われておってな。犬の仔《こ》のような眼だけがそこから覗いておったという」

　煮えくりかえる沼に潜るときは、その眼もつむってしまう。瞼は人のように上から閉じるのではなく、上下から貝を合わせるように閉じたという。

「この面妖《めんよう》な生きものを目の当たりにして、茅野太郎どもは大いに驚きうろたえたが」

　生きものは沼の水を波立てることもなく巧みに泳ぎ、頭から潜ってはまた浮かび、遠ざかったり近づいてきたりする。おそるおそる眺めている男たちを怖がる様子も、害しようとするふうもない。こちらを向いてちまちまとまばたきする様には、何とも

言えぬ愛嬌があった。

「ふるまいから推しても、まだ仔なのではなかろうか。それにしては知恵もありそうだ。我らの言葉を解するだろうか。身振り手振りはいかがであろう――と」

騒いでいるうちに、茅野太郎らは、否応《いやおう》なしに気がついた。この生きものが沼から顔や手足を出すと、その身体がはらんでいる熱気が空に放たれるので、まわりが急激に暑くなる。汗の出る暑さならまだましで、熱くなると危ない。

一行のうちの一人が腰につけていた熊除けの鈴を鳴らすと、生きものが興味を抱いたのか、ざぶりざぶりと寄ってきた。素早い動きで半身を沼から出して、さらに崩落跡の岩場まで上がってこようとしたとき、

「茅野太郎は、鼻毛がちりちりと焦げるのを感じたという」

これはいかんと、茅野太郎は熊除けの鈴をひったくり、それを沼の真ん中めがけて放り投げた。生きものは鈴を追いかけて煮えくりかえる水のなかに沈んでゆき、沼の縁にいた男たちは命拾いをした。

「それでも、眉やうなじの毛も燃えてしまい、肌はひりつき、首筋や腕の内側のやわらかなところは真っ赤になっていたそうだ」

振り返れば、崩壊跡の縁に残っている草や枯れ葉から、薄い煙があがっていた。茅野太郎の判断があと少し遅れていたら、火が出ていたことだろう。

この生きものは熱のかたまりだ。本来はこんな人目につくところに棲んではいないのだろ

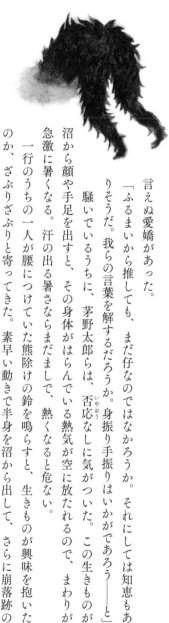

う。そっとしておけば、自然に住処《すみか》に帰っていくかもしれない。だが、帰らないかもしれない。

もしもこの生きものが地上に出てしまったら、たちまちすさまじい山火事が起こる。沼のなかに、水の底に、留《とど》まっていてもらわなくては。

「いっそ狩ってしまえという意見もあったそうだ。熱を蓄えた身体であろうと、ただの毛むくじゃらであって、鎧《よろい》に覆われているわけではない。弓矢や鉄砲で仕留められるだろう、と」

それを一喝して退けたのも茅野太郎であった。何と無礼なことを言うのだ。この生きものは大加持山の火の神ぞ。大切にお祀《まつ》りせねば罰があたる。

茅野太郎は大加持城に急使を遣《や》ると、男衆を何組かに分けて、交代で沼を見張ることにした。自身も寝る間も惜しんで沼の縁に張りつき、熱を放つ山のぬし様を見守った。そうしているうちに、当時の大加持城の主《あるじ》が自ら山を登って駆けつけてきた。

「このときの藩主は、わしから見れば曾《そう》祖父の祖父にあたるのだが」

加持衛門は言って、鼻先にちょっと皺を寄せた。

「逸話を聞いても肖像画を見ても、風采《ふうさい》の上がらぬ小男だったようだ。当時、既に老齢でもあった。だが、茅野太郎からの急使を受け、すぐさま大加持山に登られたというところを、わしは深く尊敬しておる」

藩主もまた、この不思議な生きものは、仰ぐべき火の神であるという考えを持った。かつては火山だった大加持山のぬし様だ、と。さらに、茅野太郎らが思いも付かなかった言葉で、この生きものに親しみを表した。

——何ともめごい（可愛い）おおぼらけ様であることよな。

「おおぼらけは、けっして褒め言葉ではない。のんき者とか怠け者とか、のろまというような意味だからな」

しかし、煮えくりかえる沼のなかをすいすいと泳ぎ、仰向けに浮かんだり、ぶかりと尻を見せてから深みに沈んでいったり、沼のまわりを右往左往する男たちをくりくり眼で眺めたり、ぬし様は確かにのんびりとのどかで楽しげで、見る者の笑いを誘うところがあったのだ。

「それで、〈おおぼらけ沼〉の〈ぬし様〉になったのでございますね」

由寿之介が言う。小新左は、先ほどから一言も発せぬままの嫂が少し気になり、そっと見返ってみた。よしは暑さに赤い顔をしていたが、その表情は沈んでいた。

「うむ。そしてこのときの藩主の命により、おおぼらけ沼とぬし様をお守りしお祀りする役目と、それに付加する名誉と扶持《ふち》は、茅野太郎の家のものとなったわけだ」

茅野と言われて、よしが我に返ったようにつと目を上げる。そこに加持衛門は言った。

「済まぬ、よし。柳之助の身が案じられるだろう。ぬし様にお会いできたら、できるだけ早く屯所に戻ろう」

頭上のお天道様を仰ぎ、陽ざしに目を細くして、床几から腰をあげる。

「話の残りは、おおぼらけ沼に着いてからにしよう。百聞は一見にしかずと言うからな」

まさに、その諺《ことわざ》のとおりだった。

晴天の夏の昼下がりだというのに、おおぼらけ沼は濃い霞《かすみ》に覆われている。その霞はじっとりと重く、蒸し暑い。

「この先、足元に重々ご用心くださいませ。転んで沼の水に触れるのはもちろん、ぬかるみに手をつくだけで大火傷を負います」

よしの声音が張り詰めている。小新左は、最初のうちは熱い霞のせいで汗をかいていたのだが、そろりそろりと足を進めておおぼらけ沼の縁にたどり着くころには、だくだくの冷汗にまみれていた。

本当だ。ホントに、沼の水が煮えくりかえっている。

「おお」

加持衛門が一声唸り、由寿之介はなぜか顔いっぱいに笑う。汗をかかぬ樫村新兵衛も、ここではさすがに水を浴びたような有り様だが、やっぱり笑顔だ。

「この世のものとは思えぬ眺めでございますな！」

「しかし大月殿、ここは地獄ではござらぬ。ぬし様のおわす尊い場所じゃ」

ざぶん。霞の奥のどこかで、沼の水が波立つ音がした。その音の源の方へ顔を向けて、よしが呼びかける。

「ぬし様、大加持山の民がまかり越しました。わたくしは茅野太郎の縁者にござります。お姿をお見せくださりませ」

嫂がこんな優しげな——言ってみれば女らしい声を出すのを、小新左はこれまで耳にしたこと

がない。思わず、蒸気と汗でてらてらと光るよしの顔を見つめてしまった。

「ぬし様、お城の法螺の音が届いておりますでしょう。お太鼓様が損なわれてしまいました。新たなお太鼓様を作るために、ぬし様の御力《みりき》をお授けくださいませ」

ざぶん、ざぶん。波立つ音が近づいて来る。

大加持加持衛門が半歩前に出ると、よしの方に手を差し伸べ、かばうようにして後ろに下がらせた。加持衛門の左側にはぴったりと由寿之介が寄り添っており、小新左はいつの間にか樫村新兵衛に腕をとられて、万が一ころりと転げても沼の水には触れないくらいの距離を開けさせられていた。

ざざあ。

沼の水が割れて、いっそう濃い蒸気が立ちのぼる。その白い煙幕の向こうに、人の頭ほどのものがぽかりと浮かび出た。確かに、長い毛に覆われているようだ。

——立ち泳ぎしている。

とっさに、小新左はそれだけ見てとった。

それが限界だった。にわかに熱さを増した霞が目に染みて、瞼を閉じずにはいられなかったのだ。閉じた瞼の上も、額も頬も鼻の頭も熱い。

「ぬし様、ここに控えるうつけ者が大加持加持衛門にござる！」

加持衛門は沼に向き合い、煙幕の奥に向かって大きな声を張り上げる。

「この不徳者をお許しくだされ。それがしがお太鼓様を損ねるのは、これで二度目でござる」

あんなに大声を出したら、舌や喉まで蒸気で火傷してしまうのではないか。小新左は手で目をかばい、何とか瞼を持ち上げてみる。真っ白な蒸気のなかに見え隠れする加持衛門の背中。驚いたことに、沼の縁のぬかるみに両膝をつき、今、両の拳《こぶし》もつけようとしている。

「ありがたや、ぬし様」

よしが沼に向かって呼びかけながら、加持衛門の背中にかじりつく。

「殿、もうお下がりくださいませ」

「放せ、よし。わしはお詫《わ》びを――」

「ぬし様は、わたくしどもにはお顔をお見せになりません。長い年月、御力を継いできたことで、この沼の熱気は高まっております。昔話のなかのように、ぬし様を拝むことはかないません」

「殿、お直りください」

小新左の傍らで、短く鋭い声がした。樫村新兵衛だ。その声と同時に由寿之介が動いた。あの細い手足の強靭《きょうじん》で素早いこと。加持衛門の背中をとらえて後ろに引き下げ、入れ替わりに沼の縁へと進んでゆく新兵衛に道を空ける。

「お命お大事に」

「あいわかった」

ざぶん！　ひときわ高い音がして、湯飛沫《ゆしぶき》が高く飛び散った。

樫村新兵衛は止まらない。熱い飛沫をかいくぐり、身を低くして滑るように沼の縁ぎりぎりにまで迫ってゆく。膨らんだ懐から何か布きれのようなものをさっと取り出して広げ、両手で捧げて、湯と熱気から顔をかばうのか。

いや、何か小さなものが沼の方から飛んできて、新兵衛が広げて捧げている布きれのようなものの上に落っこちた。

「有り難き幸せ。ぬし様、これで大加持藩は安泰にござる！」

新兵衛は感極まったように叫んで、泥の上を猛然と後ずさりしてきた。由寿之介と小新左のそばまで戻ってくると、広げていた布きれのようなものを幾重にも畳んで小さな包みにし、駆け寄ってきた加持衛門に差し出して見せる。

「確かに賜り申した」

「有り難や」

ぬし様、ぬし様と、加持衛門はおおぼらけ沼に呼ばわる。

「大加持加持衛門、大加持領の安寧と繁栄のために、この命尽きるまで努める覚悟にござる。ぬし様、お見守りくだされ」

よしの顔が濡《ぬ》れている。蒸気のせいばかりではない。泣いているのか。

「皆、沼から遠ざかるぞ。小新左、よし、歩けるか。わしにつかまれ」

樫村新兵衛はあの布きれの包みを抱きしめ、由寿之介がその身体に腕を回して助け起こし、熱い湯気のなかを抜けてゆく。

一同、ひとかたまりになっておおぼらけ沼から離れてゆく。逃げ出してゆく。ぬし様のおわす尊い場所だが、生身の人は留まっておられぬ。

夏の陽ざしと山の涼風に触れたとき、小新左は激しく咳《せ》き込んでしまった。それほど息を詰め、喉が焼けていたのだと、初めて気づいた。

「皆、ようやった」

息を切らし、顎の先から汗を滴らせながら、加持衛門は言った。

「新兵衛、ご苦労だった。包みはわしに渡してくれ」

樫村新兵衛は熱気に当たり、総身が汗まみれ、白髪まじりの鬢が湿ってへたれてしまっているのに、藩主の命に逆らって後ずさりした。「これは拙者のお役目にござります」

「足がふらついておる。命が危ういぞ」

「ならば私がお預かりしましょう」

こめかみから一筋の汗、細面の顔を上気させ、由寿之介が二人のあいだに割り込んだ。

「樫村殿、私は今般のような折にこそ殿をお守りするべくお仕えしております。ここはお譲りくだされ。殿、ご神器は私が大加持城まで運びます」

由寿之介がいちばん涼しげで、しっかりしている。争える者はいなかった。彼は包みを懐に、岩場を滑るような足取りで、小新左たちから離れていく。

「由寿、わしの目の届くところにおれ！」

「かしこまりました」

かろうじて顔が見分けられるほどのところで、由寿之介は止まった。

「水はあるか」

よしが差し出した竹筒を、加持衛門は先に新兵衛の手に押しつけた。吹きつけてきた山風に顔をさらし、目を閉じて深く呼吸する。

「かつて、わしのご先祖と茅野太郎らは――」

百聞を凌駕《りょうが》する一見のあとの、昔話の続きである。

「ぬし様を見張り、見守るうちに、水のないところに手足や身体をさらすのは、ぬし様にとっても苦痛なことのようだと覚えるようになったという」

ならば、ぬし様が地上にあがって山火事を起こす気遣いはない。これは双方にとって幸いなことだった。

「だが、おおぼらけ沼を放っておくわけにはいかん。大加持山は、麓《ふもと》から登るには藩の作事方の許しが要るが、誰も登ったことがないわけではなく、現に近くには茅野太郎らが住む村もあるのだ」

取り急ぎ、茅野太郎の村の者たちだけにはぬし様のことを漏らし、交代で見張りと見守りに当たらせることにした。

「この村は杣《そま》と炭焼き、猟で暮らしていた寒村だ。そのかわり男どもは勇猛果敢、女どもも山に慣れており、気弱ではない」

いたずらにぬし様を恐れず、敬い、しかし見張りの目は緩めずに暮らしてくれたのだが、

「ぬし様が現れて半年ほどで、猟師はまったく暮らしが立たなくなってしまった」

村の周囲から鳥獣が姿を消してしまったからである。また、しばしばおおぼらけ沼の方から吹き下ろしてくる温《ぬる》く湿った風のせいで、良質な炭が焼けなくなってきた。

「わしのご先祖は思案に暮れたが、このときも茅野太郎が聡《さと》いところを見せたそうでな」

――我らはこれから山の木を伐り、山の岩を積み、山の土をこねて焼き物を生業《なりわい》といたします。

「この村の者どもがそうして山に残ってくれるならば、おおぼらけ沼のぬし様の見守りも、そのまま任せることができる」

変事があらば、すぐにも大加持城に報せるように。

「もっとも、長い年月のうちに村の者は一人ずつ数を減らしてゆき、ごくひとにぎりの家中の者が選ばれてそのあとへ入り、ぬし様の見守りに当たることになるのだが――」

茅野家がその束ね役であることは変わらなかった。ぬし様を見守り、ぬし様にお仕えする役目を担う家。

「ですから茅野の本家は、今もこの山の六合目にあるのです」と、よしが言った。「城下町の屋敷は隠居所か寮に過ぎません。わたくしも、山の屋敷でそこらを駆け回って育ちました」

よしは土をこねて器を作ることもできるし、窯も焚ける。そのまま山で生き、山の土になろうと思っていたのに、二十歳になるころ、肺病にかかった弟を医師に診せ、看護するために千畳敷町の屋敷に移って暮らし始めたら、にわかな縁談が転がり込んできた。その相手が中村柳之助だったのである。

身体の汗が乾いてゆくと、小新左の気持ちも落ち着いてきた。離れたところにいる由寿之介は、小袖の片肌を脱いでゆうゆうと涼んでいる。

その姿を眺めやり、樫村新兵衛が口を開く。

「先ほど我らがぬし様から賜ったのは、ぬし様の指の爪じゃよ」

ぬし様の爪は人のそれよりも長く、伸びてくると猫の爪のように先が曲がってくる。ただし伸びるのは遅く、半年ほどで自然に抜け替わって新しくなるという。

「包んでいるのは、鹿の生皮だ。紙や布では、火が出たとき容易《たやす》く燃えてしまうからの」と、加持衛門が続けた。

昔、茅野太郎らがぬし様を見守るうちに見出《みいだ》した驚くべきこと、そして大切なことが、これだった。

「ぬし様の身体の一部——我らにもっとも入手しやすいのが爪なのだが、それにもぬし様の御力が宿っておる」

抜け替わった爪もまた、火気を好む。まわりに火気があれば、たちまち吸い込む。火気をむさぼり喰らうのだ。

「そのかわり、火の気のないところで迂闊に爪を叩いたり取り落としたりすると、今度は逆に爪から火気が噴き出してくる」

かつて茅野太郎らもその扱いに四苦八苦し、試行錯誤を繰り返したのちに、獣の生皮で包むのがいいと知った。その知識が土台となって、ぬし様の爪が秘めているこの不思議な力を安全に利用するには、太鼓のなかに封じ込めるのが良策だというところに落ち着いたのである。

こうして、尊い秘密を封じ込めた、お太鼓様が誕生した。

ひとたび打ち鳴らされれば、どんな猛火も一瞬のうちに喰らい尽くして消し止める。大加持城と千畳敷町を火災から守ってきた、この国の宝だ。

「あの法螺貝が吹き鳴らされた日のことを覚えていますか」と、よしが小新左に尋ねる。

「はい。義姉上《あねうえ》は、法螺貝の音はお太鼓様に変事があったことを報せるものだとおっしゃいました」

法螺貝は、藩内の事情を知る一部の者どもだけでなく、大加持山の上の茅野家にも届くよう、強く吹き鳴らすのが決まりなのだという。

「山の茅野本家でぬし様の変事に気づいたときも、同じように法螺貝を吹くことになっているのですよ」

なるほどと、ようやく小新左は得心がいった。古来、戦場で吹き鳴らされたというあの音色は、まだ耳の底に残っている。

さて今般の変事とは、率直に言うならただの手抜かりであった。盗難に遭ったのだ。

「お太鼓様を、賊の手で盗まれてしまったのだ」

大加持藩藩主は、喧嘩《けんか》に負けたいたずら小僧のように悔しげに歯を嚙《か》み鳴らした。

「お太鼓様は、見た目にはただの太鼓に過ぎぬ。それも古ぼけて煤《すす》に汚れた太鼓だ。下手に宝物庫などにしまい込んだり、社殿を建ててお祀りするよりも、火の見櫓に提げておいた方がかえって目立たぬ」

火災のときにはすぐに持ち出せるのだから、一石二鳥だ。

「それで長い年月無事だったものだから、油断しておったところに、まんまとつけ込まれてしもうた」

「いえ、これは茅野家の失態にございます。お太鼓様のことが領外に漏れているのを見過ごし、端《はした》女中とは言え、千畳敷町の屋敷に他国者を雇い入れたことが間違いでございました」

お太鼓様を盗んだ賊は、どうやら隣藩の間者であったらしい。どれほど乾ききった冬でも、連日雷鳴のとどろく春や夏でも、山火事の気配さえなく、山城にも千畳敷町にも、煮炊きの煙以外はあがったことのない大加持藩の秘密は、長い年月が経つうちに、少しずつまわりに知れ渡っていたのだ。そして、興味と羨望の対象になっていたのである。

「のろまな、山だしの女中でございましたがな」

「間者というのはそういうものだ。見てくれからして、己を偽るのが巧みなのだ」

茅野家の屋敷に入り込んだ端女中は、三の丸の屯所や火の見櫓に近づく術《すべ》を下調べする手引き役だった。決行のあと、茅野家の屋敷から逐電しようとするところを捕らえられ、自ら喉を突いて果てたという。

「柳之助らは、お太鼓様を持って逃げた一味の後を追いかけ、国境《くにざかい》で追いついて捕らえようとしたのだが」

賊を放った側も周到で、その地点に兵を潜ませていた。柳之助たちはそこに導かれ、待ち伏せを食ってしまったのだ。

「激しい斬り合いになったが、こちらは最初《はな》から数で圧倒されていたというから、勝ち目は薄かったのだろう」

むざむざお太鼓様を持ち去られるよりはと、決断したのは中村柳之助だった。

「柳之助がお太鼓様を一刀両断し、ぬし様の爪が国境の山中で、地べたに転がり落ちた」

噴き出した火気が敵方の兵にも追っ手にも燃え移り、あのような惨事になったという次第である。

小新左はどきりとした。屯所に寝かされていた、あの見知らぬ顔の二人の怪我人は、お太鼓様を盗んだ一味の者だったのか。

「まったく……一代のうちに二度もお太鼓様を損ね、ぬし様に爪を賜り直さねばならなかったなど、こんな大うつけはわしのほかにはおらぬ。大加持家の家系図に、わしのところは〈おおぼらけ〉と記していただかねば」

苦笑いしながら立ち上がり、己の野袴の裾を払って、加持衛門は小新左に言った。

「わしはな、小新左。そなたと同じ歳のころ、父上と共に太鼓火消しの演習を観覧した折に、火の見櫓に上がらせてもらった」

そのとき穿《は》いていたのが、その軽衫だ――

「興奮し、調子づいたわしは、深い考えもなしにお太鼓様に近づき、勝手に打ち鳴らしてしまったのだ」

昔話は本当なのか。ここから本当に火気が溢《あふ》れるのか。作り話ではないのか。子供らしい怖いもの見たさといたずら心がさせた軽挙だったのだけれど、その結果は重大だった。

太鼓の内に封じられたぬし様の爪から火気がほとばしり、またたくまにお太鼓様の本体が燃え上がる。

「火の見櫓の上は狭い。わしを火の手から守るため、居合わせた者が命を捨てることになってしもうた」

三の丸の屯所で語っておられた火傷を負ったときの逸話は、こういうことだったのか。

「それが一度目の失態、今般が二度目だ。この先もしも三度目があったなら、小新左よ、近習として茅野家の姻戚《いんせき》として、わしを藩主の座から蹴《け》り落としてくれい」

そんなことを言われて、息も止まりそうな小新左を尻目に、新兵衛もよしも笑い出す。

「おおい、そろそろ行くぞ」

加持衛門が手をあげて呼びかけると、由寿之介が山の緑の風のなかで立ち上がった。


「我々は無事大加持城まで帰り着き、その翌日には、新たに賜ったぬし様の爪を容《い》れた新しいお太鼓様が、火の見櫓に掲げられることになり申した」

もののしい法螺貝の響きから始まった騒動は、最小限の被害で落着したのだった。

「国境で怪我をした家中の者どもも、適切な手当てを受けることによって、次第に癒《い》えていったのですが……」

美丈夫殿が顔に見覚えのなかった、髪が焼け焦げて丸坊主になっていた男と、顔中に火ぶくれを散らして屯所の天井を睨みつけていた男。この二人は、数日のあいだに前後して絶命した。

「彼奴《きやつ》らも手当ては受けていたのでござるが、同時にかなり苛烈《かれつ》な取り調べも行われておりましたので」

持ちこたえられなかったのだろう。

「我が兄・柳之助も、私が最初に思っていた以上に重傷でござった。私が嫂と共にぬし様にお目にかかり爪を賜ったことを報せると、安堵したのでしょう。気を失ってしまい……」

五日経ち、六日が過ぎても目覚めない。よしは懸命に看護を続けた。

「私が弱気になって泣き顔を見せると、山辺のじいと二人がかりで叱ってくれました」

——兄上を信じなさい。

——柳之助様は死にませんぞ。この程度のことでは死なぬよう、じいがお育て申し上げましたからな。

「八日目の朝、夜明けの光のなかで目を覚まし、兄は付き添う嫂にこう言ったそうです。おまえの炊いた岩魚飯が食いたい、と」

いい話だ。大加持藩からは遠く離れた江戸市中、神田三島町の一角にある三島屋の奥の黒白の間。そこで中村美丈夫殿の語りに耳を傾ける富次郎の胸のなかにも、大団円の落ち着きが満ちてきた。それにしても、岩魚飯というのは旨そうじゃないか。

語り手の座で膝に両手を置き、美丈夫殿は続けた。

「一命を取り留めた兄は、近習の身分のまま、まったき快復を目指して療養に励むことになり申した」

しかし、重度の火傷を負った両脚では、とうとう立つことができなかった。

「まる一年、岩をも噛み砕くほどの努力を重ねても、もとのように脚を動かすことはできなかった。それどころか、血が通わず肉の落ちた脚は痩せ衰えて縮んでしまい、棒のようになってしまったのです」

柳之助はどれほど辛く、悔しかったか。

「しかし、兄の魂は強靭でござった」

三船流免許皆伝、勇猛果敢な短槍使いの柳之助は、両脚の快復は諦《あきら》めても、動かせる上半身を鍛えることは諦めなかった。そのために日々藩の道場に通った。中村家の下男に荷車を引かせ、その荷台で木刀の素振りをしながら道場へと揺られてゆく柳之助の姿は、やがて千畳敷町の名物となった。

「その意気やよしという殿のお慈悲により、兄は近習の役務を解かれる代わりに、藩の道場の師範となりましてな。私も何度か稽古をつけてもらいました」

柳之助は、すさまじく強かったそうだ。

「道場に背もたれのついた座椅子を据えまして、兄はそこに座ったまま、弟子の相手をするのですが」

未熟な弟子どもは、おいそれと近づくことさえできなかった。

「脚が萎《な》えてしまってから、兄は兄なりに様々な工夫を重ね、従来の短槍よりもさらに丈を縮めたものを特に作らせておりました」

道場で使うのは刃の部分のない模擬槍だから、その丈を詰めたものだと、ちょっと長めのすりこぎみたいに見える。そんなものでも、座椅子に座ったままの柳之助にぴたりと突きつけられると、弟子どもは金縛りにあったように動けなかったそうである。

「特注の短々槍を一対にして、二刀流ならぬ二槍流の技も編み出しました。ただ、もっとも凝ったのは投擲《とうてき》術でござる」

槍《やり》を投げるのだ。

「投擲の距離と正確性を増すために、肩と腕と背中を鍛えに鍛えたので、筋肉が盛り上がり、腕などこのくらいに」

美丈夫殿が、自身の腕を出して太さを示してみせる。それなりに重いものを持ったことはあるが、やっとうのために鍛えたことなどいっぺんもない富次郎には、そもそも美丈夫殿の腕の太さが驚きなのだが、それよりさらに一回りも二回りも太かったらしい。

「そこまでご自身を鍛えられるのは、やはりお武家様だからでございましょう。手前など、考えるだけで目眩《めまい》がして参ります」

富次郎が首をすくめてみせると、美丈夫殿はにっこりした。

「当時の私も、兄の刻苦勉励ぶりにしばしば目眩を覚えたものでござる。ついでに腹も減りました」

その口調と眼差しに、兄上への敬慕の念がにじんでいる。富次郎にも伊一郎という兄がおり、いろいろな点で兄さんにはかなわないなあと思いつつ尊敬しているから、

——弟ってもんはさ。

偉い兄さんが好きなんだよねと、じぃんときてしまった。

「手前がこんなことを申し上げては失礼になるかもしれませんが、そのころの中村様と兄上様のご様子を思い浮かべると、心が温かくなって参ります」

美丈夫殿は、つと目を瞠った。

「それは、かたじけない」

短く言って、目を伏せた。顔に影がさす。やっぱり失礼だったか。

「私の手のひらも相当に無骨でござるが、兄の手のひらはさらに分厚く」

美丈夫殿は右手を差し出し、指を握って開いてみせながら、語りを続けた。

「短槍使い独特の肉刺《まめ》がありました。手のひらの真ん中のくぼみを囲んで、中指から小指までの三ヵ所、丸い小石を置いたように硬くなっていたのでござる」

ところが、柳之助が独自に工夫した短々槍を使いこなし、投擲術に凝るようになったら、力の入り方が変わったからか、その三ヵ所の肉刺が柔らかくほぐれてきた。

「そのかわり、親指の内側が何度となく擦り剝《む》け、治ってはまた擦り剝けを繰り返し、二年足らずで革のようにつるつると硬く、薄い小豆《あずき》色になりましてな。あれは肉刺ではなく胼胝《たこ》と申した方がいいでしょう」

――蠟燭《ろうそく》の炎をあてても熱くないんだ。

「本人も驚いたように笑いつつ」

言って、美丈夫殿はいったん口を結んだ。その双眸《そうぼう》は思い出を見ている。兄上の手のひらにあったつるつるの胼胝。

「しかし、気にしている様子はなかった。私も気にしませんでした。あとになって――思い出しただけのことでござる」

自分の手のひらに目を落とし、またゆっくりと指を握った。

「あとになって、とおっしゃいますと」

富次郎の問いかけに、美丈夫殿は顔を上げた。彼だけが見ることのできる思い出に、その瞳《ひとみ》がまだ薄く翳《かげ》っている。

「殿が兄に師範という地位を与え、ふさわしい禄をくだされたのは、兄に替わって中村家を継ぐべき私がまだ幼く、ひ弱に過ぎたからにござる」

小新左本人も充分にそれを弁《わきま》えていたから、文武に励んだ。兄にはとうてい及ばずとも、及ぼうと努める姿勢を捨ててはならぬ。

それを己の魂に銘として刻んで日々を過ごし、十四歳になった年の春、千畳敷町では杏《あんず》の花が咲き、それを見おろす大加持城の周囲では山桜が満開になるころに、小新左は元服して中村新之助と名を改め、家督を継いだ。

「槍術も胆力も兄には及ばぬままでしたが、兄と同じように近習として殿の傍らにお仕えすることを許されました」

柳之助とよしは、もちろん大いに喜んでくれた。そして、新之助にとっては思いがけないことを言い出した。

——俺は師範の座を返上し、隠居して茅野家に入ろうと思う。

「千畳敷町を離れ、嫂と一人娘を連れて茅野家に移り住むというのです。それも城下の屋敷ではなく、大加持山の六合目にある茅野本家へ」

柳之助にしてみれば、妻の実家に身を寄せる恰好になるわけだ。

――新之助も一人前になったのだから、俺が弱音を吐いてもよかろう。俺は、この先も己を強く保ってゆく自信を失ってしまった。

天気の変化、季節の変わり目、日常の折々に、両脚の火傷の痕が痛む。時には夜も眠れず、唸り声をあげてしまうほどに。そのせいで食欲が落ち、気が塞《ふさ》ぐことも多い。気力が減退すれば鍛錬にも緩みが生じ、腕や背中の肉が少しずつ痩せてきて、思うように短槍を操れなくなってきた。

――潮時だ。

この上は茅野家の厄介になり、焼き物のいろはを学んで、己の食い扶持ぐらいは稼げるようになろうと思う。

――幸い、薪《まき》割りならまだ上手《うま》くできる。短槍使いとして、茅野本家を山犬や熊から守るくらいの役にも立てるだろう。

「兄は笑顔でそう申しましたが、恥ずかしながら、私は涙が止まらなかった」

傷痕が痛むのも、身体が弱ってきているのも、けっして嘘ではあるまい。だが兄の本音は別のところにある。

「一つには、中村家の当主となり、兄の身分を引き継いだ私が、いちいちかつての兄と引き比べられるのを防ぐため。もう一つには、誰でもない兄自身が、かつての己と今の己を引き比べてしまうのをやめるため」

こうして、兄夫婦は千畳敷町外れの中村家から立ち退いていった。彼らのわずかばかりの手荷物と、柳之助自身を乗せた荷車と、幼い娘を抱いて連れ立つよしの背中を見送りながら、新之助はまた涙した。

「兄からは愛用の短槍をもらい受け、よし殿からは、いずれ私が迎える妻に渡すようにと、様々な雑穀飯やお菜の作り方を事細かに記した冊子を託されました」

それは今も、大いに役立っているという。

美しい結びである。向き合って耳を傾けているだけの富次郎の胸にも爽やかな気が通ってくるようだ。

しかし、話はまだ、ここでおつもりではなさそうなのだった。いったん結ばれた美丈夫殿の口元に、小さなこわばりが見える。

おまけに。

――さっきから、お顔がだんだん暗くなってゆくようだけど。

夏の午後のことだから、まだ語り手の顔に影ができるほど陽が傾いてはいない。美丈夫殿の顔の翳は、彼の心の内から生じているものだ。

ここまでの語りの内容には、もちろん柳之助の不幸な負傷のことはあるものの、度外れて酷いことはなかった。火の神のぬし様は確かに突飛なお姿をしているが、愛らしくて知恵もあり、何より大加持藩の民を火災から守ってくださる有り難い存在だ。

それなのに。

「私の国許には――」

美丈夫殿はまた自分の手元に目を落とし、軽く指を握って、続けた。

「男子の元服の際、身体壮健を願じて、当人が選んだ獣の血と肉を口にするという習いがござる」

話の向きが変わった。声音も心なしか低くなった。

「その起源をたどるならば、昔から大加持山で暮らす猟師どもが、狩った獣の肉を喰らい、血をすすることで、その獣の特性を身につけ得ると信じていたことにあります」

山犬を食えば脚が速くなり、野兎を食えば耳がよくなり、梟《ふくろう》を食えば夜目が利き、熊を食えば山の王の如き剛力を得る。

「無論、験担ぎでござる。ただ、その有り様の勇猛で猛々《たけだけ》しいことから、次第に平地の町や村でも、武家の男子の元服の儀式のうちに取り入れられるようになっていったのです」

なるほど、他所者が聞いてもわかりやすいしきたりである。富次郎は、自分ならどんな獣を選ぶだろうかと考えた。食ったらたちまち翼が生えて空を飛べるようになるというのなら、燕にするんだけどなあ。

「千畳敷町では、元服する男子のために家人がいちいち猟に行くわけにもいきません。ですから、山の猟師たちと繋がりのある炭問屋や材木屋などが仲介して、獣を調達してくれる仕組みになっておりました」

「中村様は、どんな獣を選ばれたのですか」

「私は亥《い》年生まれなので、猪にしたのです。山辺のじいに」

——こういうときに欲張ってあれこれ迷うのは意地汚のうございます。

「素直に干支《えと》の獣になさいと勧められましたし、よし殿の猪鍋《なべ》が食いたくて」

そうかそうかと、富次郎は笑ってしまった。

「手前でもそういたします」

義弟の元服祝いに、よしが腕によりを掛けてこしらえた猪鍋は、やっぱり格別に旨かったという。

「兄夫婦は、それから数日のうちに大加持山の茅野本家へ移ってしまいましたから、嫂の手になるご馳走《ちそう》としては、その猪鍋が最後でござった」

千畳敷町外れの中村家は寂しくなった。よしがいたときのいい匂いが消え、柳之助が放っていた活気が消えた。

「山辺のじいも、だいぶ気落ちしておりました。私は日々の役務を果たし、城内での作法を覚え、時には道場で汗を流し、寂しさと心細さをまぎらわしていたのでござる」

そうやって三月《みつき》ほど経ったころ、「いささか後れをとってしまったが」と祝いの角樽《つのだる》を提げて、大月由寿之介が中村家を訪ねてきた。かしこまった来訪ではなく、着流し姿だった。

「驚きました。大月殿とは、あの山行以来、顔を合わせる折がなかったので」

但し、あれから四年ほどのあいだにいろいろ見聞きして、由寿之介の素性や家中における身分を理解するようにはなっていた。

「大月殿は、大加持藩の前《さき》の江戸留守居役が妾《めかけ》とのあいだにもうけた一子であり、この妾は市中で名高い芸妓《げいぎ》であったらしい」

優しげな美貌の上に、文武芸道に優れた素養を持つと見込まれた由寿之介は、八歳のときに父親である留守居役の許から現藩主・加持衛門に託され、その期待に応えつつ長じて信頼厚い小姓となり、加持衛門の衆道の相手をも務めるようにもなった。

あは！　富次郎は内心で得心した。磊落で豪胆なお殿様の、年若い愛人だったんだ。

「殿の行くところどこへでも付き従い、片時もおそばを離れぬ。ただ忠義の家臣であるには止《とど》まらぬ、深い寵愛《ちょうあい》を受けている」

だからこそ由寿之介は、加持衛門自ら大加持山に登り、藩の深秘と対面するあの山行にも、馬廻役見習の身分でありながら軽やかに供してきたのだった。下り道では、ひとつ間違えばたちまち命を失う危険があると百も承知で、

――私は今般のような折にこそ殿をお守りするべくお仕えしております。

ぬし様の爪を懐に抱いて、少しも動じることがなかった。

「大月殿は、四年のあいだに私がずいぶんと大人びたと言ってくれました。私の目には、二十歳を過ぎた大月殿の、そのなよやかな美貌に、いっそう磨きがかかったように映りました」

希有《けう》な体験を共にした懐かしさが、兄弟のような組み合わせの二人を包み込んだ。実際、柳之助を欠いた新之助の心の穴に、由寿之介は兄のような頼もしさと親しみを以てはまったのである。

由寿之介の訪問が格式張ったものではないので、台所脇の小上がりで、あり合わせの酒肴《しゅこう》を囲み、二人は時を忘れて語り合った。

「大月殿は江戸に生まれ育ち、今も殿の懐刀として、こちらと江戸藩邸とを行き来する暮らしをしておられる。それ故に、未だに馴染みきれぬ大加持領の風土や気候、産物や食い物、領民の気

質や独特のお国訛りなどに面食らうことが多々あるそうで、それをまた嫌味や悪口は抜きに、面白おかしく語ってくれました」

新之助は心をほどいて大いに笑った。その明るい気分に舌もほどけて、

——それにしても、おおぼらけ沼のぬし様ほど珍しいものはなかったでしょう。

つい口を滑らせてしまったので、慌てて声をひそめた。大事ない、台所にも廊下にも人気はなく、由寿之介と二人きりだ。

——左様、あれ以上のものは他にない。

と、由寿之介もひそひそ笑った。

——江戸にいるころから、逸話だけは殿から教わっていたものの、この目で見るまでは信じていなかった。殿が私を驚かせようと、ほらを吹いていらっしゃるのだと思い込んでいたよ。

ほらはほらでも、嘘のほらではなく、お太鼓様の変事に鳴り響いたのは法螺貝の音だ。それもまた、今となっては懐かしい。

「私はしみじみと、あの日のことに思いを巡らしておりました。だから、大月殿が続けて吐き出した言葉が、すぐには胸に引っかからなかったのでござる」

大月由寿之介は、何と言ったのか。

——四年前に我々がお目にかかったぬし様は、先々代のお旗奉行の稲森《いなもり》様の三男であったそうだ。人のままでおれば五十歳近くになるはずだが、ぬし様になりきってしまえば、見た目では歳がわからぬものだな。

「私は元服したての十四歳、酒は舐《な》めるくらいで、酔っておりませんでした。大月殿は酒に強く、飲んでも酩酊《めいてい》してはおられませんでしたが」

しかし、彼もまた新之助以上に心がほどけ、危険なほど口が軽くなっていたのだ。

ぬいしい様になりきってしまえば。

新之助は、息を止めて大月由寿之介を見つめた。由寿之介は凝視されていることに気づかず、杯を口元に持っていきながら、さらにこう続けた。

――いやはや、この大加持領に、獣の血肉を口に入れることでその力を身に宿すという習いがあったからこその奇蹟《きせき》であるよなあ。

そこでようやく、彼は新之助の眼差しに気づいた。

二人のあいだで時が凍った。

由寿之介が形のいいくちびるを開いた。

――中村殿は知らなかったのか。

問われても、新之助は返答ができなかった。言葉が見つからなかった。己がどんな顔をしているのかもわからない。

一方の由寿之介の人形のような顔には、凄《すご》みが浮かび上がってきた。美であり妖であり、うっすらとした闘気でもある。

――知らなかったのならば、これからも知らぬままでいればよい。私は何も申さなかった。中村殿は聞かなかった。

そら、ちょうど今、夜空に月の雫《しずく》の滴る音がしたところだから、人の言葉など紛れてしまって聞き取れぬ。

「私はその言を受け入れました」

何も聞かず、何も知らない。

「自分のなかに封じ込め、しかし、考えることだけはやめられなかった」

黒白の間の語り手の座で、新之助は嚙みしめるようにゆっくりと言った。その目は今、過去を見ている。かつての己の心の震えを見つめている。

「我ら家臣の大半は知らなかった」

知らされていなかったのだけれど、

「殿はご存じだった。主家先祖代々の秘事として、ぬし様のからくりを教えられていた。だからこそ、四年前のあのときも、ご自身でおおぼらけ沼に赴いて、ぬし様にご挨拶をなさりたかったのだ」

その正体が、もとは人であると、家中の侍の一人であると聞かされていたから。

それは大加持加持衛門の心の優しさ、慈愛のほどを表している。家臣を道具のように使い捨てる殿様ではないのだ。

と、思ったところでこの戦慄《せんりつ》はどうしようもない。富次郎は身を硬くして聞き続ける。

「無論、茅野家の人びともこの深秘を知っており、隠している。他の者には知るよしもなく、知らされる機会もない秘密を」

大月由寿之介が知っていたのは、加持衛門の寵愛を受ける特別な男だったからだ。その口が緩んだのは、親しく語らう新之助への情と、夜の静けさと、酒の勢いのせいだろう。

「その昔、大加持山の奥深くにある地底湖に、溶岩のなかに棲む不可思議な生きものが迷い込んだ」

それは事実だ。最初の一頭は。その一頭のぬし様のおかげで、〈お太鼓様〉ができた。大加持城と千畳敷町は、あらゆる火災の脅威から守られることになった。

しかし、それは永遠ではなかったのだ。

「人びとにとっては火の神であるぬし様も、実は生きものだ」

生きものである以上、年老いてゆく。いつかは寿命が来る。

「おおぼらけ沼のぬし様が死んだら、もうお太鼓様を作ることはできなくなる」

一度手にした深秘を手放さなければならなくなる。諦めなければならなくなる。他所の土地の城や町と同じように、火災の恐怖に怯《おび》えねばならなくなる。

それはあまりにも、あまりにも惜しい。

地底を巡る溶岩のなかに潜って、もう一匹、不思議な生きものを捕らえてくることなど、人の身にはとうてい無理な話だ。

しかし――

まったく手がないわけではないと、最初に思いついたのは誰だったのだろう。

人がぬし様の力を、その一端であってもいいから、受け継ぐことはできるのではないか。少なくとも、試してみるだけの価値はあるのではないか。

ぬし様の血肉を口に入れることで、ぬし様になる。山犬の、野兎の、梟の、熊の血肉を口に入れて、その力を身につけるように。

得がたい偶然でおおぼらけ沼に現れた不可思議な生きものの寿命が尽きようとする寸前に、その試みは成功した。

きっと、一か八かだったのだろう。富次郎は呆然《ぼうぜん》として思う。駄目でもともとの賭《か》けだったのだろう。そう思いたい。

その賭けには、勝ちの目が出た。

だから、大加持山のおおぼらけ沼にいるぬし様は、以来ずっと、そのやり方で代替わりを続けてきたのだ。

「私は大月殿との約定を守ってきました」

中村新之助の穏やかな声音に、富次郎はぶるりと胴震いが出た。美丈夫殿は、何事もなかったように端整な顔立ちで、呼気も乱さずそこに座している。

「当の由寿之介めは、二十四歳で唐突にお役目を返上し、大加持領から逐電してしまったのでござるが」

逐電のしばらく前から、大加持加持衛門とのあいだに、

「いわゆる痴話喧嘩が増えていたことを、周囲も察しておりました。しかし鮮やかな消えようで、殿もお怒りになるよりは、してやられたと笑っておいでてでござった」

しかも、ほどなく次の愛人ができたそうな。

「由寿之介はもともと外腹の子。背負うべき家がない代わりに、彼を守ってくれる家もない。あの山行の足取りが物怖じせずに軽やかだったように、身軽に大加持領を出ていったに違いありません。実母を頼って江戸に行き、安楽に暮らしているという風聞が流れたこともござる」

その当時、他の誰にも漏らさずに、美丈夫殿は胸の内で考えたことがあるという。

「由寿之介は殿の身辺に近づき過ぎ、秘事を知り過ぎてしまった己の立場の危うさを覚ったのではないかと」

迂遠な言いように、富次郎は思い切ってずいと踏み込んだ。

「つまり、ぐずぐずしていたら、ぬし様の次の代替わりのとき自分が選ばれてしまうのではないかと怖くなって、とっとと逃げ出したということでございますか」

中村新之助は、真っ直ぐに富次郎の顔を見た。そしてうなずいた。

「左様でござる。ですからそのとき、私も考えました。もしも自分に白羽の矢が立ったら、心静かに受け入れられるだろうかと」

次のぬし様をつくるとき、家中の誰を犠牲にするのか。どうやってそれを決めるのか。藩主が選ぶのか、志願を募るのか、褒賞を与えるのか、あるいは罪人を選んでその罪を減じるのか、やり方は一切わからない。それは新之助にも不明のままだ。そもそも、今のぬし様が死にかけているのか、当分は大丈夫そうなのかもわからない。

「私は十七歳になり、ちょうど縁談があって妻を迎えようとしている折でござった」

弟の継いだ中村家は安泰だった。

「この変わり百物語で語ったことは、必ず聞き捨てられるのだそうですから」

「はい、それは固くお約束いたします」

「私も白状しましょう。あの当時は、考えても考えても腹が決まりませんでした。次第に、考えなくなりました」

考えることから逃げるようになった。別段、日々の役務と暮らしには、それで何の差し支えもない。私はこれから妻を迎え、子をもうけて、家を守《も》り立ててゆくのだ――

そこで、黒白の間に沈黙が落ちた。凪もないのに、床の間の合歓のつぼみがかくんと揺れた。まるで、うとうとして舟をこいでしまったかのように。

富次郎は、語り手の後ろの軸に張った半紙を見た。この語りの行き着くところはどこで、自分はあれに何を描くことになるのだろう。

「一昨年《おととし》の春、山辺八郎兵衛が我が家の庭先で倒れ、咲き初めていた梅が散り切る前に逝きました。八十七歳の大往生でござる」

再び、話の向きが変わった。中村新之助の落ち着いた口調に変わりはない。

「兄夫婦が大加持山上の茅野本家に移って以来、家と家とのあいだで時候の挨拶を交わすことはあっても、兄夫婦とのやりとりはなかった。さらに、兄が茅野本家から下りてくるのも手間であり、山辺のじいが登ってゆくのはほとんど無理であって、二人はあれきり顔を合わせないままでござった」

死ぬ間際まで、山辺八郎兵衛は中村兄弟のことを想っていた。新之助を励まし、柳之助を懐かしみ、誇らしげにその思い出話を語って飽きることがなかった。

「じいの死に際の様子は、私が兄に会って直に伝えよう。そう思い決め、私は殿に山行のお許しを願い上げたのです」

今度は、かつて岩地獄を抜けておおぼらけ沼へ行ったような急ぎの登山ではない。本来の整えられた山道を登るのだし、途中にはいくつか足を休められる村もある。大加持領は温暖な土地柄であり、大加持山も、梅が咲き終えるころには雪も氷も消えている。

けっして、新之助一人で無理な山行ではない。しかし、

「私の言上をお聞きになった殿は、なぜかまったく無言であらせられた。平伏している私の目には、殿の膝頭と、その上に載せられている両手しか見えません」

その両手の、軽く握った拳が震えているようだった。

――新之助、面を上げよ。

「積もる歳月に、殿もお歳を召しておられます。鬢には白髪がまじり、豪胆さと磊落さよりも風格が勝る、我らが主君」

大加持加持衛門は、その目をかすかに潤ませていたという。そしてこう下知した。

――山行を許す。必ず戻れ。

何を見ても。何があっても。

その言葉を耳にした瞬間に、新之助は覚った。かなり以前から胸の底にたゆたっていた形のな

い問いが、そのとき形を成した。

同時に、答えも見つかったと思った。

「登山の支度を調え、明くる日の夜明け前から、一人で大加持山に入りました」

五合目を過ぎたあたりで、運良く、麓へ下りてゆく茅野本家の者と行き合った。おかげでその先の道筋には案内がつき、春の日が暮れきってしまうのに先んじて、茅野本家へとたどり着くことができた。

「茅葺《かやぶ》き屋根の分厚い、大きな屋敷でござったが」

それ以上に新之助を驚かせたのは、本家のそばにこぢんまりとまとまっているいくつかの小屋と、森を切り開いた斜面を埋め尽くすほどの数の登り窯だった。

富次郎は問いかけを挟んだ。「かじ焼きの窯でございますね」

「左様でござる。ぬし様の発見を機に始まった、我が藩の無骨な焼き物」

小屋は炭焼きや道具置き場、土をこねる作業場などに使われており、これらの仕事に携わる者どもも茅野本家に住まっている。

「登り窯は、どれも山の頂上に舳先《へさき》を向けた小舟の形をとっており、舳先にあたる部分に煙突が立っておりました。そのときは窯は休んでおり、火の気も煙もなかったのですが」

新之助は頭上を振り仰いだ。暮れてゆく夕空を切り取って、大加持山がそびえている。

その頂上の下、八合目と九合目のあいだぐらいだろうか。山肌を覆う木立の隙間から、白い蒸気が湧いて出ては、風に流されて散ってゆく。

――ぬし様の湯気でございますわ。

優しげなおなごの声に、新之助は振り返った。茅野本家の木戸の傍らに、よしが佇んでいた。

よしは髪をおろし、尼となっていた。

ああ、やはり――と、新之助は思った。

「十歳の小新左殿が登られた岩地獄のある斜面は、こちらから見るとお山の裏側にあたります」

ゆるりとした被布《ひふ》の袖を上げ、よしは大加持山を指し示した。

「あのときは、本当によく登られました。兄上も、折々に思い出してはあなたを褒めておられましたよ」

新之助は、何を問うべきかはわかっていた。それでもにわかに口を開けなかったのは、既にわかっていることを言葉にして、よしを悲しませたくないと思ったからだ。

しかし、それは見当違いだった。よしの微笑みを見つめるうちに、自分は考え違いをしていたと知った。

嫂は誇りを抱いている。かつて兄・柳之助が幼い小新左を褒めて誇ってくれたように、嫂もまた夫を誇っている。その胸は悲嘆に塞がれているわけではないのだ。

新之助は穏やかに、しかし揺らぎのない声音でこう問いかけた。

「今のぬし様の右の手のひらには、柔らかくなった三つの肉刺と、つるつるした胼胝があるのでしょう」

短槍使いの柳之助のしるしだ。

「兄上は、何時《いつ》おおぼらけ沼に入られたのですか」

五年前の夏に――と、よしは答えた。

「先のぬし様が弱られ、沼の水が冷えて参りましたので」

柳之助は自ら志願したのだ、と言った。

――この身をいつかこのように差し出したいと願ってきた。二人で茅野本家に参ったときから、おまえもその意思でいたはずだ。

確かに、よしもそう心を決めていた。夫婦のあいだの一人娘は、このまま茅野家の女として育ってゆく。何を心配することもない。

「ぬし様がみまかられますと、そのぬし様の爪を賜ってこしらえたお太鼓様の効き目も失《う》せてしまいます」

それ故に、ぬし様の代替わりは急いで執り行わねばならぬ儀式だが、

「この度は、柳之助様のご決心が固く、お身体も既に茅野本家にございましたから、かつてない

ほど素早く滑らかに終えましてございます」

それ故、法螺を吹いて大加持城に変事を報せる必要もなかったと、よしは微笑を湛《たた》えて続けた。

そうか。新之助は目を閉じた。とうの昔の五年前の夏、火の見櫓のお太鼓様は新しくなっていたのだ。

――私が江戸にいたあいだか。

国許におったところで、日々の多忙と幸福を味わうことに気を取られ、気づかなかったことだろうが。

「柳之助様がぬし様になられるのを見届けて、わたくしも髪をおろしました。儀式の前に切った柳之助様の髷は、城下の茅野家の家令を通して殿に献上つかまつり、ぬし様のめでたき代替わりの子細をご報告申し上げた次第にござります」

全ては秘密裏に。これまで同様に、多くの家臣と領民たちは、何も知らぬまま火の神に守られ続けてゆく。

新之助はよしに、来訪の理由を語った。山辺八郎兵衛の最期を兄に伝えたい。

しかし、よしは首を横に振った。

「あなたの兄上は、もうこの世にはおりません。わたくしをご覧ください。この身は、亡き夫の菩《ぼ》提《だい》を弔う寡婦の尼にございます」

一夜、本家で身体を休めるといい。千畳敷町外れの屋敷でよしがこしらえた料理は数々あるが、幼い小新左が好きだったものを、よしは今でも覚えていると言った。

「また腕をふるいましょう。召し上がってください」

新之助は、怒りを覚えてはいなかった。今や恐れもなかった。ただ悲しみだけが、己の心を冷たい水のように満たしている。

「――これは、かねてより周到に図られていた事なのでしょうか」

気づいたら、よしに向かってそう問いかけていた。

茅野本家の奥の、壁の一面が仏壇で占められている広々とした座敷。折り戸になっている仏壇の扉は閉じてあり、灯明の一つもない。よしと新之助それぞれの傍らに配された手あぶりの炭だけがほのかに赤い。小さな火鉢は、無骨で素朴なかじ焼きのものだった。

「茅野家の娘であるあなたが兄の妻となったのは、その縁談が起きたときから、ゆくゆくは兄にこの役目を果たさせようという上意があったからなのでしょうか」

ぬし様は神だ。神となり得るのは忠義に厚く、心清らかで勇気ある侍だけである。中村柳之助は、人生の早いうちから白羽の矢を立てられていたのではないのか。

それとも。新之助の思いつくもっと恐ろしいことは。

「あるいは、兄上が火傷で脚を失うことがなければ、ぬし様に身を捧げる役目は、部屋住の私に回ってきたのでしょうか」

新之助の言葉尻の響きが消えぬうちに、よしはするりと立ち上がった。何をするのかと思えば、仏壇の折り戸を開けてゆく。

山の夕暮れに、仏間のなかには闇がひたひたと寄せてきつつある。そのなかで、新之助は見た。

黒漆と金箔《きんぱく》に飾られたきらびやかな仏壇の奥に居並ぶ、十数個はありそうな位牌《いはい》を。こちらは同じ漆塗りでも、朱色だった。そこに金泥で名を記してある。

「これらは茅野家の祖先のものではございません」

代々のぬし様となった、大加持領の勇士たちの位牌だった。

「確かに茅野家はこれらの御魂《みたま》を護《まも》り、ぬし様を祀り、お見守りする役目を負うた家でございますが、わたくしが柳之助様に嫁いだのは、ただただ、亡きお姑《かあ》様が強く望んでくださった故にございます」

——まわりの人びとに、きらびやかなところばかりを愛《め》でられ、持ち上げられる柳之助には、よし殿のような嫁御が必要なのです。

「お姑様の想いを汲《く》み、柳之助様もまたわたくしを大事にしてくださいました」

夫婦のあいだに偽りはなかった。誰かがこのように図ったのではない。強いて言うなら運命だった。

「この地に生き、ぬし様を知ってしまった者どもの運命にございます」

そこで初めて、よしの声が震えた。新之助は思い出した。岩地獄を抜けて登ったあの山行で、よしの表情が沈んでいたことを。

あのとき会った先代のぬし様が、人だったころはどこの誰であったのか。位牌を守る茅野家のよしは知っていたはずだ。黙りがちになったのも無理はない。明るい顔などしようがなかったろう。

しかし、そのよしでさえ、それから十数年後には、自身の夫がぬし様になるとは思いもしなかったのだ。

「あなたはご安心なさい」

よしがこちらに向き直る。頭巾《ずきん》に包まれた顔は、痩せて頬骨が飛び出している。千畳敷町の口さがない人びとに、「地蔵」とからかわれた胴の厚みも失われている。

「柳之助様のような有為の人を差し出した中村家には、もう二度とこのお役目は回って参りません。あなたは家を護り、奥様を大切に、お子たちを良い子に育ててください」

新之助は、すかさず抗弁しようとした。何を言う！　この私とて、御家を思い、領民を思い、家族を思う気持ちは兄にひけをとらぬ。おおぼらけ沼にこの身を捧げよと命じられるなら、いつ何時であろうと躊躇いもせず――

その抗弁は喉に詰まり、舌先で震えた。

「それでよいのですよ、小新左殿」

そう言って、よしははらはらと涙を落とした。


「私は翌朝、大加持山を下りました」

登城し、山行の報告に上がった新之助に、大加持加持衛門は何も問おうとしなかった。

ただ、こんなことを語ったそうだ。

――あの登り窯の列を見てきたか。あれらの煙突からいっせいに煙が立ちのぼるとき、おおぼらけ沼の蒸気もいっそう濃くなる。ぬし様が、山中に火の気があることをお喜びになるからだ。

それからの役務と日々の暮らしは、何事もなかったかのように続いてきた。

「殿の参勤交代に付き従い、この卯月《うづき》半ばにこうして江戸に参ったときにも、国許を離れたからといって胸が騒ぐこともなく」

全てを忘れていたつもりだった。

「しかし、気の早い朋輩と、此度こそは江戸土産をし損じぬようにせねばならぬと語らっているうちに、三島屋のきらびやかな袋物の数々と、変わり百物語のことが胸に蘇《よみがえ》りまして――」

語って捨てたい。その念を抑えきれなくなってしまったのだという。

「話の初めに、全て昔の思い出話であるように申し上げましたが、あれはけっして嘘ではなく、私の胸中ではあれからもう何十年も月日が経ったような気がしているのです」

遠くなった。薄れている。そう思っている。

富次郎はその場で居住まいを正すと、畳に手をついて平伏した。

「三島屋富次郎、お客様のお話を確かに聞き捨てさせていただきます」

「かたじけない」

お頼み申すと、中村新之助は言った。そのお名前も忘れるのだ。美丈夫殿でいい。

この話は終わっていない。今も生きている。こんなぴちぴちの活き作りのような話、おちかは扱ったことがあるのかしら。

びくつきながらも、訊《き》いてみたいことが我慢できない富次郎である。

「手前の方から蒸し返すようで畏れ入りますが、お話の始めにおっしゃったお母様と妹御は、奥方様の側の方でしょうか」

ああ、そうですと、美丈夫殿は破顔した。

「私は中村家ではまったく一人になってしまいましたが、妻の側は親族が多く、何かとやかましく出入りしておるのでござる」

今のこの方は、賑《にぎ》やかに暮らしているのだ。それを知りたかったんです。富次郎はほっとした。

さて、江戸土産を待っているのは義母と義妹。当の奥方は何かねだってはいないのか。

「妻は、私が無事、国許に帰ることがいちばんの土産だと申しております」

そりゃそうだ。ご馳走様でございました。

＊

聞き捨てを締めるための絵が描けない。

富次郎はまる三日呻吟した。

四日目になり、主人の伊兵衛も番頭の八十助《やそすけ》も帳場にいながら合歓のつぼみのように居眠りしている昼下がり、一人で黒白の間に戻って文机《ふづくえ》を出し、それに向かいながら、今度はいきなりむせび泣いてしまった。短い嗚咽《おえつ》ですぐ収まったが、勘のいいお勝が様子を見に来たときには、両目と鼻の下が赤くなっていた。

「どうなさいましたの」

問われて、自分でも懸命に考えた。絵にしようと試みるうちに、大加持山のぬし様の悲しみが総身を回って効いてきたのか。

もちろんそれはある。だが、それだけでは足りない。

「わだし、なさげなぐってさ」

お勝に言い訳しようと口を開いたら、また泣けてきてしまってだみ声になった。

「何が情けないんでございましょう」

子供をあやすように、お勝は問うてくれた。

「だって、わ、わたしにはさ、あの美丈夫殿のような心ばえの持ちようが、ないんだよ」

何もしておらず、何も背負っておらず、この先の指針も何も持たないでくの坊だ。

「食って寝てるだけの米食い虫だよ。虫なら数が増えるから、わたしよりまだましなくらいだ」

富次郎は、この身を捧げても守ろうとする何ものも持っていない。そのくせ、この身を捧げてしまったら守れなくなるものも持っていない。だから、惜しんでくれる人もいない。

ああ、そうだ。それが悲しい。

「小旦那様には旦那様とおかみさんがいらっしゃいますけれど、おっしゃっているのはそういう意味ではないんですのよね」

それはわたくしもわかりますと、お勝はおっとり微笑んだ。

「米食い虫には、あんな立派なお方の心の内を聞き捨てにすることなんざできないよ」

「できるかどうか、もう少しお試しになってごらんなさいまし」

言って、お勝ははっと目を瞠った。

「わたくし、思いつきましたわ」

富次郎がどこかに身を捧げてしまったら、必ず惜しんでくれる人を。

「絵師の花山蟷螂師匠《せんせい》でございますよ。勝文堂の活一さんも、勘定に入れられるかもしれませんわね」

楽しげにさえずられ、富次郎はふっと毒気が抜けた感じになった。それで筆を持ったら、気持ちも持ち直した。

――お勝、恐るべし。

そうして、富次郎が描き上げた絵は。

山の森のなかの小さな沼に、人の形に似た影が遊んでいる。水のなかで手足を伸ばし、ぼさぼさと毛の生えた頭を水面から軽くもたげて。

その沼のほとりには、小さな石地蔵が一体立っている。笠をかぶり、被布を着たお地蔵様は、その手に杖《つえ》ならぬ丈の短い槍を持っている。

何の注釈もなければ、この二人がかつて仲睦《なかむつ》まじい夫婦であったことなど、誰にもわかるまい。

描き終えて筆を洗いながら、富次郎はまた泣いた。こんなふうに泣くのはこれが最初で最後だ、わたしはもっと強い聞き手になるんだと心に誓いながら、書き損じの半紙で洟をかんだ。

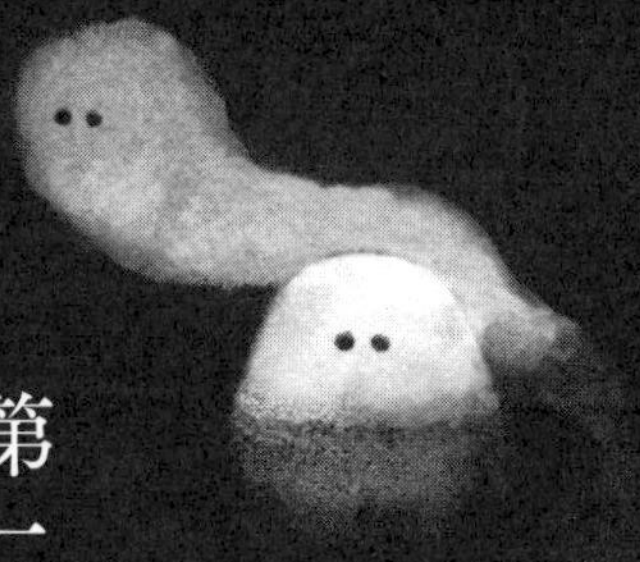

第二話
一途の念

富次郎は旨《うま》いものが大好きだけれども、これは贅沢《ぜいたく》が好きだということではない。たとえば、木戸番が冬になると売る芋の壺《つぼ》焼きも、市中で名高い日本橋通町の花野屋《はなのや》の芋羊羹《ようかん》も、同じように旨いと思う。旨い旨いと食べながら、こんな旨いものを食べることができる自分は幸せ者だと嚙《か》みしめ、こんな旨いものをこの世にもたらしてくださった天の神様と、地上でそれをこしらえてくれている人びとに頭を下げる気持ちになる。

料理屋にも、これまでの暮らしのなかで足を運ぶ折があったが、三島屋ぐらいのお店《たな》の倅《せがれ》として、あくまでも「相応」な店に「相応」な場だから出かけただけである。食べ比べなどはめっそうもない。貸本屋の『評判記』などを読みあさり、いろいろ詳しくなっているのは、通人ぶろうというのではなく、好きな旨いものについて耳学問をしたいだけなのだ。

そういえば、おちかが変わり百物語の聞き手をしているころ、黒白の間に招いた語り手の話の流れで高級な料理屋に行かねばならなくなり、富次郎がさる筋から切符をせしめて一緒に行ったことがある（料理屋の切符というのは利用券で、よく贈答品に使われるものだ）。それを得がたい経験として今も心にしまっているのだから、可愛らしいものと思っていただきたい。

そんな富次郎が、「旨いもの」のなかでも特に好んでいるのが、屋台の買い食いである。

三島屋のある神田三島町は、筋違御門《すじかいごもん》と八ツ小路が目と鼻の先で、神田川沿いに東へ歩き、和泉橋《いずみばし》、新シ橋《あたらばし》と通り過ぎたら浅草御門《あさくさごもん》が見えてくるという、たいへん賑《にぎ》やかな町筋だ。昼でも夕でも、小路に川沿いに、橋のたもとに御門前の広場に、さまざまな屋台が出て商いをしている。

月初め、月末、節気日やもろもろの市が立つ日となると、江戸じゅうの旨い食いものが、あらかたここに集まってるんじゃないかと思ってしまう。この水無月《みなづき》は五日から神田明神様の天王祭《てんのうまつり》があったから、さらにそれ以上で、あらかたどころか全ての旨い食いものとそれを目当ての人びとが集まって、くらくらするような景色になっていた。

屋台で食える旨いものは、まず天ぷらとにぎり寿司《ずし》だ。この二つを売る屋台は、いっぺん場所を決めたらあちこち移動しない。だから馴染《なじ》み客がちゃんとつく。これはおでん売りも同じで、他の商いをしているお店や人家の軒先を借りている場合もある。ただの屋台ではなく、屋台の形をした店――屋台店だ。屋台店には燗《かん》酒を飲ませる飲み屋もあるが、富次郎は外で酒を呑《の》むこと自体あんまり好きではないので、そこで銭を使ったことはない。

一方、売り手がちゃんと屋台を引っ張ってあっちこっち動き、行き合ったお客がふらりと寄るという本物の屋台だと、数が多いのは蕎麦《そば》売りで、しかも旨い。蕎麦に限っては、町なかで暖簾《のれん》を出している店や屋台店より、流しの屋台の蕎麦の方が旨いと思うのは、富次郎だけだろうか。おとっつぁんの伊兵衛や兄さんの伊一郎、嫁に行く前のおちかや、頼れる女中のおしまとお勝に尋ねても、みんな、そんなことはないと言う。

でも、おいらはそう感じるんだよ。頑固な子供のようにいきんでいた富次郎に、

「あたいも蕎麦は屋台のが好きですよ。表で食べると、出汁《だし》の匂いがどんぶりからふわと広がってね」

そう言って味方してくれたのが、屋台の串《くし》団子売りのおみよという娘だった。

おみよの屋台には店名がない。屋台の庇《ひさし》に、春は桜色、夏は若草色、秋は紅葉色、冬は藍《あい》色の暖簾を提げているのが目印だ。売りものは焼き団子だけで、一本の串に三つ刺してある。その場で七輪で焼き、客の好みに応じて砂糖醬油《じょうゆ》か醬油のたれをからめてから、またさっと炙《あぶ》る。

富次郎がこの屋台を見つけたのは、昨年の秋口のことだった。いつも働き者のお店の皆におやつを買ってあげようと、履き物をつっかけ、懐手をして鼻歌をうたいながら浅草御門の方へ歩いていたら、すれ違った行商人がえらくいい匂いをさせていた。

――こがこがした醬油の匂いだ。

こういうとき、寸時も迷わないのが富次郎のいいところだ。踵《きびす》を返して件《くだん》の行商人を追っかけた。

「すみませんが、あんた、何か醬油のいい匂いのするものを懐に入れてるか、たった今食ってきなすったところでしょう」

ぐいぐい迫ると、行商人はごろつきに絡まれたみたいに怯《おび》えながら、指さして教えてくれた。その先の、豊島町《としまちょう》一丁目と神田富松町《とみまつちょう》のあいだを入っていって、郡代様のお屋敷の方へ、路地を

左に曲がるんですよ。行き止まりに屋台が出てますから。

富次郎は秋風に綿入れの裾《すそ》を翻しながら走った。まあ、あまり立派な大人のやることではない。それは本人も承知している。

――だってさ、この匂いがたまんないんだよ！

行商人が教えてくれた場所には、郡代屋敷の長い土塀を背負って、確かに串団子の屋台があった。売り子の娘は、団子にそっくりな丸顔だった。それがおみよだ。

富次郎はまたたく間に馴染み客になった。その場の立ち食いは、いつでも気ままに。三島屋の皆にも食べさせたいときには、前もっておみよに頼んで焼いてもらっておいて、あとで取りに行くか、誰かを使いにやる。

おみよの串団子は歯触りがいい。米粉に、稗《ひえ》や粟《あわ》を細かく挽《ひ》いたものを混ぜているのだという。富次郎が大好きな砂糖醤油には、いい黒砂糖を使っているのでこくがある。

おみよは客に褒められると、そういう大事なことをけろけろしゃべってしまうので、

「この屋台の秘訣《ひけつ》なんだから、内緒にしといた方がいいんじゃないかい？」

「そうですかぁ」

「それに、黒砂糖は高価なもんだろ。団子ひと串の値段を、もうちっと上げてみたらどうだろう。倍にしたっていいくらいだよ」

「そうですかねえ、あはは」

案じる富次郎に、やっぱりけろけろ笑うだけなのだった。

目が細く、鼻はつぶれ気味である。団子みたいな丸顔だから目立たないが、えらが張っている。お世辞にも器量よしとは言えない。だが、いつどんなときでも愛想がよく、「いらっしゃい」「毎度どうも」という挨拶《あいさつ》の声がいい。笑い声もいい。

富次郎は、気さくにおみよと話すようになっても、なかなかこの娘の歳を訊《き》くことができなかった。下手に尋ねて、おみよが富次郎が思うよりも若かったり、歳を食っていたりしたらバツが悪かったからだ。普段はあんまり、そんなことを気にする方ではないのに。

今年になって、おちかが三島屋から同じ神田の多町《たちよう》にある貸本屋へ嫁いだとき、短い花嫁道中をした。おみよはそれを見てくれたらしい。祝言のあと何日かして富次郎が串団子を食いに行ったら、わざわざ屋台から外に出てきて、膝小僧《ひざ》に額がくっつきそうなほど深いお辞儀をして、三島屋さん、おめでとうございますと言ってくれた。

「ありがとうよ」

「花嫁さんは、若旦那《わかだんな》の従妹《いとこ》さんなんだって、一緒に見物してた人たちに教わりました」

「袋物を吊《つる》した笹を担いで練り歩く、わたしの晴れ姿も見てくれたんだね」

「ええ、そりゃあ男前でしたよぉ。砂糖醬油をおまけしたくなるくらい」

「いいねえ。ついでに、これからは、わたしを三島屋の小旦那と呼んでおくれ。若旦那は兄貴の方なんだ」

「ご一緒にいた、もっと男前のおひとですね」

「ふん、今日は買わずに帰る――なんて嘘だよ。醬油と砂糖醬油、一本ずつおくれ」

そうして一緒に笑い合い、おみよが富次郎の団子を炙りながら、

「あたしは十六ですけども、小旦那さんの従妹さんは、生まれてから十六年間で見かけたなかで、いちばんきれいな花嫁さんでした」

と言ったので、ようよう歳がわかった。まだ十六なのか。正月に一つ歳を加えて、なったばかりの十六だ。

富次郎の胸に、つんとくるものがあった。どんな意味合いの「つん」なのか、自分でもわからなかったのだけれど。

屋台の商いは場所が命だ。おみよは、富次郎がこの屋台を見つけるほんの二月前に、十年以上もここで煮物を売っていたおさんという婆さんから場所を譲り受けたので、その点では最初から恵まれていた。

「ホントに有り難くって、なんべん拝んでも足りないくらいですよ」

ただ、神田川沿いの柳原通り《やなぎはらどお》りからはずっと引っ込んでいるし、細い路地の奥で目立ちにくいところだ。そもそも安価な屋台の食いもののなかでも、もっとも安い煮物や団子だからやっていかれる。おさん婆さんの煮物屋台の並びには何度か天ぷらや燗酒の屋台が出たが、みんな長続きしなかったという。

それほどに「場所」が肝になるから、この取り合いには金銭が絡むし、しばしば拗《こじ》れて面倒事になる。ごろつきがみかじめ料をせしめるために、大きな顔をして割り込んでくることもある。だから町名主や町役人、商家の寄合いの肝煎《きもい》り、そこらを縄張にしている岡っ引きなど、町によ

っていろいろ異なるが、上から睨《にら》みを利かせる人がいて、仲介や差配をするのが常である。

神田の町は、顔に目立つ黒子《ほくろ》のある紅半纏《べにはんてん》の半吉《はんきち》という通り名の親分の縄張で、この親分が頼れるお人なもんだから、屋台商いの人びとも安心していられる。おみよに言わせると、これまた、

「有り難くって、拝んでばっかり」

ちなみに、半吉親分には三島屋もお世話になっているし、おちかともいささかの縁があった。だからあの娘の祝言《こ》のときには、袖《そで》を絞るほど男泣きしてくれた。

朝、昼、夕、いつ屋台に行っても、おみよは一人で商いをしている。半吉親分という後ろ盾があるから、十六の娘一人でいても大丈夫なのだろう。それでも心配というのは理屈ではないところから来るものなので、富次郎はあまり串団子が食べたくない日でも、おみよの屋台をのぞくようになった。

「小旦那さん、こんなにしょっちゅう出歩いて油を売ってちゃ、お店の旦那様やおかみさんに叱られませんか」

「それは心配ご無用の十五夜御用心というものさ」

今は両親の下で袋物商いの修業をしている富次郎、働きに応じて、月々の小遣いをもらっている。一年分にして、平手代の給金よりちょっと高いというくらいだ。それをやりくりして旨いものを買い食いし、これは当たりだと思えばいっぱい買ってきてお店の皆にふるまうのだから、はばかりさま、叱られるどころか喜ばれている。皆に食わせるために富次郎が小遣いを使い過ぎてしまうと、お民が、

「これはおっかさんとしてじゃなく、おかみとしてあんたにあげる手間賃だよ」

と、金子をくれることさえあるのだ。

――まあ、いいご身分だよね、わたしは。

それは自分でも重々承知の上だ。

「心配ご無用の十五夜御用心？　それって、用心しなきゃいけないんですか、しなくていいんですか」

「ただの地口《じぐち》だよ。砂糖醤油一本おくれ」

こんなひとときのおみよの笑顔が、富次郎には串団子と同じくらい旨かった。

どれほど明るい働き者で、元気に満ちていようと、おみよの暮らしが笑顔ばっかりでできているはずはない。それも富次郎は重々承知しているつもりだった。おみよは自分のことをほとんど話さないから、親兄弟姉妹はいるのか、どんな家に住んでいるのか、暮らし向きはどうなのか、何にもわからないけれど、それもわざわざ問わずにおいた。串団子を介して笑ったりしゃべったりしているおみよが、富次郎の知っているおみよだ、と。

合歓《ねむ》の花が見頃の小暑を過ぎると、江戸の町の夏は、盛りへと向かってぐいぐい上り始める。商家はみんな、店先の商いものに陽が当たらぬよう心を砕く。三島屋ではぞろりと簾《すだれ》をおろすが、この簾が色がくすんでいてどうにも愛想がない。きれいな袋物を売る店らしく、小洒落《こじゃれ》た飾りをくっつけたらどうかと、富次郎は思いついた。

「夏らしく朝顔とか、花火とかね」

仕事場の方で職人や縫い子たちとわいわい相談すると、さすが手先が器用な者が揃っているから、見てくれのいいものができた。そのなかに赤い折り紙の金魚があって、あんまり可愛かったから、

「これ、もらってもいいかい？」

「へい、どうぞ」

「小旦那さん、いい女を口説くなら、そんな安い金魚じゃいけませんよ」

あっはっは！

「ついこのあいだも皆に差し入れしたろ、旨い串団子。あれを焼いてくれる屋台の女の子にあげるんだ」

指先で赤い金魚をつまみ、ついついっと夏の風に泳がせながら、串団子の屋台へと歩く。

路地を左に曲がると、暖簾の若草色が目に入ってきた。醬油の匂いに、腹の虫がぐるぐるっと鳴く。

「お〜い、団子屋さん」

呑気《のんき》に呼びかけて、気がついた。屋台はあるが、おみよの顔が見えない。

焼き団子だから、暑いときには売り上げが落ちる。それでもお馴染みさんに食べてほしいから、おみよは商いを休まない。あつあつを食う客よりも、焼いてる方がずっと暑いのに、へこたれた顔をしない。

その顔が見当たらないのはどういうわけだ。

「おい、おみよ！」

富次郎は走って屋台に近づき、ぐいと横手に回り込んで屋台の後ろをのぞきこんだ。

おみよは、そこにしゃがみこんでいた。両手で顔を覆い、身を縮めて丸くなっていた。

「どうしたんだ、おみよ！」

富次郎は大声をあげた。

おみよは顔を上げ、縮こまったまんま鞠《まり》のように跳ねて、富次郎から離れた。脅かされた猫みたいな素早さだった。

その目が吊《つ》り上がっている。しゃがんでいるのに息を切らしている。尋常な息づかいではない。

富次郎が富次郎だとわからないのか、眼差《まなざ》しが錐《きり》みたいに尖《とが》っている。

おみよの顔は、水をかぶったように濡《ぬ》れていた。両目は真っ赤で、瞼《まぶた》が腫《は》れている。

泣いていたのだ。

「な、な、な」

富次郎の声が喉《のど》につっかえた。

「何が、あったんだい？」

おみよを見おろしていてはいけない。富次郎はがくがくとしゃがみこんだ。

「わたしだよ。三島屋の小旦那だよ」

自分の鼻の頭を指さして、優しく言ってやった。

おみよは、息を呑んで富次郎を見つめる。

飛び出しそうなほどに瞠《みは》った目に、新たな涙がわいてきた。次々と流れ落ちる。口元が震えてへの字に曲がり、それからわなないて、くちびるの隙間から歯がのぞく。

「うわぁあああん」

おみよは手放しで泣き出した。

「おっかさんが、死んだんです」

うちのおっかさん。あたいのおっかさん。

「やっとぉ、死ねました。楽になれるんだぁ」

嗚咽《おえつ》だ。そして嘔吐《おうと》だ。身体の内側に溜《た》まったどろりとしたもの——怒りとか恨みとか悲しみとか一つの言葉では言い表せないものを、げえげええずきながら、おみよは吐き出している。

「おっかさん、気が、ふれちまって、じ、じ、自分の目ン玉を指で、ほ、ほじくりだそうとして」

歯を食いしばって泣きながら、おみよは目玉をえぐり出す手つきをしてみせる。手がわなわな震えているので、指先がでたらめに額や鼻筋を突っついてしまう。

「そンで目が見えなくなって、正気に戻ンないまま、五年も経ったんです。骨と皮みたいに痩《や》せちまって、それでも、なかなか」

死ねなかった――と、身もだえしながらおみよは呻《うめ》いた。

死ねなかった、死ねなかった、死ねなかった。繰り返すうちに、それは魂を引きちぎるような叫びになった。

「やっと死んでくれたぁ、おっかさん！」

富次郎は震え上がってしまった。どうしよう。この娘を落ち着かせ、慰めるにはどうしてやったらいいんだろう。頭を撫《な》でてやろうか。背中をさすってやろうか。

「ああ、嫌だ。ごめんなさい、小旦那さん」

おみよは郡代屋敷の土塀に手をついて、ふらふらしながら立ち上がった。顔が下を向くと、涙が雨のように滴る。

「あたい、恥ずかしい。こんなことを小旦那さんにお聞かせするなんて、あたいも死んじまった方がいいんだ」

泣きじゃっくりしながら、頭を土塀に打ち付けようとする。富次郎は慌てて、おみよの肩とうなじをつかんだ。

「やめなさい！」

おみよは、癇癪《かんしゃく》を起こした子供のように総身でいやいやをして、富次郎の腕から逃れようとする。

「うちのおっかさんも、おっかさんから生まれてきたあたいたちも、ろくなもんじゃない。何で泣いてるんだろう、あたい」

屋台の売り台で、七輪の炭がかんかんに熾《おこ》っている。暴れる拍子に、おみよがそこに手を突っ込んだり、七輪を落っことして炭をかぶってしまったら大変だ。

富次郎は小娘の肩に腕を回し、しっかりと捕まえた。そして話しかけた。とっさに頭に浮かんだことを、そのままおみよの耳に吹き込んだ。

「わたしはね、おまえと同じように、どこから見たってまっとうなお人がさ、『こんなことをお聞かせするなんて死ぬほど恥ずかしい、申し訳ない』なんて言いながら、こっそり声をひそめて語ってくれるお話を、いろいろ聞いているんだよ」

すると、抗《あらが》っていたおみよが動きを止めた。よかった。富次郎はいっそう声を励ました。

「うちの評判、ここらで商いしていたら、知らないはずがない。変わり百物語の三島屋ってさ。わたしはその聞き手をしているんだ。だから、おまえは今、うってつけの相手に向かってしゃべったんだよ。おっかさんのこと、もっともっとしゃべりたかったら、いくらでも聞いてやるから言ってごらん」

語って語り捨てろ。聞いて聞き捨ててやるから。

おみよの身体から力が抜けた。二人は屋台の外に出ており、おみよは富次郎につかまって、何とか立っている。

瞼が腫れあがり、頬と鼻は真っ赤なのに、くちびるからは血の気が引いている。人相が変わってしまっている。

「――うってつけ？」

小声で言って、おみよは喉をごくりとさせた。右目の縁に溜まっていた涙が頬を流れた。

右手を持ち上げて、おみよはその涙を拭《ぬぐ》った。手の甲についた涙をつくづくと眺める。その顔を富次郎は見守った。おみよはうなじまで汗びっしょりだ。富次郎も冷汗にまみれていた。

二人のそばの地べたに、小さな赤いものが落ちている。折り紙の金魚だ。いつの間にか落っことして、踏んづけてしまったんだ。

富次郎の目を追いかけて、おみよも地べたを見た。富次郎は笑いかけてやった。

「可愛い金魚だったんだよ。また作ってもらって、持ってきてやるよ」

おみよは、たった今悪い夢から覚めたというふうに、一度、二度とまばたきをした。そして長々と溜息《ためいき》を吐き出し、いかっていた両肩をおろした。

「ありがとう、ございます」

泣きすぎてくたびれているけれど、いつものおみよの声だ。今度は両手の甲で顔じゅうの涙を拭うと、その声で、おみよは言った。

「まず、おっかさんを葬ってやらなくちゃ」

それから、おみよが三島屋へ語りに来るまで、ちょっきり十日かかった。おみよがいない、おみよの屋台もない十日間だった。

富次郎は、いつでも来たいときにおいでと言っておいた。気持ちが固まったらおいで。もしも、おっかさんを葬ったら胸の曇りが晴れて、もう語らなくてもよくなったというなら、来なくたっていい。また旨い串団子を売ってくれりゃあ、わたしは満足だ。おまえの好きなようにしていいからね。

そんなのは強がりだった。この十日間は長かった。

おみよは、三島屋の勝手口へ訪ねてきた。串団子の包みを持参していた。応対に出たおしまは、富次郎から聞かされて委細を承知していたのだが、もしもそうでなくっても、団子の匂いだけでわかったろう。

黒白の間の上座に座っても、屋台で商いをしているときと同じ、粗末な身なりのおみよだった。襷《たすき》と前掛けがないだけだ。髷《まげ》もいつものじれった結びで、結う手間も金もかからない。それでも、顔だけはこざっぱりとしていた。額、目のまわり、頬と顎《あご》の先。この娘、こんなに色白だったかなあと思って、はたと気づいた。

屋台にいるときは、いつも七輪の煙を浴びている。醬油や砂糖醬油をからめた団子は、炙るとけっこう煙るのだ。そのせいで、おみよはいつも燻《いぶ》されたみたいにくすぶった顔をしていたのである。

そこへおしまが、おみよの串団子を盆に載せてやってきた。土瓶にたっぷり入った番茶の香りもする。

「おいしい焼き団子、たくさん持ってきてくれたんですよ。ねえ、おみよさん」

おしまはおみよに笑いかけ、皿と湯飲みを手元に並べてやる。

「小旦那様、この変わり百物語で、語り手の方のお持たせをお出しするのは初めてでございますよ」

おちかのころにはなかったのか。

「そうかい。おみよ、ありがとう」

おみよははっとしたようになり、畳に指をついて頭を下げた。「こんなものしかなくって恥ずかし――お恥ずかしゅうございます」

富次郎とおしまは顔を見合わせた。おみよの慣れない丁寧言葉が可愛らしい。

色あせた縞《しま》の着物に、縁が擦り切れそうな黒い掛け衿《えり》。正面の目立つところに大きな継ぎ接《は》ぎがないだけマシか。今のこの装いが、おみよにはよそ行きなのだろう。

「あたしらが下手にあったためようとして、焦がしちゃったらいけませんから、いただいたまんまお出ししますね」

おしまに話しかけられて、おみよは身を縮める。

「ま、まだ、冷めてないと思います。あたい、両国《りょうごく》の米沢町《よねざわちょう》から来たもんですから」

両国広小路《ひろこうじ》に面した賑やかな町である。

「あっちで兄ちゃんが屋台をやってるんです。たれは一緒です」

「じゃあ、同じようにおいしいわね。あたしたちも頂戴《ちょうだい》しますよ」

おしまがいそいそと出ていくと、富次郎とおみよは、香ばしい団子の皿を挟んで二人になった。

唐紙を隔てた次の間にいるお勝にも、この匂いは届いているだろう。悪いなあ。おしまがお勝の分はとっておいてくれる、かなあ。

「ここはこういう座敷なんだよ」

小さくなって座っているおみよに、富次郎は切り出した。軽く両手を広げて、ぐるりをさし示してみせる。

「変わり百物語をしているからといって、特に変わった趣向があるわけじゃない。ありきたりの客間さ。床の間の立葵《たちあおい》がちょうど満開だね」

お勝の活《い》けた花である。花弁は、薄紅色と薄紫だ。上座のおみよは身体をよじってそっちを見た。

「掛け軸に半紙が貼ってあるだろ？」

「は、はい」

「あれだけは……まあ、呪《まじな》いだと思ってちょうだいな」

あの半紙に、あとで自分が絵を描くんだと言いかけて、寸前でやめた。おみよがしゃべりにくくなってしまったら可哀想だ。

「おまじないですか」

「うん。白い紙ってのは、お浄《きよ》めになるからね」

舌先三寸のでたらめの、後ろめたいのをごまかすために、富次郎は皿の上から串団子をつまみ上げた。

「あれから十日、長いおあずけだったよ。いただきまぁす」

がぶりとやったら、砂糖醤油の味が口のなかいっぱいに広がる。

「旨いねえ。やっぱりこの味だ」

富次郎の食いっぷりに、おみよの顔と身体のこわばりが、少しほぐれた。

「褒めていただいて、兄ちゃんもきっと喜びます」

兄ちゃん、兄ちゃんか。屋台でやりとりしているときには、おみよの口から家族の話が出たことはなかった。

「このたれは、兄さんが一から工夫してこしらえたもの？ それとも誰かに教わったのかな。代々の秘伝とか口伝とか」

もぐもぐしながらの問いかけに、ちょっと間を置いてから、おみよは答えた。

「もともとは、あたいたちのおっかさんの味でした」

富次郎の喉に団子が詰まりそうになった。おみよがすぐと追っかけて、

「このあいだは、ホントにごめんなさい。おっかさんのことをあんなふうに言って、あれじゃ、あたいの方こそ気がふれたみたいでしたよね」

今は平気です。おっかさんの話をしても、二度とあんなふうに取り乱したりしません。うんとへりくだって首をすくめて、おみよは一生懸命に言う。

富次郎は湯飲みの番茶を飲んだ。ぬるめだ。おしまはいつも、気が利いている。

「ん、んんと」

胸を叩《たた》いていると、おみよが上座を離れてこっちに来て、土瓶から番茶をさしてくれた。

「お客様に給仕をさせて、わたしはぼんくらの小旦那だなあ」

おみよが小さく笑った。屋台で串団子と一緒に売っていた、あの笑顔の片鱗《へんりん》だ。

「おみよもお食べよ。遠慮してると、わたしが一人で平らげちまうよ」

おみよはこっくりとうなずいた。

「小旦那さん、先《せん》にあたいにおっしゃいましたよね。いい黒砂糖は高いんだから、串団子の売値を上げろって」

うん、言った覚えがある。

「けど、うちは、お金を出して砂糖を買ったことがないんです」

奄美《あまみ》の砂糖や黒砂糖を扱っている問屋と約束し、空き袋をもらっているのだという。

「砂糖が一貫目分入る、大きな麻袋なんですよ。うちで引き取って、水に浸してきれいに洗って乾かして、ほつれているところがあったら直して、また問屋さんに戻すんです」

富次郎はぽかんとした。口を開いたので、ちょうどいいからまた一つ、そこに団子を放り込んだ。その味で閃《ひらめ》いた。

「そうか、麻袋を浸す水が肝なんだね。違うかい？」

おみよの目元が明るくなった。「はい、肝なんです」と、声も弾んだ。

空いた麻袋の内側には、まだ砂糖や黒砂糖がくっついている。袋ごと水に浸せば、それがみんな溶け出してくる。

「溶けた水を濾《こ》してごみをとって、煮詰めて蜜《みつ》にするんです」

盥《たらい》一杯の甘い水を、どんぶり一杯分くらいのとろりとした蜜にまで煮詰めるのだという。

「炭を使うと費えがかさんで、何にもなりませんからね。近所を回って、焚《た》き付けになりそうなものを片っ端からもらってくるんですけど、湯屋の釜《かま》焚きさんと取り合いになっちまう。このごろ、やっと話がついて、ほっとしたところなんですよ」

そんな苦労と手間暇をかけた蜜が、砂糖醤油のたれの秘訣なのである。

「醤油のたれも、醤油だけじゃなくって、風味付けに足すものが――変な混ぜものじゃありませんよ、ちゃんとしたもので、どっちのたれも兄ちゃんが――えっと、いちばん上の兄ちゃんですけども、まとめて作って、あたいたちに分けてくれます。あたいたちっていうのはほかの兄ちゃんたちと屋台仲間と」

つんのめるようにしゃべってきて、そこで詰まって、おみよはしょぼんとした。

「すみません。あたい、話が下手でこんがらがってますね」

それまた、心配ご無用十五夜御用心だ。

「こんがらがらないように、まず太郎兄ちゃん、次郎兄ちゃん、三郎兄ちゃんと呼び分けよう。場所とかお店の名前も、みんな本当でなくっていいんだよ。おまえさんがしゃべりやすいようにすればいい。いい仮名が思いつかなかったら、わたしがつけてやろう」

富次郎は、変わり百物語の聞き手の顔になる。まだまだ修業の足りない聞き手だが、今、目の前にいるこの娘の語りを引き出すために、精一杯努めよう。

「さあ、話しておくれ」

　十六年前、おみよは、千駄ヶ谷《せんだがや》にある「松富士《まつふじ》」という料理屋で生まれた。正しく言うなら松富士の持つ広い地所の片隅にある古い土蔵のなかで、昼間もほとんど陽が差し込まぬ陰気なところだった。

　おみよの父・伊佐治《いさじ》は、子供のころから松富士に奉公していた。初めは小僧として下働きするばっかりだったが、いたって真面目な気質と、手先が器用なところを女将《おかみ》に見込まれて、だんだんと料理を習い始め、一人前の料理人になるべく修業に励むようになった。

　おみよの母・お夏《なつ》は孤児だった。生まれたての赤子のとき、薄汚れたおくるみに包まれて、市《いち》ヶ谷《がや》のある禅寺の門前に捨てられていたのである。しばらく寺内で育てられ、三つになると、檀《だん》家《か》の一つの蠟燭《ろうそく》問屋に引き取られた。

　市ヶ谷から四ッ谷《よつや》にかけては、尾張様の広大なお屋敷があり、寺がいくつもあり、御先手組の組屋敷も並んでいる。蠟燭問屋はよい得意客を得て富裕なお店だったのだが、若主人夫婦に子供ができないことで悩んでいた。

　但し、彼らがお夏を引き取ったのは、自分たちの子供として育てるためではなかった。もらい子をすると、それが呼び水になって赤子を授かるという謂《いわ》れを信じていただけなのだ。

　お夏にとっては不幸なことに、この謂れは、蠟燭問屋にとっては真実《まこと》になった。まず、お夏がもらわれて半年もしないうちに若女将が身ごもり、月満ちて元気な男の子が生まれた。はずみがついたのか、一年おいて二人目の男の子にも恵まれて、蠟燭問屋は幸福に満たされた。

　これでお夏はお役御免になった。しかし、蠟燭問屋の側には、一種の縁起物であるお夏を無下に扱って、せっかく授かった息子たちに障りがあっては恐ろしい――という気持ちがあったのだろう。お夏を追い出さず、そのまま一つ屋根の下に置いてくれた。もちろんもう養女ではなく、奉公人同然の立場ではあったけれど、お夏は不平をもらさず、おとなしくよく仕えた。身の程を弁《わきま》える知恵があり、骨惜しみしない働き者だったのだ。

　そのうえ、容姿にも恵まれていた。日々、粗末な身なりで袖をくくって身を粉にして働いていても、その艶《つや》やかな黒髪と抜けるように白い肌は、十三、四歳にもなると人目を惹《ひ》きつけるようになった。

「この器量よしを女中にして、煤《すす》まみれにさせてちゃあ勿体《もったい》ない。お夏をうちに寄越してくれないかえ」

　蠟燭問屋にそう持ちかけたのが、松富士の女将だった。寄る年波でかすんではいても、女将の人を見る目は鋭く、小僧の伊佐治に料理の才を見出《みいだ》したように、お夏にも華を見出したのだ。松富士が蠟燭問屋の上客だったこともあり、この話はとんとん進んだ。

　お夏にとっては夢のような成り行きだった。松富士は格式の高い料理屋で、大身の大名や市中で有名な豪商が得意客として名を連ねている。料理はもちろんのこと、家具や調度、皿や椀《わん》など器の趣味の優れていることでも評判が高い。

松富士を営んでいる家は、もとから千駄ヶ谷の地主だった。地所は緩やかな丘を含んで広々としており、その丘の麓《ふもと》に料理屋の建物がある。重厚な瓦《かわら》屋根と一抱えもある大黒柱、陽光を切り取る連子窓と、月光を弾《はじ》く格子窓。庭には池と小さな滝があり、緩やかな丘の斜面を埋める竹林には、一年中青々とした風が吹き抜ける。千駄ヶ谷は鄙《ひな》なところではあるが、だからこそ得られる静けさもまた、松富士の売り物だった。

水の豊富な深い掘り抜き井戸があるほかに、丘のそこここで湧き水がわいている。この地所のなかに、主人一家の住まいと、奉公人たちの寮、古い土蔵と新しい土蔵、炭小屋や道具小屋、先代の主人が使っていた隠居所と小さなお稲荷《いなり》さんのお堂もあって、それぞれの建物のあいだを飛び石が繋《つな》いでいる。

市ヶ谷の蠟燭問屋も富裕なお店ではあったが、松富士の豊かさとは桁《けた》が違う。お夏はそこにもくらくらした。

でっぷりとして押し出しのいい主人と、商いの才覚に長《た》けた女将の下に、腕のいい料理人たちが控えている。いちばん上席の料理人は料理屋の看板であり、特に「庖丁人《ほうちょうにん》」と呼ばれるが、その当時の松富士の庖丁人・嘉久造《かくぞう》は、四十路《よそじ》を越えたばかりで、『市中東西庖丁人番付』の西の張出横綱だった。

十五歳の春、紅白の梅が咲き薫るなかで、お夏は名を「夏栄《なつえ》」とあらため、松富士の仲居として働き始めた。

「うちの仲居はただのお運びではない」

夏栄は女将から直々に、お茶とお花を叩き込まれた。これで立ち居振る舞いが美しくなるのだ。また、松富士で供される酒肴《しゅこう》や料理とその素材について、いつお客に問われてもひととおりのことは答えられるようにと、こちらは嘉久造から教わることになった。

松富士という店の品格にふさわしく、嘉久造は練れた人柄の男だった。料理人にはやさぐれ者や道楽者が珍しくないが、嘉久造はそういう輩《やから》とは根っから違っていて、「料理」という仏に仕える僧のようだった。

この女将と庖丁人の下で、伊佐治と夏栄は出会った。伊佐治は十八歳、役者のような――いや、なまじな役者よりも男前に成長していたから、夏栄としっくり釣り合って、寄り添えばそのまま読み本の恋物語の挿絵になりそうな二人であった。

それぞれに修業中の身だから、おいそれと喋々喃々《ちょうちょうなんなん》できるわけもない。松富士という大きな屋根の下、互いの働きぶり、精進の様子を間近に見聞きしながら胸をときめかせる。それが互いの張り合いになり、伊佐治は腕を上げ、夏栄は松富士の小町仲居として名があがるようになった。

松富士の主人と女将、庖丁人の嘉久造は、二人の可愛らしい仲を知っていた。どちらも一人前になったなら、所帯を持たせてやろうじゃないか。主人と女将には子供がおらず、嘉久造は料理に邁進《まいしん》するあまりに独り身だったので、伊佐治と夏栄が精進に精進を重ね、いつかその看板にふさわしい夫婦になり得たら、松富士を任せてもいい――。人生の終盤に入った三人で、こっそりそんな話もしていたのだった。

しかし、運命は、人の思うようには転がってくれない。

伊佐治が二十歳《はたち》、夏栄が十七になった歳の正月二日。松富士で新年を祝おうという客で大賑わい、てんてこまいの板場で、焼き台で鯛《たい》を焼いていた伊佐治が、にわかに咳《せ》き込んだかと思ったら血を吐いた。

もともと伊佐治には身弱なところがあり、とりわけこの数年はやたらと風邪を引きやすくなって、すぐ咳《せき》をする。料理人に咳やくさめは御法度だから、本人も重々気をつけていたし、咳に効くという薬湯を飲んだり、喉を冷やさぬよう気をつけたりしていた。

このときは、なにしろ慌ただしい最中《さなか》だったから、嘉久造は心配するより叱責《しっせき》して、伊佐治を板場から追い出した。よりにもよって正月料理に咳の血をかけたなど、松富士の屋台骨を揺るがしかねぬ不始末である。それは叱られた伊佐治の方も百も承知で、板場の邪魔にならぬよう、お客らの目に触れぬよう、飛び石を踏んでよろめきながら奉公人の寮へと引きあげた。

めでたい正月、上客が金を落としてくれる稼ぎ時であり、凝った正月料理で「さすが」と客を唸《うな》らせるならば、松富士の看板にいっそう輝く箔《はく》がつく。誰もが忙しかった。夏栄でさえ、伊佐治がそんなことになっているなんて、お客がすっかり引いてしまうまで知らされなかった。

「え、血を吐いたんですか！」

提灯《ちょうちん》を手に、小走りで寮へ様子を見に行くと、普段寝起きしているはずの部屋に伊佐治の姿がない。名を呼びながら捜し回るうちに、提灯の明かりに、寮の裏手の厠の方へ、点々と黒いものが滴っているのが浮かび上がった。それをたどってゆくと、伊佐治がいた。厠《かわや》の前にうずくまるようにして倒れていて、抱き起こそうとした夏栄の手のひらがぬるりと滑るほどに血を吐いていた。

思えば、しばしば「また風邪を引いちまった」で済ませてきた伊佐治の咳は、もっと重たく不穏な病の兆しだったのだ。この喀血《かっけつ》で、いよいよその正体が現れてきたのである。

女将が呼んでくれた町医者の診立ては、肺病だった。

「歳が若いから、養生すれば治る目はある。とにかく休ませて滋養をとらせなさい。こんな底冷えのする板間では駄目だ。陽当たりのいいところに寝かせて温めなくては」

子供のころから働いてきたとはいえ、伊佐治はただの奉公人である。松富士が、働けない病人にそこまで手厚くする理由はない。

夏栄は主人と女将に手をついて頭《こうべ》を垂れ、必死に願った。

「伊佐治さんと夫婦にならせてください。あたし

が養って看病します。けっして松富士には迷惑をおかけしません」

主人は当惑して渋ったが、女将はその場で許しをくれた。

「夫婦になるからには、住まいを持たなきゃならないね」

そう言って、先代の主人の隠居所を二人に貸してやろうと言い出した。この隠居所は緩やかな丘の南側の麓にあり、確かに奉公人たちの寮よりはずっと陽当たりがいい。

「店賃はあんたの給金から引くことにする。夏栄、亭主の病をお客様の前にまで引き摺《ず》って、いっぺんでも暗い顔をしてごらん。あたしが承知しないからね」

語気こそ強けれど、夏栄には仏様のお言葉のように聞こえた。

こうして伊佐治と夏栄の暮らしが始まった。働き者で気性も素直な二人だったから、松富士で働く人びとは、ぜんたいにこの若い夫婦に優しく、思いやりをかけてくれた。だからと言って甘えてはいけない。夏栄は仲居としてはこれまで以上に凜《りん》として働き、伊佐治には優しく辛抱強い看病人となった。

誰も進んで話しはしなかったのに、伊佐治の病と、夏栄と添ったことは、いつの間にか常連のお客のあいだにも知られていった。夏栄が客からもらった心付けを貯めて、伊佐治に飲ませる薬を買っていることまでも。

肺病の薬は値が高い。若夫婦を哀れんで、何も言わずに多めの心付けを包んでくれる客がいる一方で、夏栄の指にこっそり小判を握らせながら、謎をかけてくる客もいた。一夜、自分になびけというのである。

松富士の女将は、ここまで精魂傾けて育て上げてきた店を、岡場所のように扱おうとする客を忌み嫌っている。庖丁人の嘉久造はそれ以上で、たとえば仲居にしつこく言い寄る酔客の襟首を捕まえて、「千駄ヶ谷じゃ方角違いだ。女の肉を喰《く》いたいなら新吉原《しんよしわら》へおいでなさい」と、表へ放り出してしまったことがあるほどだ。

ちなみに、このとき塩壷を小脇に抱えてあとを追っかけてって、放り出されたお客に向かって塩をまいたのが、仲居頭のおさんという大年増《おおどしま》だった。つまりこの誇りと気風は、松富士で働く者たち一人一人の性根にも深く叩き込まれているのである。

おかげで、夏栄はどんな誘惑にも悩まされずに済んだ。肺病の薬に朝鮮人参《にんじん》まで買ってもおつりがくるような金子で頬を撫でられようと、夏栄がうんと言ってくれるなら、自分には伝手《つて》があるから伊佐治を小石川《こいしかわ》の養生所へ入れてやれると囁《ささや》かれようと、

「それは松富士《こちら》の流儀ではございません」

毅然《きぜん》として、にこやかに撥《は》ねつけてしまうことができたのだ。

伊佐治の肺病は、命をもぎとるほどの勢いはなく、ただ濡れ手ぬぐいのように彼にまつわりついて、我慢比べの養生が続いた。夏栄はもちろん、当人の伊佐治も、たまに弱気の虫に噛まれることはあっても、弱気に呑まれることはなかった。きっとこの病に勝ってみせると、笑顔を忘れずに暮らしていた。

しかし、運命は、人の笑顔に頓着《とんじゃく》してはくれない。

伊佐治が寝付いて二年目の歳の暮れ、嘉久造が何者かに闇討ちをかけられて、命を落とすとい

う不幸が起こった。

嘉久造は毎朝、誰よりも早く起きて庖丁の手入れをする。下手人はそれを知っていて、彼が水を汲《く》みに井戸端へ出てくるのを待ち伏せし、襲いかかったものと思われた。背中を滅多刺しにされた嘉久造は、事切れるまで少し時があったらしく、地べたの霜柱を指で掻《か》きむしった跡が残っていた。

殺しに使われた得物はありふれた錐で、柄のところにべったりと血まみれの手形がついたまんま、井戸のそばの草むらに投げ込まれていた。

松富士自慢の庖丁人であり、市中で名高い料理人であり、僧のように謹厳で、料理の道を極めることに人生を捧《ささ》げていた嘉久造は、己に厳しいように他の料理人たちにもまた厳しかったから、知らぬ間に恨みをかっていたのかもしれない。羨《うらや》まれ憧《あこが》れられるだけでなく、妬《ねた》み嫉《そね》み、憎しみもかっていたのかもしれなかった。

残された松富士の者たちに、そういえばどこどこの誰々が——という確かな心当たりはなく、手掛かりといったらどこにでも転がっている錐が一本だけ。結局、嘉久造殺しはいつの間にか沙《さ》汰《た》止みで、うやむやにされてしまった。

嘉久造を失った松富士は、その一番弟子だった料理人を庖丁人の座に据え、上得意客への挨拶に連れ回し、手間と金をかけたお披露目も催したが、しょせんは弟子、嘉久造には並ぶことができない。客たちがわかりやすく表す落胆や、ちくちく並べる皮肉と嫌味に、本人も最初のうちはむしろ奮起して精進していたのだが、覆い隠しようのない客離れに嫌気がさしたのか、嘉久造が亡くなって一年足らずで出ていってしまった。

次の料理人はまだ未熟者で、とうてい庖丁人にはなり得ない。嘉久造がいたころと同じ値段はとれないが、すぐ値下げしてはあまりにもみっともない。調度や器により高価なものを揃えて外面だけは華美にとりつくろっても、肝心の料理の味が落ちているのは隠しようがない。できない、届かない、思うようにならないのないないづくしで、松富士は、泥沼にはまってしまった千鳥のように、もがけばもがくほど沈み始めた。

皮肉なことに、伊佐治の肺病はこのころいくらか快方に向かっており、床を払って暮らしていた。ただ、しつこい咳だけは続いていたので、板場どころか松富士の勝手口にさえ近寄れない。

どんなにもどかしく、悔しく歯がゆかろうが、伊佐治はそれを顔に出さず、下働きの奉公人の一人として、地所の掃除や庭の手入れ、風呂《ふろ》の焚き付け集めなど、病み上がりの身には辛《つら》そうな力仕事でも、できる限りは何でもこなした。そしてその合間に、嘉久造から教わった料理の技を帳面に記したり、隠居所の台所に立ったりして、庖丁さばきも忘れぬように努めていた。

「旦那様も女将さんも、おまえさんが本復して松富士の庖丁人になるのを待っている、それが嘉久造の望みでもあったはずだって、おっしゃってくださってますよ」

夏栄の励ましは、嘘ではなかった。嘉久造を亡くしても、もしも伊佐治が元気に板場で働いていたならば、松富士がこれほどの凋落《ちょうらく》を見ることはなかったはずだ。

「俺も早く板場に戻って、腕をふるって恩返しをしたいよ」

だが、沈んでゆく看板を持ち上げようと、気張り過ぎたのだろう。松富士自慢の庭が新緑に輝き、橘《たちばな》の白い花が香るころになって、女将が倒れた。朝起き抜けによろけて転んでそのまま起き上がれず、主人が女中を走らせて呼んだ町医者が駆けつけたときには、もう息が絶えていた。

当人を含めて誰も歳など気にすることがなかった女将だが、実は古稀《こき》を迎えていた。しばらく前から、廊下を行き来するだけで息切れがするとこぼしていたことが、病の兆しだったのだろう。女将を見送ってから、今さらのように思い当たっても空しかった。

松富士の主人は六十五歳、五つ歳上の姉さん女房に、実は商いも人生も舵《かじ》取りを任せてきた人だった。それでなくとも料理屋のよしあしは女将で決まる。その座を空けたままにしておくことは得策ではないと、地主の一族が鳩首《きゅうしゅ》して、大慌てで迎えた後添いがお富美《とみ》という三十二歳の女だった。

松富士と永い付き合いの酒問屋の紹介で、実家も料理屋、若いころ死に別れた亭主も料理人だったというし、こんなにわか縁組で望む限りの良縁だと、松富士の側は喜んでいた。十年以上も寡婦《やもめ》を通してきたという割に、お富美が婀娜《あだ》っぽい美女であることを危ぶみ、待ったをかける者はいなかったのだ。

もっとも、誰かが反対したところで、下手すれば孫娘のような若さの美人との再縁の喜びに、すっかり酔いしれている松富士の主人の耳には入らなかったろうが。

伊佐治の肺病を振り出しに、大小のケチがつき続けてきた松富士に、最後で最大のケチとなったのがこのお富美だった。派手好きで贅沢好き、己の身を飾ることにばかり熱心で、思うようにならぬことには芥子《けし》粒ほどの我慢も持ち合わせていないこの女は、役者遊びという厄介な病にもかかっていた。

実のところ、お富美にはこの役者遊びで出来合った情夫がいて、よろずその男が糸を引き、松富士を金儲《かねもう》けの器にしようと画策したのだった。湯水のように金を使う一方、金の亡者でもあったお富美だが、自力であんなことを思いつき、実行するだけの頭と腕を持ち合わせてはいなかった。

その「あんなこと」とは。

だいぶ値が下がったとはいえ、まだ捨てたものじゃない格のある松富士の、歴史と品格のもとで、料理と酒に加えて「色」も売る。

上等な酒肴に、酌する女もよりどりみどり、お好みに合わせて取りそろえております。大きな声では申し上げられませんが、ごひいきをいただく上客の皆様への、松富士の新しい商いでございます――

酔客が小判を握らせて仲居を口説くことさえよしとしなかった松富士を、料理屋の看板を掲げた岡場所に堕《お》とそうというのだ。

先代の女将に躾《しつ》けられた仲居たちは、真っ青になった。嫌らしいお客に塩をまいたことのある仲居頭のおさんなど、お富美の細い首をねじ切らんばかりの勢いで怒ったが、年若い後妻に骨抜きにされている主人はへの突っ張りにもならず、結局、みんなして松富士を出てゆくしかなくなった。

お富美はたいして身に応《こた》えたふうもなく、松富士の新たな商いに合いそうな女たちをさっさと見繕って雇い入れた。奉公人たちも、外面は料理屋の岡場所にふさわしく、見栄えのいい者に取っ替えた。料理だけは恰好《かっこう》をつけねばならないから、もとからいる料理人たちにいい給金を払ったし、それでも出ていった者の穴埋めには金を惜しまなかった。

お富美と情夫に、その道の商才があったのか。それとも、色を売る商いには失敗というものがないのか。品格ある料理屋という器が、恃《たの》んでいた以上に利いたのか。

ひそやかに、かつ確実に、新しい商いの噂が広がるほどに、松富士は立ち直り始めた。面白いように儲けがあがるのだ。おかげで主人の腑抜《ふぬ》けぶりもさらに進んで、ただのお飾りに過ぎなくなってしまった。

さて、このとんでもない事態に、伊佐治と夏栄の夫婦はどうしたのか。

焼き団子の煤がとれて、こざっぱりと色白になったおみよの頬が、ほんのり赤くなっている。これは何かの想いの表れではなく、ただ語り詰めだったからだろう。

「少し喉を湿すといい」と、富次郎は言った。「温かいのに淹《い》れ換えてあげよう」

おみよは目の前の湯飲みを取り、「いいえ、これをいただきます」

一口飲んでにっこりする。「わあ、冷めてもいい香りがする」

湯飲みを包み込む、その指の爪が汚れている。洗ったぐらいではとれないほどに醬油がしみこんでいるのだ。

「ここまでの話って、まるっきり、うちのおとっつぁんとおっかさんの身の上話ですけど」

おみよがつぶさに知っているのは、太郎兄ちゃんに教えてもらったからだという。

「ほんの三年ぐらい前のことです。おっかさんがおかしくなっちまったときには、あたいはまだ小さかったんで」

女が身を売るなどという、大人の生臭い話はできなかったのだ。

おみよは瞼を閉じ、手を合わせて仏様を拝むようにして、湯飲みの番茶を飲み干した。富次郎は黙って見守った。

「――運がなかったんです」

顔を上げると、空になった湯飲みを胸の前で抱きしめて、おみよは小さくそう呟《つぶや》いた。

「おとっつぁんもおっかさんも、ホントに運がなくって、かわいそうなくらい」

おみよの目元にはかすかな怒りがある。

「松富士の女将さんが亡くなる半月ぐらい前から、おとっつぁん、また具合が悪くなってきてて、熱と寒気と、血も吐いちまって」

肺病はしぶといのだ。

「いったんよくなったあと、動き過ぎたのかもしれないね」と、富次郎は言った。

早くもとのように働きたい、松富士の温情に救われ、嫁の夏栄に食わせてもらって、いつまでもぐずぐずしてはいられない。その思いに急《せ》かされてしまったのだろう。

「そうかなあ」

「きっとそうだ。わたしも男の端くれだから、おみよのおとっつぁんの気持ちがわかる気がする」

おみよはちょっと目を瞠り、富次郎の顔を見た。その目をそらして、小声で続けた。

「そんなんだから、おっかさんには他の道がなくって」

松富士で働けなくなったら、肺病の亭主を抱えて、住むところさえない。

「仕方なく、お富美の言うとおりに、ただの仲居じゃなく――」

「お客の相手もするようになったんです」

その言葉を言うのが嫌だったから、富次郎は口を濁した。そしたら、おみよに言わせることになってしまった。もっと嫌だ。俺は何て気の利かねえバカ野郎なんだろう。

「おっかさんはべっぴんだったし、歳もくってないし、亭主持ちだから小娘にはない色気があるし」

早口に数え上げるように言うおみよは、また怒っている。

「そのうえ、亡くなった女将さんにしっかり躾けられて、御殿女中みたいな立ち居振る舞いができたんですって。それだもん、あっさり一番人気になっちまった」

夏栄に会いに、裕福な男たちが、老いも若きも絹の着物の懐に切餅《きりもち》を忍ばせて、いそいそと千駄ヶ谷詣《もう》でをするようになると、屋台骨が傾きかけていた松富士は、みるみるうちに持ち直した。

「そうやって暮らしてたら、いつの間にかお腹が大きくなって。ちっともおかしかない、当たり前のことですけど」

ふふん、とおみよは笑う。捨て鉢な笑いが胸に痛くて、富次郎は目を伏せた。

夏栄の腹の子は、いったい誰の子なのか。これまでを振り返ってみても、肺病の亭主の胤《たね》であるわけはない。ならば、客の誰かの子なのである。

「きっと私の子に違いない。この際、夏栄を手元に引き取って世話をしたい」

そう申し出た客が三人いた。男の子なら跡取りにしたいとまで言う口もあったのだから、夏栄の人気のほどがよくわかる。本来、女が身を売る商いのいちばん非情なところが赤子がらみであるのに、夏栄の場合は違った。

松富士のお富美が、この意外な成り行きに乗じないわけがない。夏栄を取り合う三人の客を煽《あお》って、どんどん貢がせた。どなた様がいちばん夏栄を想っていてくださるか、しっかり見極めないことには安心してお渡しできませんわ——と、うそぶいて。

十月十日を経て無事に生まれ落ちたのは、玉のような男の子だった。そして、産湯を使わせ、やわらかな布で顔を拭《ふ》いてやったら、その場に居合わせた誰もがぐうの音も出なくなるほどに、伊佐治によく似ていた。

役者よりもいい男。病に命を削られつつ、肩身の狭い暮らしに甘んじていても、その男ぶりは変わっていない。風邪引き男は色っぽいという俗諺《ぞくげん》ではないが、窶《やつ》れた横顔にはむしろ色気さえ漂っている。

赤子は、そんないい男のいい顔にそっくりだった。

我が子を抱き、伊佐治は涙を流して喜んだ。貢ぐだけ貢がされた三人の客は、お富美に因果を含められてしおしおと退却した。太郎《たろう》と名付けられた赤子は、伊佐治と夏栄のもとでぐいぐいと乳を飲み、よく泣いてよく眠った。

夏栄は産後をゆっくり養生し、半年ほどで松富士の仲居に戻った。乳飲み子と伊佐治の世話には、お富美が女中をつけてくれたから心配はいらない。

赤子を産んだことで、夏栄の美貌《びぼう》は衰えるどころか増していた。多くの客が夏栄のために金を積み、松富士はぼろ儲けに笑いが止まらない。

この成り行きでは当然の如く、夏栄は二人目の赤子を妊《はら》んだ。

世の中には、女のこととなると目がくらむ男が多いのか。今度もまた、夏栄とお腹の子をめぐって争う男たちが現れた。それに乗じたお富美が上手に煽って、むしれるだけむしって涼しい顔をしていたのも、太郎のときと同じである。

親の顔を知らぬ孤児で、ようやく愛《いと》しい亭主を得たと思ったら肺病に苦しめられ、共に生きていくためには身を売らねばならない。およそ分の悪い人生を強いられてきた夏栄だが、お産の神様にだけは愛《め》でられていたらしく、二人目もつるりと安産で、元気な男の子を産み落とした。

この子・次郎《じろう》もまた、誰がどんな難癖も付けようのないほど伊佐治に似ていた。あんよが達者になり始めた兄の太郎の方も、伊佐治を小さく縮めたような顔のまんまだから、二歳違いなのに双子のような兄弟である。

仲良く育つ兄弟の傍らで、伊佐治の病はじわじわと重くなっていた。血の混じる唾《つば》を吐き、身体も痩せてゆく。亭主にいい薬を与えるためにも、夏栄は床上げを済ませると、次郎に乳をやりながら仲居に戻った。

皮肉なことに、養う口が増えたのに、夏栄を買おうという男たちは、何気なく、少しずつ、目立たぬながらも確実に減っていった。熱く沸いた鉄瓶の湯も、いつかは冷めるときがくる。繁盛している松富士には、夏栄よりずっと若くて見栄えのする女たちが働き始めていた。

夏栄の稼ぎが減ってゆくと、お富美は正直にすげなくなった。風向きが変わってきたなかで一心に働き、めでたいのかめでたくないのか、夏栄は三人目を妊んだ。

「料理屋のお客に伊佐治の咳が聞こえて困る」

お富美がそう言い出し、

「あっちの方が静かだし、井戸が近くて便利だろう」

と夏栄に言い含めて、一家を隠居所から追い出し、地所の端っこにある古い土蔵に押し込めてしまったとき、夏栄はひどい悪阻《つわり》に苦しんでいた。

上の二人を育て、病の亭主の世話をしながらの三人目。お付きの女中もいつの間にか取り上げられて、一人で全てを背負う暮らしに、さしもの夏栄の美貌にも翳《かげ》りが見えてきた。また、ちょうどこのころ、岡場所まがいの商いをお上に密告されて、松富士は半年ほど仲居に客をとらせるのをやめた（ほとぼりが冷めたらすぐに始めたが）。そんなこんなで、夏栄と三人目の赤子は、大金を貢いでくれる客を見つけ損ねてしまった。

三郎《さぶろう》と名付けられた三男も、伊佐治によく似ていた。肺病が進み、頬がこけて幽霊のように青白くなってしまった伊佐治は、夏栄に助けてもらわねばこの赤子を抱き上げることさえできなかったが、

「おとっつぁんにも、兄ちゃんたちにもそっくりな子よね」

夏栄に笑いかけられると、目を細めて涙を浮かべた。

三郎で儲けられなかったときから、金の亡者のお富美は、どこで夏栄に見切りをつけようかと計るようになった。三人の子持ちになっても、馴染み客を引っ張っていられるうちは、切り捨てるのはもったいない。だが、足が出るようになる前に追い出さなくては。

お富美の思惑を知ってか知らずか、三郎から一年も空けずに、夏栄は四人目を妊んだ。

四人目では、もう、こっちからどう水を向けようと、誰も夏栄と腹の赤子を我がものにしたいと申し出てはくれなかった。辛抱強くついていてくれた馴染み客とも、悪阻だなんだで休みが多くなるうちに、ぷつり、ぷつりと縁が切れていってしまった。

お富美は夏栄に、ぎりぎり暮らしていけるくらいの金しかくれなかった。やりくりが苦しくなり、伊佐治の薬が切れる日があった。肺病は伊佐治を骨まで蝕《むしば》み、彼は寝たきりになっていった。

四人目の赤子を産むときは、夏栄はお産の神様にも冷たくされて、まる一日苦しんで、ほとんど死にかけた。生まれてきたのは女の子で、月足らずではないのに小さかった。そして、ぜんぜん伊佐治に似ていなかった。夏栄にも似ていなかった。

「どっかから、間違ってあんたのお腹に転がり込んじゃったんじゃないのかねぇ」

お富美は冷たくそう言い放った。万に一つを恃んで赤子が生まれるまで待ってみたのに、結局誰からも、祝い金さえとれなかった。いよいよここが潮時だ。

四人目で初めての女の子を、伊佐治は大いに喜んで、「みよ」と名付けた。だが、もうおみよを腕に抱く力はなかった。

黴《かび》の臭いの漂う薄暗い土蔵で、小さいおみよのささやかなお七夜を祝い、それから二晩と保《も》たずに、伊佐治は死んだ。

お富美にとってはこれ幸いだった。病気の亭主という、同情のよすががいなくなった。夏栄はお払い箱だ。がきどもと一緒に、さっさと出ておいき。

悲しいかな、これを止められる者はいなかった。ただ、このころはもう亡くなった女将の歳を追い越し、中気を患っていた松富士の主人だが、もともと冷血な人柄ではない。お富美の本性も知れてきて、いくらか正気づいていたし、亡き女将との思い出を共にする夏栄に酷《ひど》いことはできないと思っていた。

それだから、お富美が、着の身着のままで夏栄たちを追い出そうと考えているのを知って、大いに慌てた。

「誰か夏栄の力になってやってくれまいか」

その相談が回り回って、おさんの耳に入った。松富士で色を買おうとした客に塩をまいた、あの仲居頭だ。白髪頭の婆さんになってはいるが、気丈なところは変わらないおさんは、ほんの少しの躊躇《ちゅうちょ》もなしに、夏栄と子供らを助けようと腹を決めた。

おさんは松富士生え抜きの仲居だった。女将の信頼も厚く、庖丁人の嘉久造と仲居頭のおさんを、松富士を守る阿吽《あうん》像に喩《たと》える馴染み客もいたほどである。

その松富士といわば喧嘩《けんか》別れ、後妻のお富美の顔に後足で砂をぶっかけて、はいさようならと飛び出したあとは、料理屋勤めからきっぱりと足を洗った。かわりに何を生業《なりわい》にしたかというと、屋台の食いもの商売だ。

もともとおさんは、浅草御門そばの飯屋の娘だった。なにしろ遠い昔のことで、今はもう身よりの者は誰もそこにいない。だが、地縁と人の縁はまだ残っていた。かつておさん一家が世話になった差配人は隠居していたが、その跡継ぎが親身になって、いろいろ相談に乗ってくれた。

今さら店を借り人手を集めて飯屋をやるなんて、おさんは面倒くさかった。もっと小さな商いでいい。

――それなら、屋台はどうでしょうな。

このごろ、この界隈《かいわい》で人気があるのは屋台の食いもの屋だ。永年、一流の料理人がこしらえる寿司や天ぷらを見てきたおさんに、屋台で同じものを売れというのは無理だろうが、他のものならどうだろう。肝煎りにきちんと筋を通せば、女一人でも安心して商売することができる。

　おさんは、有り難くこの話に乗ることにした。肝煎りに引き合わせてもらい、いくつかの屋台の商いぶりを見せてもらって、さしあたり誰の商売仇《がたき》にもならず、穏やかに始められそうなのは煮物売りだと見当をつけた。

　酒の肴《さかな》にもなるおでんではない。昼間のうちだけ、女子供を相手に、芋やこんにゃくを一ついくらで串に刺して売るのである。七輪に鍋《なべ》一つ、味付けは、両親が営んでいた飯屋の濃い味を思い出した。甘みが強いのが特徴だった。

　郡代屋敷の路地の行き止まりに場所を決めてもらって売り始めたら、その濃い味がよかったのだろう、ぽつぽつと客がついてくれた。子供の駄賃のような銭でも、自分の手でじかに稼ぐ面白さを、おさんは知った。

　当時、そこらの屋台商いの肝煎りは、地元の大商人だった。この人が、色を売る松富士を蹴《け》っ飛ばして出てきたおさんの意気地を買ってくれたのも幸いだった。

　──私も客として、松富士のいちばん良いときを知っているからね。あれは天下一の料理屋だった。

　あるとき、肝煎りにそんな言葉をかけてもらって、女将を亡くしたあの日と同じように、おさんはおいおい泣いた。

　婆《ばばあ》一人の煮物屋台、のんびりと繁盛してゆくにつれて、商い仲間もできた。いや、おさんが婆さんだったからこそ、男ばかりの他の屋台商人たちも、すんなり仲間に入れてくれたのかもしれない。おさんが、昔の栄華を笠《かさ》に着る愚かな婆ではなかったことも、永年の忠勤で小金を貯めていたけれど、身の回りは慎《つつ》ましくしていたのもよかった。

こうして新しい暮らしを手に入れ、活《い》き活《い》きと生きているところに、松富士で伊佐治が死に、夏栄が助けを求めている――という話が飛び込んできたのである。

おさんはこの夫婦のことを、一日だって忘れたことはなかった。後悔していたし、十年近く経った今でも腹を立てていた。松富士を飛び出すとき、一緒においでとこんこんと説いたのに、病気の伊佐治を気遣うあまりに、夏栄が頑《かたく》なにうんと言ってくれなかったからである。

あれから、本膳に女を載せて出す料理屋に堕ちてしまった松富士で、夏栄はどんな暮らしをしてきたのか。忍び難きを忍んで身を売ってきたのだろうに、愛しい亭主は結局肺病にとられてしまったのなら、今はどれほど打ちひしがれていることだろう。

おさんは奮い立った。屋台商人の仲間うちでいちばん見た目の柄が悪い男に助っ人を頼んで（もしも何か揉《も》めたら凄《すご》んでおくれよ）、一緒に大八車を引いて松富士へと乗り込んだ。

夏栄は、亡き女将が手ずから育てた自慢の仲居だ。かつての松富士の栄耀《えいよう》栄華の上に咲いた大輪の牡丹《ぼたん》の花だった。

その花は、今や色あせて枯れかけていた。夏栄は、おさんの顔を見るなり、ほろほろと泣き出した。それでも、おさんの方から手を差し伸べないうちは、すがりついてこようとしない。この子のこういう行儀のよさは、女将さんが叩き込んだものだ。そう思うだに、おさんも泣けてきそうだった。

「迎えに来たよ。お夏」と、おさんは言った。

いい目にも悪い目にもあった「夏栄」はもういなくなる。お夏に戻るのだ。

肺病がいっとき影をひそめ、伊佐治がわりと元気な時期もあったことを覚えていたから、夫婦のあいだに子供がいたって、おさんもそんなに驚くつもりではなかった。しかし、会ってみたら四人いる。長男が七つ、次男が五つ、三男が二つ、この三兄弟の顔は、揃って父親の伊佐治に生き写しだ。もう少し歳がくっついていたら、三つ子かと思うほどである。これには心底驚かされた。

一方、生まれて間もない四人目の子、末の妹・おみよには、伊佐治の面影がまったくなかった。強いて言うなら、目のあたりがややお夏に似ているかなというくらいだ。

――さすがに、この子は伊佐治の胤じゃないんだ。

わかりきっている。お夏も苦しかったろう。この子を抱っこしてから逝った伊佐治の心情を思うと、赤の他人のおさんだって辛い。

そっくりな三兄弟は仲良しだった。利発な長男が弟たちと妹の世話を焼き、母親のお夏を助けている。まだ頑是ないはずの三男坊でさえ、兄ちゃんの言うことはよく聞いて、みんなで妹を可愛がり、守っている。

「これ以上ないくらい、いい忘れ形見をもらったね、お夏」

おさんの言葉に、お夏は泣き笑いの顔でうなずいた。容色だけでなく、身体そのものがだいぶ衰えていて、ぼうっと立っていると幽霊のように見えるのが哀れだった。

母子五人と、一家のささやかな家財道具を大八車に乗っけた。おさんの助っ人は、お人形のようにきれいなそっくり顔の三兄弟に驚き、長男の腕に抱かれている赤子には喜んで目を細め、頬をつっついたりと忙しかった。

「さあ帰ろうや、みんな」

助っ人が、柄の悪い見た目にふさわしい塩辛声でそう言って、手に唾をして大八車をぐうっと押し出した。

これから先の人生の重みに、車輪がぎりんぎりんと軋《きし》る。浅草へと帰ってゆく一同の背中を、千駄ヶ谷の森が見送っていた。


「その柄の悪い助っ人のおじさんが、政《まさ》さんっていって」

鬼瓦のような顔をしていたが、屋台で串団子を売っていた。酒は一滴も飲まず、甘いものが好きで、子供らをよく世話してくれる人だった。

黒白の間で語り続けるうちに、おみよはずいぶんと大人びてきた。たかだか一刻《いっとき》ばかりのあいだのことだ。目の当たりにしなければ信じられないだろう。でも確かに、おみよのなかから幼さと健気《けなげ》さが抜けていった。

「あたいたち一家はおさん婆ちゃんのうちに転がり込んで、最初の一年ぐらいなんか、丸抱えで食わせてもらっていたんですけど」

おみよが乳離れし、少し身体が元気になってくると、お夏もおさんと一緒に屋台商いをするようになった。さらに長男の太郎が見様見真似で商いを手伝い始め、これもそこそこ役に立った。

「そうこうしているうちに、何とか自分たちで店賃を払えるようになったので、おさん婆ちゃんと同じ長屋の四畳半を借りて、一家で暮らすようになったんです」

柄の悪い政さんだけでなく、おさんの商い仲間はみんな、お夏たち一家に親切にしてくれたそうである。

「やっぱりお夏がべっぴんだからだって、おさん婆ちゃんは笑ってました」

太郎に続き次郎も、やがては三郎もおみよも、屋台商いを手伝うようになった。おみより六つ年上の太郎は、十五のときから一人で屋台を任せられるようになった。

「もちろん、まだ自前の屋台じゃありません。借りものでしたけど」

貸してくれたのは政さんで、だから串団子の屋台だった。団子の作り方、焼き加減、砂糖や黒砂糖を安価に都合する工夫など、すべて政さんが教えてくれた。

「太郎兄ちゃんの一人屋台がちゃんと儲かるようになるのを見届けて、ほっとしたみたいにころっと亡くなっちまったんだけど」

いい人だった。今も懐かしい。おみよの眼差《まなざ》しが優しくうるんだ。

「太郎兄ちゃんの串団子は、政さんからの直伝です。だから、兄ちゃんに習ったあたいの串団子も、政さんの串団子ですよ」

「どうりで旨いわけだ」

そう言って、富次郎はにっこりした。ここでこの娘に笑みを見せよう――と思って浮かべた笑顔だった。

本当は、心から笑いたいわけではない。おみよの語りの底には、ずっと悲しみが流れている。

「おっかさんはずっとおさん婆ちゃんの煮物屋台を手伝ってましたし、あたいは早いうちから太郎兄ちゃんのお手伝い。でも次郎兄ちゃんは」

――おいらは、日が暮れてからも稼げる屋台をやるよ。

「それで、天ぷらと燗酒を商っている人のところへ修業にいって」

そのうち、物心ついた三郎も次郎と一緒に修業するようになった。

「一昨年《おととし》の春、やっと次郎兄ちゃんが自分の天ぷら屋台を持って、三郎兄ちゃんがその横で燗酒を売ってます」

へえ。その様を思い浮かべて、富次郎はつい声をあげてしまった。

「そいつは見ものだろうねえ。次郎さんも三郎さんも、背恰好はいくらか違っててもさ、顔は二人ともおとっつぁんにそっくりの優男なんだろう？　人形みたいにきれいな顔をした若いのが二人並んで天ぷらと燗酒を」

そこまで言って、言葉を切った。

おみよの頬が強張《こわば》り、目のふちが引き攣《つ》っている。

「す、すまないね。こんなこと、先回りして言っちゃいけなかったのかな」

おみよはうつむくと、くちびるを噛んだ。

気づまりな沈黙で、黒白の間が息苦しくなった。

「あたいの屋台がある、あの場所は」

そう言い出して、おみよは顔を上げた。

「おさん婆ちゃんが屋台商いを始めた場所で、ずっと婆ちゃんの縄張でしたけど」

ここ何年か、寄る年波で、おさんの具合が悪い日が増えてきた。

「足がむくんじゃって、立てないんですよ。屋台の商いは立ち仕事ですから、もう無理だよねって、婆ちゃん自分で言ってて」

そこで、去年の夏の初めから、おみよが場所を受け継ぐことになったのだそうだ。

「兄ちゃんたちもあたいも、ちゃんと食べていかれるようになりました。なにもかも、おさん婆ちゃんのおかげです。婆ちゃんがあたいらを引き取ってくれなかったら、今のこの暮らしはありませんでした」

「わたしも、おみよの串団子を食えなかった」と、富次郎は言った。「おさん婆ちゃんに感謝しなくちゃ。これからののんびり長生きしてもらいたいな」

「はい、兄ちゃんたちと孝行します」

また、一拍、二拍、三拍とおくような沈黙。

いよいよ、いちばん話し辛いところにきてしまった。

聞いているだけの富次郎にも、それがわかる。だが、どう助け舟を出してやったらいいのかはわからない。

すう……と静かに息をついて、おみよは言った。

「この前は、お見苦しいところをお見せしてしまって、本当にお恥ずかしゅうございました」

小さくなって、頭を下げる。

「あたい取り乱して、いろんなことを小旦那さんのお耳に入れてしまいました」

──おっかさんが、死んだんです。

おみよの母、お夏は、五年前のある日、自分で自分の目をほじくりだそうとし、それっきり正気を失ってしまった。

──やっとぉ、死ねました。楽になれるんだぁ。

五年前のその日、いったいお夏の身に何が起こったのか。

「男の人が、訪ねてきたんです」

おみよたちそれぞれの屋台ではなく、一家が住む裏長屋の木戸をくぐって訪ねてきたのは、一見して裕福なお店者ふうの男だった。

「若くはなかったけど、なまっちろい顔をして、いい着物を着ていました。雪駄《せった》の鋲《びょう》をかちんかちん鳴らして」

──ごめんくださいよ。昔、料理屋の松富士で仲居をしていた夏栄という女がここにいると聞いて来たんですがねえ。

「夏場の日暮れ前で、商いをしまって帰ってきたあたいたちと、これから稼ぎに行く支度をしている次郎兄ちゃん三郎兄ちゃんたちと、たまたまみんな揃っていました」

長屋の木戸の名札には、おさんと太郎の名札しか出していなかった。お店者ふうの男も、それで心もとないのか、妙にきょろきょろしていたという。

「夏の煮物売りは、ホントに暑いんですよ。身体から塩を吹いちゃう。だから、おさん婆ちゃんとおっかさんは、真っ先に井戸端へ汗を拭きに行っていて」

胡乱《うろん》なお店者ふうの男と、四人の子供たちが向き合っているところへ戻ってきた。

「相手の方が先に、おっかさんの顔を認めたみたいでした」

――ああ、ホントにいるじゃないか。おまえ、夏栄だろう。

不躾に指さして、何が嬉《うれ》しいのか大らかな声を張り上げた。

――さすがに萎《しお》れて、女が下がったもんだ。だが達者そうで何よりだよ。

「おっかさんは顔色を失って、その場に根が生えたみたいに突っ立ってました」

しかし、おさんは違った。わざわざ「夏栄」という名を呼んでいるだけで、こいつはくわばらくわばらだ。

――誰をお訪ねだか知らないが、人違いだ。とっととお帰りくださいよ。

おさんにどんと突き飛ばされ、情けなくよろけながらも、なまっちろいお店者ふうの男は噛みついてきた。

――何だ、このくそ婆は。おい夏栄、いやお夏か。どっちだっていいが、まさかあたしの顔を見忘れちゃいないだろうな。

富次郎の前に座っている、おみよの瞳《ひとみ》が暗く翳る。その眼差しは自分の内側を見ている。心に刻み付けられた過去の出来事を見つめている。

「一言だって忘れられない」

そいつは、こういうことを言った。

――おまえが松富士で客をとっていたころは、哀れに思って何度も買ってやったじゃないか。あたしのこの顔と、恩を忘れたとは言わせないよ。

大きな声で、長屋じゅうに聞こえるように、

――うちはね、あたしの代でもなぜかしら子宝を授からなくってね。いよいよもらい子をするしかないかって話になってさ、おまえのことを思い出したんだよ。

立ちすくむお夏と子供たちの前で、身振り手振りも大げさに、

――おまえ、三人も男の子を産んでるそうじゃないか。どれか一人ぐらいは、あたしの胤だってておかしかない。あれだけおまえに金を使って、可愛がってやったんだから。

太郎、次郎、三郎の顔をなめるように見回して、

――いちばん出来のよさそうな子を見繕ってこいと言われてるんだ。ぼさっとしてるんじゃないよ。がきに挨拶ぐらいさせられないのかい。それにしても小汚いがきどもだ。まるで猿だよ。

「そしたら、太郎兄ちゃんが顔を真っ赤にして、その人に怒鳴ったんです」

――うるさい、誰が猿なもんか。そんな嫌らしい目で、おれの大事なおっかさんや弟や妹を見るんじゃねえ。目ン玉えぐり出してやるぞ！

お店者ふうの男は、本当に猿に罵《のの》り返されたかのように驚いた。嫌らしく顔をゆがめると、

――ふん、生意気な。

遠慮も思いやりのひとかけらもなしに、こう続けた。

——おまえらは、てんでに自分の父親がどこの誰だかご存じなのかね。おっかさんに訊いてみたことはおありかい?

ここでしなをつくって女声を出し、袖で口元を隠すような仕草まで添えて、

——わちきは、あんまり大勢の客をとったので、誰がどの子の父親なのか、とんとわかりませんわな。

まわりには、何事かと案じて、長屋の人びとが集まっていた。太郎と次郎がかばうようにお夏の前に出て、三郎とおみよはお夏にすがりついていた。

おさんは一人、真っ青になって汗をかきながら、身体の脇で両の拳《こぶし》を握り締めていた。とどめのように、お店者ふうの男は、声を凄ませて毒づいた。

——似ても似つかねえ顔をしてやがって、何が大事な兄弟だ、妹だ、ふざけるのもいい加減にしておけよ!

その瞬間だった。

「おっかさんが叫んだんです」

それまで聞いたことのないような声だった。およそ人の喉からあんな声が出てくるとは思えない、そんな叫び声だった。

「叫んで、叫んで、逃げ出しました」

左右から袖にすがる三郎とおみよを振り払い、止めようとする太郎と次郎を置き去りに、おさんの呼ぶ声にも耳をふさいで、井戸端までまっしぐらに走り、ぬかるみに足をとられてどうっと

転ぶと、そのまんまうずくまってなお叫び続けた。

「そして、両手の指で自分の目玉をほじくりだそうとしてたんです」

おさんも子供らも長屋の人びとも、お夏を助けようと井戸端へ走った。

「あとで聞いたんですけど、びっくりして逃げようとしてるくだんの男に、あたいと仲良しだったおきんちゃんって子が、どさくさまぎれに足を引っかけて転ばして、転んだ背中をうんと踏んづけて、ついでにお尻《しり》を蹴っ飛ばしてくれたんですって」

お夏は目を損ね、それきり正気に戻らなかったが、お店者ふうの男が二度と訪ねてくることもなかった。

「話を聞いた差配さんが腹を立てて、よく調べてくれたんです。そしたらそいつ、市ヶ谷の蠟燭問屋の旦那でした」

富次郎はあっという声を吞み込んだ。

「それって、子供のころのお夏さんがもらわれて養われていたお店……」

「はい。おっかさんが呼び水になって、生まれた赤子がその旦那ですよ」

お店を継ぎ、嫁ももらったが子供が授からない。それで、松富士で「買ってやった」お夏が男の子を三人も産んでいるという噂に、興味を引かれた。

「そいつがお夏さんを……か、買ったことがあるというのは、出まかせじゃなかった？」

はい、とおみよはうなずいた。

「だから、一人ぐらいは自分の胤じゃないかっていうのも、本気で言ってたみたいですよ。かんかんに怒って乗り込んだうちの差配さんに殴られそうになっても、ちっとも悪びれてなかったって」

口をへの字に結び、鼻息を吐く。おみよのそんな表情は、さらに大人びて世慣れた女のようだ。

「あたいがいちばん腹が立ったのは、そいつがうちのおっかさんのこと、おもちゃみたいに思ってたことで」

人の心があるならば、たとえいっときでも自分の親の養い子であった娘が、奉公に出た先が傾いて、やむにやまれず身を売っていると知ったとき、面白がって買いに行きはしないだろう。それをほいほいと出かける野郎は、人の心を持ち合わせていないか、相手を人だと思っていないのである。

気がつくと、富次郎は手が震えていた。おみよに悟られぬよう、そっと指を握る。

その蠟燭問屋の人でなし旦那はこう喚《わめ》いた。

似ても似つかねえ顔をしてやがって。

太郎次郎三郎の三兄弟は、父親の伊佐治に瓜《うり》二つだったのではないのか。三つ子のように見えるほどに、よく似ていたのではなかったのか。

「あの日、井戸端で――」

おみよの声が震えを帯びる。

「あたいたち四人、おっかさんを捕まえたり押さえたり、おっかさんに抱きついたり、みんなしてぬかるみの泥まみれで、おっかさんは気を失っちまって」

どうにかうちに連れて帰り、血止めをして寝かしつけて、太郎、次郎、三郎、おみよの三兄弟と妹は、ようやく互いの顔を見た。

泥水がはね、涙の筋がつき、頬や耳たぶは血の気が失《う》せたり血が上ったり、怒りと悲しみで目は血走り、くちびるは震えている。

そんな顔、顔、顔、顔。

「顔を見合わせた途端に、あたいは目が回りそうになりました」

だって信じられなかったから。

三兄弟は、口を揃えてこう問いかけあった。

おまえ、誰？

「顔が変わっていたんです」

三つ子のようだった三兄弟は、それぞれ似ても似つかぬ顔になっていた。

「あたいだけはそのまんまだったけど、兄ちゃんたちは、まるっきり赤の他人みたいに違う顔に変わっていました」

変わっていた。

富次郎は思った。いや、変わったのではなくて、戻ったのではないのか。

本来の三兄弟の顔に戻った。

それまでは、伊佐治そっくりに「見えていた」だけなのではないか。

蠟燭問屋の人でなし旦那がのこのこ現れて、お夏が覆い隠してきた酷い真実を、声高に言い募るまでは。

松富士で、夏栄は客をとっていた。

肺を病む伊佐治は、目と鼻の先で女房が身を売っているのを知りつつ、どうすることもできなかった。

やがて夏栄が妊み、赤子が生まれる。その子の顔は、どこの馬の骨ともわからぬ客の顔に似ていて不思議はない。その方が自然だ。夏栄はそういう立場で、そういう暮らしをしていて妊んだのだから。

しかし、赤子は伊佐治そっくりだった。

そっくりに見えた。

まじないだろうか。祈りだろうか。みんなで夢を見ていたのだろうか。

どれでもいい。ただ一つ確かなことは、三兄弟の顔を伊佐治そっくりに見せたのは、お夏の一《いち》途《ず》な思いの力だ。

伊佐治に、彼の子を抱かせてやりたい。

ただそれだけの、一途の念。

「――あたいだけは」

おみよの声に、思いに沈んでいた富次郎は、我に返った。

ほっぺたに一筋だけ涙の筋をつけ、おみよは言った。

「おっかさんがあたいを妊んだときは、おとっつぁんの肺病がいよいよ悪くなってて、二人はもう夫婦じゃなかったんでしょう」

なのに、おみよの顔が伊佐治に似ていたら、かえっておかしい。夢が、幻が、あらまほしき嘘が破れてしまう。

「だから、あたいだけはずっと、持ち前のこの顔のまんまだったんだろうと思うんです」

富次郎は黙ってうなずいた。

おみよがしゅんと洟《はな》をすすり、ひとつ深く息をして、膝の上で手を揃えた。

「急に顔が変わってしまって、兄さんたちは苦労が多かったんじゃないかな」

「太郎兄ちゃんは、もう串団子の屋台にお得意さんがついてたから、やっぱり怪しまれたそうですよ、あんた誰だって」

二人で静かに笑った。いいんだ、ここは笑おう。穏やかに笑って、これ以上は訊かなくていい。

「おさん婆ちゃんも、いろいろ思うところがあったんでしょうけど、兄ちゃんたちとどんな話をしたのか、あたいは知りません。太郎兄ちゃんなんか、松富士の暮らしをいろいろ覚えてたでしょうけどね」

おさんは一度だけ、おみよにこう言ったそうである。

――おっかさんを勘弁してやっておくれ。

「言われなくたって、あたいはおっかさんを怒ってなんかなかったけど」

つと目を細め、おみよは微笑んだ。

「今はおとっつぁんと一緒に、いいところにいるんだと信じてます」

慈しみに満ちたその微笑みに、しなやかで強《したた》かな色がある。

「小旦那さん、こんな話を聞き取ってくだすって、ありがとうございました」

指をついて平伏するおみよの前で、富次郎は腹の底に力を入れ、ぐいと懐手をして、上目遣いになって、顎の先を持ち上げていた。

涙がこぼれないように。


おみよの話を絵に描き、聞き捨てにするまでは、郡代屋敷の行き止まりにある屋台には足を向けない。

自分を厳しく戒めて、富次郎は墨をすり、半紙に向かった。

二日経っても、三日経っても、四日経っても何も描けない。

「あの焼き団子の味が恋しゅうございますわ」

五日目に、嫣然《えんぜん》としてお勝が言った。

「小旦那様のかわりに、わたくしが買いに行って参ります」

うんとも言えず、駄目だとも言えず、一緒に行くとも言えずに、富次郎は文机《ふづくえ》の前で待った。

ほどなくして、醤油のこがこがした匂いのする包みを手に、お勝は帰ってきた。

「太郎兄さんの屋台になっておりました」

富次郎は目を瞠った。そうかと納得し、そうかと落胆もした。

「妹がたいへんお世話になりましたと、丁寧なご挨拶をいただきました」

これからも、どうぞごひいきにお願い申し上げます――

「太郎兄さんは、どんな顔をしてたかい」

ちょっと考えてから、お勝は答えた。「あんまりごつごつしていないヤツガシラのようなお顔でしたわ」

ちょっと笑って、富次郎は串団子を食った。砂糖醤油だ。おみよの味付けよりやや薄くて、でも香ばしい。

あの娘はもう来ない。一人前の女は、自分の身の上話をすっかり聞かせてしまった男なんかからは、遠ざかろうとするものだ。

聞かなきゃよかったけれど、聞いてやれるのは富次郎だけだった。団子が甘くてしょっぱいように、人の心も相反するものが一緒くたになっている。

その日の夕暮れどきまでに、富次郎はおみよの話の絵を描き上げた。屋台でも串団子でも、美しい女の絵でもなかった。そういうのは全部違っていたのだ。

盥に張った水のなかに浸されている麻袋。
これが今回、当たりの絵だよ。
これがコツだから。安くて旨い団子をこしらえる秘訣なんだから。
おみよ。達者で商売繁盛、きっと幸せになっておくれと、念じながら筆を置いた。

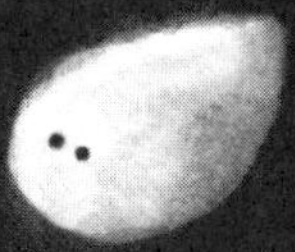

第三話
魂手形

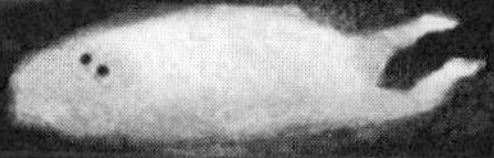

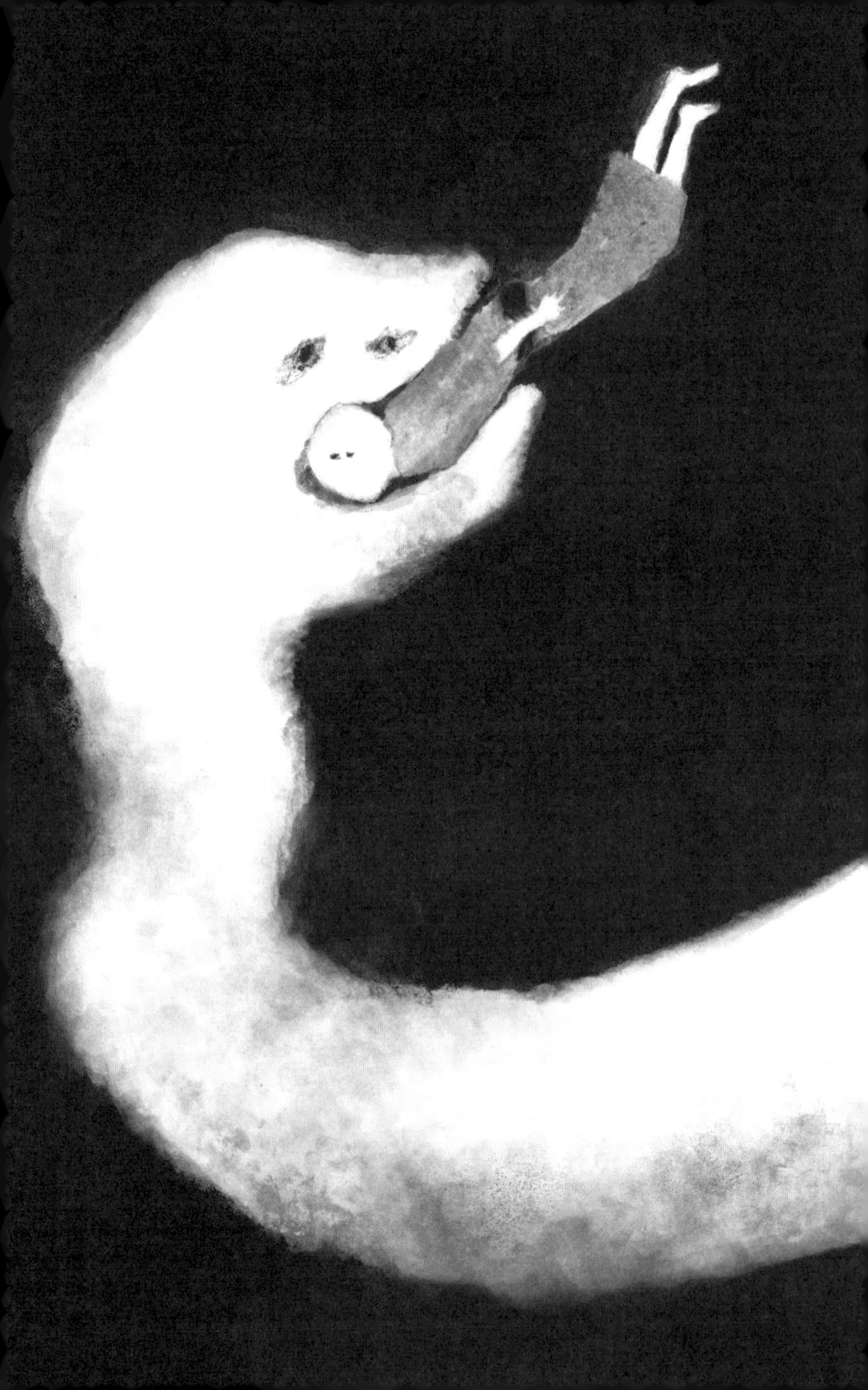

昼の四ツ（午前十時）に本石町《ほんごくちょう》三丁目に住まうお得意さんのところへ届け物に出かけ、ちょっとばかり世間話をして、帰り道で残暑に嬉《うれ》しい西瓜《すいか》の屋台を見つけたから甘そうなところを選《よ》って丸ごと一つ買って、重いのを荒縄で括《くく》ってもらってぶらさげて、ふうふう汗をかきながら富次郎が三島屋の勝手口へ帰ってくると、台所の土間を上がってすぐの小座敷に座り込んで、母のお民が泣いていた。

――おっかさん？

どうしたんだと、富次郎はすぐに声をかけかねた。

お民はきちんと正座して、前かがみになって両手で顔を覆っている。両袖《りょうそで》は襷《たすき》で括ってあるから、歳相応に肉が痩《や》せて皺《しわ》が浮いてきた腕がまる見えだが、そんなことを気にする様子もなしに、身を震わせて泣いている。台所にも小座敷にも他には誰もいないし、お民はこっちに背中を向けているから、こっちが呼びかけなければ気づかないだろう。

富次郎が家を空けていたのは、ほんの半刻《はんとき》（約一時間）ばかりのことである。そのあいだに、いったいどうしたのか。

三島屋の主人であり、富次郎の父である伊兵衛に何か起こったか。倒れた？　それどころか頓死《とんし》しちまった？　もしかして女がいたとか。あのおとっつぁんが妾《めかけ》を囲ってたとしたら……いや、それぐらいじゃおっかさんは泣かない。隠し子までいたら泣く……かもしれないが、それよりはまず怒るだろう。

まん丸な西瓜を提げて突っ立ったまま、富次郎はさらに考えた。ひょっとしたら兄さんに何かあったのかもしれない。長男の伊一郎は二十四歳、商いの修業で、通油町《とおりあぶらちょう》の小物商「菱屋《ひしや》」に奉公に出ている。先様は伊一郎を引き留めたくてしょうがないようだが、三島屋としてはそろそろ帰ってきてほしい頃合いだ。

富次郎自身、やはり修業として奉公に出ていた先のお店《たな》で喧嘩《けんか》に巻き込まれ、大怪我をした経験がある。藪《やぶ》や下草のどこにどんな災難の蛇が潜んでいて、いきなり噛《か》みつかれるかわかったもんじゃないのが人生という道のおっかないところだ。

菱屋はお店も大きいが、家作を持っていて裕福な家である。おまけにそれをひけらかす方だ。もしや押し込みに遭ったとか？　三島屋だって危うく襲われそうになったことがあるのだから、菱屋なんかもっと目をつけられやすいじゃないか。

それとも火事？　日本橋の方の出火なら、まち針の頭ほどの小火《ぼや》でない限り、このあたりまで擦り半鐘が聞こえるし煙も見えるから、それはない。ないはずだ。ないと思う。

富次郎は立ちすくむ。悪寒が爪先《つまさき》からつむじまで駆け上ってくる。

小座敷のなかでお民が身を起こし、懐から手ぬぐいを取り出すと、涙に濡《ぬ》れた顔を拭《ふ》いて、深い溜息《ためいき》をついた。

「はあぁ」

膝《ひざ》をついて立ち上がりながら、こっちへ向き直った。その顔に笑みが浮かんでいる。自然とこぼれ出たような、優しい笑み。

富次郎の見間違いではない。さっきまであんなに泣いていたのに。

――おっかさん、気は確かかい？

棒みたいに突っ立っている富次郎に気がつくと、お民はびっくりして後ずさった。

「あら嫌だ、どうしたの？」

富次郎はまだ声が出ない。頭まで上った悪寒は冷汗に変わり、額から頬へとだらだら流れ始めて、

「お、お、お」

おっかさん、と呼びかけたいだけなのに、つっかえる。

「お帰り、富次郎。お使いに行ってくれてたんだよね。その西瓜はどうしたのさ。お土産にいただいたのかえ」

おっかさん。やっと声が出た。

「どうして、な、泣いてたんですか。あんなに身を震わせて」

あらイヤだと、お民はまた言った。さっきとは声音が違い、小娘みたいにはにかんでいる。

「見てたなら、さっさと声をかけてくれりゃいいのに」

笑み崩れて、目のあたりを指で押さえた。普段のお民を知っている人なら、おや瞼《まぶた》をどうかなさったの、と思うくらいの腫《は》れ具合だ。

「あれは嬉し涙だよ。いいことがあったんだ」

いいこと？　あんな身も世もないふうに泣いてしまうくらいのいいことって何だよ。

「びっくりさせて悪かったね。富次郎、あんたも落ち着いて聞いておくれよ」

台所の上がり框《がまち》のところに膝を揃えて座って、お民は言った。

「ついさっき、瓢簞古堂《ひょうたんこどう》さんが知らせてくださったんだ。おちかが赤子を授かったって」

富次郎は、頭のてっぺんを何かにつままれたような気がした。きゅっとつままれて、身体が突っ張っちまって動けないし、口が開かない。

「先月から、どうやら悪阻《つわり》らしいものが始まってて、そうじゃないかと思ってたそうなんだけど、今日、勘一《かんいち》さんを取り上げた産婆さんが来て見てくれて、おめでたで間違いないってさ」

来春、睦月《むつき》（一月）の末から如月《きさらぎ》（二月）の中頃には生まれるだろう――お民の声が、富次郎の耳に入ってくる。確かに聞き取れる。おちか、おめでた、赤子。

富次郎の器量よしの従妹《いとこ》・おちかと、その亭主の勘一は、今年の初めに祝言をあげた。今、この世でいちばん幸せな若夫婦だ。

その二人のところに、さらなる幸福がやってきた。

――おちかがおっかさんになる。

富次郎はその場で、棒のように倒れた。

「まあ、これも甘いけど」

庭の茂みに向かって西瓜の種をぺっと吐き出しながら、富次郎は言った。

「やっぱり、わたしが帰り道で買ったやつの方が甘かったはずだよ。そりゃあいい音がしたからね。鼓みたいにぽんぽんっとさ」

黒白の間の縁側に腰かけ、沓脱《くつぬぎ》石の上に裸足《はだし》を投げ出して、富次郎は西瓜にかぶりついている。座敷の方には女中のおしまとお勝が並んで座って、そんな富次郎の背中を眺めているという構図だ。

棒のように倒れても、運よく大きな怪我はなかった富次郎だけれど、提げていた西瓜の大玉は土間に落ちて、あえなくぱっかんと割れてしまった。おまけに、お民の大声を聞いて駆け付けたお店の者たちが、気絶している富次郎をどうにかするのに夢中で、みんなして踏みにじってしまったもんだから、哀れなほど見る影もなくなった。

息をふき返すと、富次郎は「西瓜！」と叫んだ。手近にいた手代の一人の襟首をつかんで、ぐわんぐわんと揺さぶりながら、

「西瓜！　おちかに西瓜を届けてやらなきゃ！　悪阻には、ああい

う、水気たっぷりの食いものが、いいんだよ！」

ちょっと起こしておくれ、わたしが買いに行く、西瓜ならどこのでもいいってわけじゃないんだ、わたしが見つけたあの屋台、あそこの西瓜がいいんだから！

じたばた暴れても、まだ腰が抜けているから上手《うま》く立ち上がれない。しょうがないので、屋台の場所をよくよく言い含め、小僧の新太《しんた》を走らせた。新太も新太でおちかのおめでたに感極まって泣いているところだったから、涙と鼻水を盛大に飛ばしながらのお使い走りで、近隣の人たちは何とも珍奇な見世物に遇《あ》った気分だったろう。

気が利く新太は、屋台ごと三島屋へ連れ帰ってきた。主人の伊兵衛が自ら出ていって、残っている西瓜をそっくり買い上げ、やっとこさ動けるようになった富次郎がそのなかから甘そうなものを選りに選って、それを番頭の八十助が瓢簞古堂へ届けに行った。

で、余った西瓜をお店のみんなで食べることになったので、今、富次郎はぷっぷと種を飛ばしているというわけである。

ついさっきまでは、一人でこの黒白の間にこもっていた。おちかのおめでたの慶《よろこ》びを嚙み締めるには、この座敷がいちばんふさわしいと思ったのだ。三年余、おちかが変わり百物語の聞き手を務めた座敷。その手で掃除をし、床の間に掛け軸を飾り、花を活《い》け、訪れる語り手たちと向き合った場所である。

縁側に座ってぼんやりしていたら、ごめんくださいましと、お勝が顔を出した。手に墨壺《すみつぼ》を持っていて、

「小旦那《こだんな》様、やっぱりこちらでしたか」

墨をこぼさないように、そろりそろりと座敷に入ってきた。

「わたくし、何かしていないと踊り出してしまいそうでしたので、墨を擦りましたの。これこのとおり、満杯に」

富次郎としては、お勝の踊りを見てみたかったのだが、お店じゅうの者たちが魂消《たまげ》てしまうだろうから、墨壺をいっぱいにしてもらってよかった。

「今のお気持ちを絵になさいますか」

「やや、今すぐはやめとくよ。わたしの筆も踊り出しそうだから」

二人でおちかの思い出話をしているところへ、盆を捧《ささ》げておしまがやってきた。盆の上には大きな皿、櫛《くし》形に切った西瓜を盛ってある。

「やっぱりこちらでしたね。この西瓜、うんと甘いそうですよ。さすがは小旦那様の眼力です」

「西瓜相手の眼力かあ。八百屋に婿入りするなら、役に立ちそうだね」

三人で西瓜を味わい、富次郎は種をぷいぷい飛ばし、お勝はおっとりと目を細め、おしまは鼻をしゅんしゅん鳴らしながら、おちかのことをいろいろ語り合った。

おちかは川崎《かわさき》宿の生まれだ。実家は〈丸千《まるせん》〉という旅籠《はたご》を営んでいる。おとっつぁんとおっかさんと兄さんがいて、幼馴染《おさななじ》みの許婚者《いいなずけ》がいた。しかし、祝言を目前にしてこの許婚者を亡くしたことが、おちかの運命の分かれ目となった。

おちかが三島屋で暮らすようになったとき、富次郎はまだ外へ奉公に出ていたので、実のところ、おちかがどれほど辛《つら》く悲しい思いをして実家から逃げ出してきたのか、どんな事情があって許婚者を亡くしたのか、詳しいことは知らない。ただ、二人の幸せを妬《ねた》む男がいて、その男がおちかの許婚者を殺し、こんな大それたことをしたのは、おちかが自分にも気のあるそぶりをしたからだ――と、盗人猛々《ぬすっとたけだけ》しいことを言ってのけたとか、その言い分が、許婚者の死と同じくらい深くおちかを傷つけ、心をえぐったとか、ざっくりと解しているくらいだ。もちろん、この件についておちかと直《じか》に話をしたこともない。

おちかが背負わされた暗闇は、おちかにしか見えぬものだ。その重みも、おちかにしか感じられない。まわりの者どもがどれほど案じて手を差し伸べても、その暗闇には実体がないから摑《つか》めない、触れない。

おちかは一人で立ち上がり、立ち直らねばならなかった。そのために使える力は、最初のうちは芥子粒《けしつぶ》ほどの大きさだったはずだ。その芥子粒を失わぬよう、潰《つぶ》してしまわぬよう大事に育てていく――一人ぼっちのおちかの辛抱一途《いちず》の日々に、黒白の間の変わり百物語が意味を与えた。

富次郎にとっては立派なおとっつぁんの伊兵衛だが、けっしてつるつると口が上手い人ではない。もっと立派なおっかさんのお民も、いわゆる世話焼きではなく、説教なんか頼まれてもしたくない気質だ。悲しみと罪悪感に打ちひしがれているおちかに、いったい何をどうしてやったらいいのかと、最初のうちは夫婦で途方に暮れたことだろう。その困惑も、変わり百物語で救われることになった。

この風変わりな百物語の振り出しは、急用ができてしまった伊兵衛に代わり、おちかが黒白の間で来客の話相手を務めたことだという。そんな偶々《たまたま》に恵まれなかったら、おちかの傷が癒《い》えぬどころか、伊兵衛とお民も引っ張られて鬱《ふさ》いでしまって、お店が傾いていたかもしれない――とまで言うのは半分大げさ、半分は大真面目な話だ。それくらい重たくて厄介な暗闇を、おちかは背負っていた。

いや、背負っている。今でも。

きっと、一生背負い続ける。おちかは自分の背中の暗闇をけっして忘れまい。ただ、暗闇に呑《の》まれずに、自分の人生を生き直そうと決意したのだ。

瓢簞古堂の若旦那・勘一に出会い、心を動かされて彼のもとに嫁いだ。おちかが自分で望み、選び取った縁だ。その縁に間違いはなかった。今度は赤子がやってくる。おちかは間違っていなかった。

「今日はいい日でございますわね」と、お勝がやわらかく呟《つぶや》いた。

「……ほんとうに」

うなずいて、涙で頬を濡らしながら、おしまが西瓜にかぶりつく。甘いですねえと、泣き声で言った。

「そりゃそうさ、わたしの眼力だからね」

富次郎はほっぺたをふくらませて、思いっきり遠くまで西瓜の種を飛ばした。

「どんなに嬉しくても、無事に岩田帯を締めるまでは、あんまり騒いじゃいけない。赤子は天からの授かりものなんだからね」

お民は、瓢箪古堂の方から招かれない限りは、おちかへの祝いも見舞いも遠慮すると言った。おかみが決めたことに、三島屋の誰も逆らえない。富次郎も、飛んで行っておちかを祝ってやりたい気持ちを呑み込んだ。

そのかわりに、やるべきことがある。

「次の語り手を招こうじゃないか」

おちかが勘一との縁を選んだように、富次郎も自分の意思で、変わり百物語の聞き手を引き継いだ。富次郎にとって、この選択は間違いではなかったか。変わり百物語にとって、富次郎という聞き手は間違いではなかったか。それを確かめるためには、ひたすら聞き続けていくしか術《すべ》がない。

江戸の町は処暑を迎え、ようやく朝夕は虫の声が聞こえるようになった。しかし昼間はまだまだ暑さがねっとり身体にからみつく。

だからだろうか。おしまが黒白の間へと案内してきた本日の語り手は、白地に藍《あい》染めの浴衣《ゆかた》を着ていた。もちろん裸足で、頭の髷《まげ》を隠すように置手拭《おきてぬぐい》をして、唐草模様の風呂敷《ふろしき》包みを抱えている。中身は重たいものではなさそうで……衣類だろうか。

浴衣はおろしたてであっても、せいぜいが散歩着である。よそ行きにはならない。厳しく暦と照らし合わせるなら、立秋を過ぎたら外着としては季節外れでもある。

だが、この語り手を前に、富次郎の頭には、そんな考えは欠片《かけら》も浮かんでこなかった。それほどに、鯔背《いなせ》な老人だったのである。

こちらは来客を迎えるために、正絹を着て白足袋《しろたび》を履いている。それがにわかに暑苦しく思えてくるような、すかっとした浴衣の着こなしだった。

よく見れば、浴衣の柄は松葉を入れた変わり亀甲繋《きっこうつな》ぎ縞《じま》で、置手拭にしている手ぬぐいの方は、その松葉を萩に替えた柄が両端に入っている。浴衣は藍色の柄が多く、手ぬぐいは白いところが多い。くすんだ抹茶色の角帯の結び目がきりりと上に撥《は》ねているところも恰好《かっこう》がいい。

髪は見事な銀髪で、眉毛《まゆげ》もほとんど白くなっている。夏の終わりの褪《あ》せた日焼けに、小ぶりな顔がいっそう引き締まって、

――どうして粋《いき》な爺《じい》さまじゃないか。

ちらりとおしまの横顔を覗《うかが》うと、さほど感じ入ったふうはない。以前、若いころに走り飛脚をしていたという、やっぱり鯔背な語り手が来たときには、わかりやすくのぼせていたのだが、

――あの人はもっと若かったからなあ。

こういう爺さまの粋にぐっと摑まれてしまうのは、女心ではなく男心の方なのかもしれない。

「いつまでも暑うございますね。団扇《うちわ》はお使いになりますか」

かいがいしく世話を焼こうとするおしまを、軽く手をあげて制すると、上座の爺さまは、皺顔をほころばせて富次郎に一礼した。

「あいすみません、今日は失礼を重々承知で、この身なりで来さしてもらいやした」

塩辛声というのだろうか。酒のつまみになりそうな声音である。

「ああ、いえいえ」

今回は富次郎がのぼせてしまいそうだ。おしまのことを笑えない。

「涼しそうだなあと思っておりました。この変わり百物語では、語り手のお客様に気分よく語っていただくことがいちばん大事でございますから――」

「おお、そんなら」

爺さまは手振りもつけて大きくうなずくと、傍らに置いた唐草模様の風呂敷包みを膝の前に持ってきた。

「よろしければ、若旦那もこれをお召しになってくださいやせんかね？」

果たして、爺さまが風呂敷をほどくと、なかには同じ色柄の浴衣と、臙脂《えんじ》色の角帯が入っていた。浴衣の白いところは抜けるように白く、藍色のところは鮮やかに青く、折り目がぱりっと立っている。新品なのだろう。

「なぁに、大それた意味があるわけじゃございません。ただ、これからあたしが語らせてもらおうという昔話のきっかけに、この色柄の浴衣が出て参りますもんでね」

この浴衣を着ていれば心楽しく懐かしく、口がほぐれて舌がよくまわると、爺さまは言うのだった。

こいつは面白い趣向である。こういうのも初めてだ。

「よござんす」富次郎はぽんと膝を打った。「その包みを拝借して、着替えて参りましょう。おしま、お茶とお菓子をお出ししておくれ、こちらはええと……」

すかさず、爺さまは自分の鼻の頭を指さして、流暢《りゆうちよう》に言った。「あたしのことは吉富《きつとみ》とお呼びくだせえ。吉と富と書いて、つづめてきっとみ、きっといつかは吉と富が見えるのきっとみと申しやす」

「では、吉富さん。すぐ戻ります」

何だかもう楽しくなっちゃって、富次郎は隣の小座敷でいそいそと浴衣に着替えた。お勝も、首をすくめて笑いをこらえながら手伝ってくれた。

「若旦那、よくお似合いだ」

吉富は、目を細めて富次郎を褒めあげた。

「亀甲繋ぎ縞は、太くてはっきりした縞だからね。若旦那のように上背があって肩幅が広い男が着ると、うんと見栄えがするんですよ」

悪い気はしない富次郎だが、照れくさい。

「吉富さん、わたしのことは若旦那ではなく小旦那とお呼びください。当店の跡継ぎはわたしの兄でして、わたしは部屋住の米食い虫なんですよ」

「へえ、こりゃまた男前な虫もいたもんだ」

語り手がその前に座す床の間の掛け軸には、いつものように半紙を貼ってある。黒漆塗りの筒型の花器には、お勝が麒麟《きりん》草を無造作に放り込んだみたいに活けた。

吉富は小柄なので、床の間の半紙がちょうど頭の置手拭の上に位置することになり、爺さまの左の肩口から、麒麟草の鋸《のこぎり》みたいなぎざぎざの葉が覗いている。そして爺さまの表情が大らかに動くと、麒麟草もかすかに揺れる。笑ったり、目をすぼめたり、ほっぺたを丸くふくらませたり、ちょんと舌を打ったりする爺さまに、麒麟草が寄り添っている。

向き合う語り手と聞き手の前には、それぞれ麦湯の湯飲みと、西瓜を盛った小鉢が置いてある。驚いたことに、この西瓜も吉富のお持たせだった。浴衣と同じで、話のなかに出てくるのだそうだ。

語りつつ、聞きつつ食べやすいように、西瓜は大きめの賽《さい》の目に切ってあって、黒文字が添えられている。贅沢《ぜいたく》な食べ方だ。一口齧《かじ》ってみると、土間に落として割ってしまったあの西瓜がきっとこうだったろう——というくらいの甘さだった。この爺さま、ますます隅に置けない。

というわけで、二人はしばらく西瓜談議を楽しんだ。どうやって甘いのを見分けるか。どこの産地のが旨《うま》いのか。吉富は、西瓜を夏の名残の水菓子として食べるのはせいぜい下総《しもうさ》ぐらいまでの習いで、もっと北へ行けば、季節が下がってから瓜《うり》のように塩漬けして食うのだと言う。味噌《みそ》汁の実にもすると言う。知識をひけらかすのではなく、そうやって食う西瓜は旨いんだという実感がこもっているところに、富次郎は心を引かれた。

——この人も見聞が広いんだな。

実はあたしも昔は飛脚で——なんて言われたりしてね。ほかには何があるだろうか。広く諸国の風物を知ることができる商いや生業《なりわい》。この人、さすがに武士ではなかろうが、大名行列のたびに雇われる中間とか奴《やっこ》ならあり得るだろう。あとは行商人、問屋場詰めの馬子や駕籠《かご》かき、船頭もあるかな。小舟じゃなくって、北前船の船乗りとか。

あれこれ考える富次郎の前で、爺さまは白い眉毛をちょっと上下させ、「さて」と声をあげた。

「まずは小旦那さん、この器の西瓜が水になっちまう前に平らげましょう」

二人で黒文字をつまんで、西瓜を口に運んだ。青臭い風味はなくて、身がほろりと崩れるように甘い。

「……こうやって、あたしは何個の西瓜を食ってきたのかなあ」

空になった小鉢に黒文字を戻し、吉富は首をかしげる。

「有り難いことに、古稀《こき》を迎えさしてもらいましたから」

七十歳か。まさにそのように見える白髪と、とうていその歳には見えぬ澄んだ瞳《ひとみ》。

「ざっと七十個の西瓜を食ってきた人生だと思えば、西瓜のお化けに枕元へ立たれたって文句は言えねえや」

二十二歳の富次郎は、ざっと二十二個の西瓜の祟《たた》りを受けても仕方がない。

「ご馳走《ちそう》様でした。こんなに旨い西瓜でしたら、今晩祟られてうなされても、わたしは我慢いたします」

あっはは、と、吉富は笑った。ひょいと手を上げて頭の上の置手拭を取り、口元を軽く拭うと、柄のところがきれいに見えるように、丁寧にたたみ直した。

「これから語らせてもらうのは、五十五年前、あたしが十五のときの出来事なんです」

するりと切り出して、淀《よど》みない。

「時期は今よりちょっと前、お盆のころでござんした。あのころ、うちの近所にも季節になると西瓜売りの屋台が出ましたが、高くてねえ」

そうそう手が出るものじゃなかった、と言う。

「それが、あの年の夏に限って、他所《よそ》からいただいたり、お客が持ち込んだり、お盆のお盛り物にするんだって親父が財布をはたいて買ってきたりで、四、五日、うちの台所に西瓜がないことがなかったんですよ」

だから毎日食って食って、西瓜の皮の白いところも前歯でがりがり削って食って、

「そしたら親父に、あんまり意地汚くするな、西瓜が化けて出てくるぞって叱られたんだけど、あたしゃ呆《あき》れちまいまして」

――西瓜のお化けなんかいるもんかい。親父、暑気あたりでどうかしちまったんじゃねえの？

「でも、親父は大真面目なんですよ。まあ、引っ込みがつかなかっただけでしょうが、西瓜だって生きものなんだから、酷《ひど》い目に遭わされたら化けて出てきても不思議じゃねえとか言い張りましてねえ」

ちょうど、お盆の中日だったそうだ。

「お化けはふさわしい話題だったんですね」

富次郎の言葉に、吉富は小粋に片っ方の白い眉毛だけを持ち上げて見せた。

「四十路《よそじ》の親父と十五の小倅《こせがれ》が、喧嘩腰で言い合うようなことじゃありませんよ」

可笑《おか》しいし、他愛《たわい》ない。

「なのに、やけにはっきり覚えてるんです。あのときの親父の声とか、妙にいかめしい顔つきとか、むきになって言い返した自分の言葉とか」

——生きものなら、何でも化けるのかよ。

「じゃあお化けってのは人だけじゃねえのか、野菜や魚のお化けもいるのかよ、バカバカしいじゃねえか」

だいたい、お化けって何なんだ？

あの世に行って、お盆に帰ってくる魂はお化けなのかお化けじゃねえのか。

そういえば、あの世ってどこにあるんだ？

吉富は富次郎の顔を見て、微笑した。

「小僧が小難しいことを口に出したもんですが、あとになってみれば、それがもろもろの呼び水になったんでした」

いったい、何を呼び込んだのか。

「とっくに火事で焼けて失くなっちまいましたが、あのころ深川《ふかがわ》の蛤町《はまぐりちょう》の北に、女子供が拾い集めてきた貝を売り買いする〈浅蜊《あさり》河岸《がし》〉っていう小さい河岸があったんです。うちは、そのすぐ近くで商売していました」

木《き》賃宿《ちんやど》だったんです——

「相撲取りが三人ばかり来て足踏みしたら、たちまち崩れちまいそうながたぼろの宿でしたが、そこそこ大きかったんで、部屋数が多いのが取り柄でしたよ」

名を〈かめ屋〉と云う。この商いを始めた吉富の祖母の名前が由来だ。

「親父とおふくろと、あたしと弟が二人。一家五人をどうにかこうにか食わしてくれていたこの木賃宿に、ね」

ちょっと声を低めて、吉富は続けた。

「正真正銘のお化けがお客として泊まったっていうのが、この話の始まりでござんす」

*

ぼんぼんぼんの十六日に、
おえんまさまへ参ろとしたら、
数珠《じゅず》の緒が切れて、
鼻緒が切れて、
なむしゃか如来、手で拝む
冬木町《ふゆきちょう》の方から、揃いの浴衣を着た女の子たちが、歌をうたいながら練り歩いてくる。
夕暮れまで間がある今は、小町踊りのときだ。近隣の町の者たちがみんな集う輪踊りのためには、材木町《ざいもくちょう》の火除地《ひよけ》に櫓《やぐら》が組まれている。あちらでも、おっつけ切子灯籠《どうろう》と提灯《ちょうちん》に火が入ることだろう。

吉富は、〈かめ屋〉の二階の窓の手すりにもたれて、軒下を通り過ぎてゆく女の子たちを眺めていた。入り組んだ細い堀割に囲まれたこの浅蜊河岸界隈《かいわい》では、ちょっと風がよぎると、湿っぽい潮の匂いがする。小町踊りの女の子たちが、晴れ着の着物ではなく浴衣で揃えているのも、じめじめと蒸し暑いお盆の最中《さなか》には、その方が汗取りがきいて具合がいいからだ。

盆中《ぼんちゅう》でも宿は開けているし、お客も泊まっている。明日の十六日は藪入りで、二人いる女中たち――と言っても通いで手伝いに来ている近所の長屋のおばさんたちなのだが、この二人も一日休みになるから、吉富の仕事が増える。こんなふうに踊り見物ができるのは、今のうちである。

それに、今の吉富はいささかのぼせていた。自分ではわからないが、顔が赤くなっているかもしれない。ちっと外の風に当たってから、また仕事に戻ろう。

どうしてのぼせているのか。

ついさっき、縁談を持ち込まれたからである。

仲人が釣書を差し出して云々《うんぬん》するような格式張ったものではない。差配《さはい》さんのおかみさんが勝手口で、きっちゃんにどうかしらとしゃべくっていっただけだが、相手が相手だったから、吉富は嬉しくてのぼせている。

――おいら、嫁にもらうんだ。

ここらじゃ評判のべっぴんを。

ほわほわと惚《ほう》けているうちに、小町踊りの列は通り過ぎていった。かめ屋の軒先の大きな白張り提灯は、湿っぽくて潮っぽい風が吹いても微動だにせずぶら下がっている。

部屋数の多さだけが取り柄のおんぼろ木賃宿を支える働き手として、十五歳の吉富は立派な一人前である。体格も腕っ節も、とうに父親の伴吉《ともきち》を上回った。無愛想な母親のお竹《たけ》に比べたら、はるかに商人《あきんど》らしい口のきき方をすることもできる。

六歳と四歳の弟たちは、何かというと吉兄《あん》ちゃん、吉兄ちゃん、とまとわりついてくる。

お竹が伴吉の後添いで、長男の吉富とはなさぬ仲であることを思えば、何とも皮肉だ。

吉富を産んだ伴吉の前妻は、まだ吉富におっぱいをやっているうちに、かめ屋の常客の一人だった富山の薬売りの男と駆け落ちしてしまい、それっきりだ。吉富を育ててくれたのは、そのころは達者だった伴吉の母親、吉富の祖母のおかめである。

祖母《ばあ》ちゃん子は三文安い。巷間《こうかん》よくそう言われるのは、祖父母はどうしたって孫を甘やかすからだ。しかし、おかめはまるっきり違っていて、吉富は何かというとこの祖母ちゃんに曲尺《かねじゃく》で叩《たた》かれて育った。

自分が悪いことをしていなくても、宿の手伝いを真面目にしても、手習い所で師匠に褒められて帰ってきても、おかめの機嫌次第で叩かれた。だいたいは尻《しり》っぺただったので、ほとんど傷痕《きずあと》にならなかったが、一ヵ所だけ、右の臑《すね》に、目を凝らせば目盛りまで読めそうなほどくっきりした曲尺の痕が残っている。

一方、後妻のお竹の振り出しは、吉富が八つになった年の春先に、かめ屋に奉公にやってきた女中であった。

子供のころから奉公先を転々としてきた孤独な身の上で、とうに二十歳《はたち》をすぎたいい年増《としま》だった。骨惜しみせずよく働くのだが、損なことに、無愛想で言葉が悪くて器量もよくはない。そんなんでなかなか一つのお店《たな》に長続きしないもんだから、給金をうんとねぎることができるので、おかめが雇い入れたのである。そう、かめ屋の側もまた、おかめが給金を出し渋るので、なかなか奉公人が長続きしなかった。こういうのを破《わ》れ鍋《なべ》に綴《と》じ蓋《ぶた》という。

祖母のおかめは、きっつい婆さんだが、見た目は痩せて小柄で気弱そうだ。対して、新参者のお竹は大女だった。肩が分厚く、二の腕はまるまるとして、胴回りはそこらの柳腰の女の倍はあろう。肉付きのいい堅太りだ。いいものを食って生きてきたはずがないのに、よっぽど前世で善行を積んだのか。

当然、お竹は女にしておくのが勿体《もったい》ないような力持ちでもあった。太い胴からは太い声が出た。そして、何度もくどいようだが無愛想で言葉が悪かった。

奉公の初日、朝から働き始めて昼前に、お竹は裏の物干し場で、おかめが吉富を曲尺で叩こうとしているのを見つけた。吉富は近所の手習い所から昼飯に帰ってきて、ここぞと井戸端へ向かおうとしているところだった。習子仲間とふざけていて、袖に大きな墨汁のしみをこしらえてしまったから、祖母ちゃんに内緒で洗って落とそうと思っていたのだ。

その場を、当のおかめに見つかった。おかめは帯の背中のところにいつでも曲尺を挟んでいて、吉富を叩こうとするときは、素早く抜き放つ。抜刀術の大道芸さながらであった。

吉富は、叩かれ慣れている尻を差し出して観念した。昨夜《ゆうべ》も、夕餉《ゆうげ》の茶碗《ちゃわん》に飯粒を一つ残していたのに気づかずに洗おうとして、こっぴどく叩かれたばかりだったから、本当は尻も勘弁してほしかった。だが肩や背中だと笑い話にならぬほど腫れ上がるし、臑だと歩けなくなるほど痛い。南無三……と目をつぶって身を硬くしていると、聞いたことのない野太い声が、

「くそばばあ！」

と罵《ののし》って、おかめがぎゃっと叫ぶのが聞こえてきた。

「こんなもんで子供を叩くなんて、おめえは鬼か？　どんだけ痛いか、おめえも叩いてわからせてやろうか？」

ぎょっとして、吉富は振り返った。おかめが腰を抜かしており、その上にのしかかるようにして、大柄な女がおかめから取り上げた曲尺を振りかざしていた。

「おら、何とか言ってみろ。言い訳できねえなら、おれが叩いてやろうか。尻の皮が破れて血が出るまで叩いてやろうか」

野太い声はこの大女の声だった。真っ直ぐにおかめを睨《にら》みつけ、さあ叩くぞ、というふうに曲尺を握った腕の肘《ひじ》を引いた。

「ごめんなさい、ごめんなさい」

吉富は二人のあいだに割って入った。正しく言うなら、前のめりに転がり込んだ。

「祖母ちゃんを叩かねえでください。悪いのはおいらだから、すみません、かんべんしてやってください」

ひっく！　場違いに大きなしゃっくりに、吉富も驚いたが、曲尺を構えた大女も驚いた。しゃっくりしているのはおかめだ。目を剝《む》いて、息が詰まったみたいに顔を真っ白にして、「ひっく！」

あんまり怖いと、しゃっくりが出る場合もあるのである。

身構えていた大女が、腕から力を抜いて、ふふんと笑った。笑う声は女のもので、笑った目元も優しかった。

「あいすみませんねえ、おかみさん」

曲尺を持っていない方の手をおかめに差し伸べて、お竹は詫《わ》びた。

「起こしますから、つかまってくださいい。お兄ちゃんも、びっくりさせて悪かったね。おれは竹といいます。今日からかめ屋に奉公させてもらいます」

おかめが縮こまって動かないので、お竹が抱き起こして立ち上がらせた。赤子を扱うみたいに軽々と、造作なく。吉富はそのたくましい二の腕の動きにも、自分のことを「おれ」と言ってちっともおかしくないお竹の押し出しにも魅せられてしまった。

「これからは、こいつはお兄ちゃんがしまっておきなよね」

お竹は、吉富の目の前に曲尺を差し出してきた。吉富は、曲尺と祖母ちゃんの顔を見比べた。雪女みたいに真っ白な顔をしたおかめは、頑《かたく》なに曲尺からも吉富からも目を背けて固まっている。

「お兄ちゃんが手元に置いて、毎晩寝る前に、今日は一日、くそばばあにこれでお仕置きされるような悪さはしなかったかなって、考えるようにしたらいい」

このやりとりを、おかめの叫び声を聞きつけた伴吉と、たまたま居合わせた近所の油屋の主人が聞いていた。曲尺を受け取った吉富をその場に残し、お竹がおかめを担ぐようにして物干し場から台所へ戻ってくると、油屋の主人が手を打って褒めあげた。

「女中さん、偉いねえ。あたしらもみんな、おかめさんがきっちゃんを叩くのをやめさせたいと思ってたんだけど、それだけの度胸がなくってさあ」

二人ともお竹より小柄な男である。油屋の主人は興奮に鼻の頭を赤くしていたが、伴吉の方は顔が引き攣《つ》って、汗びっしょりになっていた。

お竹はそのままかめ屋に居着き、女中として働いた。おかめも伴吉も、それを許した。近隣の人びとは、口に出さぬだけで、みんな油屋の主人が言ったように思っていたのであり、それが無言の圧になって、二人に働きかけたのだろう。

そこまでは、自然な感情として呑み込める。そこから先は、ちょっと呑み込みにくくなる。

お竹がかめ屋に来て三月《みつき》と十日後、おかめが卒中で倒れ、三日三晩こんこんと眠ったまま息を引き取った。

そのおかめの新盆を済ませると、伴吉がお竹を小汚い帳場に呼びつけて、自分の後添いになってほしいと頭を下げた。承知してくれるなら、もう一つ、自分のことを「おれ」と言うのもやめてほしいと言い添えた。

吉富にとっては幸いなことに、お竹は伴吉の申し出を受けてくれた。お竹は自分のことを「あたし」と言うようになり、吉富を「きっちゃん」と呼ぶようになった。

伴吉とお竹は蚤《のみ》の夫婦だ。笑ってしまうくらいの体格の差がある。しかし仲睦《なかむつ》まじい。経緯《いきさつ》を振り返れば、お竹が驚かせたせいで伴吉の母親の寿命が縮んだと考えることもできるのに、伴吉はお竹を大事にしたし、お竹も伴吉によく尽くした。

子供だった吉富には、お竹は思いがけず現れた救い主であり、機嫌を損ねたり悪さをしたりすれば、おかめ祖母ちゃんよりも厳しく叱りつけてくる閻魔《えんま》様でもあった。

ただ、おかめと違って、お竹は自分の気分次第で叱ったりしない。叱るときには必ず理由があり、どれだけ激していても、けっして手を上げることはなかった。

ただし、言葉は荒いし口は悪い。

――おめえのはらわたには虫がわいてるのか！

――そんなこともできねえなら死んでしまえ。空っぽの頭を引っこ抜いてやる！

――言うこときかねえなら首に荒縄かけて軒から吊《つる》してやるぞ！

――さっさとしねえなら鉈《なた》で腕を斬ってやるぞ！

怒ると、恐ろしいことを平気で怒鳴る。これには吉富はもちろん、伴吉で

なふうに言った。

「うちでいちばんでかいのも、いちばん偉いのもかかあだ」

伴吉は親しい人たちに、時には身を縮めて、時には自慢そうに、時には照れ笑いしながらそんなふうに言った。

お竹はお竹で、自分の言葉が荒いことはよくよく自覚しており、恥じ入ってもいた。なるべく大声を出さず、そもそも口数を少なくして暮らそうと健気《けなげ》に努めたが、日々木賃宿の仕事に追われつつ、吉富を頭に三人の男の子の母親になると、やっぱりそんなにおしとやかに黙ってはいられない。元の木阿弥《もくあみ》になっては反省し、また元の木阿弥になっては反省する。一方で、直に被害をこうむるわけではない隣近所の人びとは、お竹の怒りの罵詈雑言《ばりぞうごん》が聞こえてくると、それきた！　と集って大いに愉快がり、何日も酒の肴《さかな》にして楽しむのだった。

成長してゆくうちに、吉富は、

——父ちゃんは変な男だ。

——母ちゃんは強い女だ。

という理解にたどり着いていった。

ただ、二年ばかり前になるだろうか。弟たちの汗疹《あせも》がひどくって、ちょうど逗留《とうりゅう》していた富山の薬売りにお竹が相談を持ちかけ、膏薬《こうやく》をもらって喜んでいたら、伴吉がひどく不機嫌になり、夕飯もとらずにふて寝してしまったことがある。

その夜遅く、弟たちを寝かしつけた布団の脇で、両親が小声で話し込んでいるのを、吉富は耳にした。盗み聞きはいけないと思ったが、すみませんすみませんと手を合わせながら、蒸し暑い廊下に潜んで、やりとりが終わるまで聞き取ってしまった。

伴吉はお竹に、前妻の駆け落ちのことを打ち明けていた。

お竹は、知らなかったとは言え、それじゃああんたが富山の薬売りの人にいい気持ちがしないのは当たり前だ、勘弁してくださいと詫びていた。え、おまえ知らなかったのか。聞いたことありません。おふくろに言われなかったかい。お姑《かあ》さんは、あたしのこと怖がってたもの、言いやしませんよ。

お竹の言葉に、伴吉が噴き出した。

――そうだよなあ。おまえ、おふくろの手から曲尺を取り上げて、どれだけ痛いか叩いてわからせてやるって、脅したんだからなあ。

――もう言わないでくださいよ。今思い出すと、申し訳なくて死にたくなる。

――いやいや、ちっとも申し訳なくねえ。あれが吉富を救ってくれたんだ。

伴吉はひそひそと続けた。

――吉富は、逃げた女房に面差しが似てたんだよ。だからおふくろは、俺に恥をかかせて消えた女房を怒る代わりに、目と鼻の先で女房を寝取られたぼんくらな俺を怒る代わりに、吉富を怒って折檻《せっかん》することで、どうしようもねえ鬱憤《うっぷん》を晴らしていたんだ。

やめさせてくれてよかった。あのまま続けてたら、おふくろは本当に地獄に堕《お》ちるところだった。

——きっちゃんの顔は、今でも生みのおっかさんに似ているの？

——気になるか。

——だって、きっちゃんが可哀想だから。

——そんなら心配ねえ。十を過ぎたら顔が変わってきて、今じゃむしろおふくろに似てるよ。

——言ったことなかったけど、吉富って良い名前だよねえ。

——親父がつけたんだ。欲張りな名前だよなあ。

そこまで盗み聞きして、吉富は自分の寝床に戻った。夜着をかぶって、ちょっと泣いた。

こうして、かめ屋は一家五人。変な男の伴吉と、強い女のお竹と、亡くなった祖母ちゃんに似た吉富と、お竹に似て大柄になりそうな弟たちで、にぎやかに暮らしてきた。

今年もまたお盆が来て、ゆっくりと夏が通り過ぎてゆく。

——このお盆は独り身だけど、来年のお盆には、おいら女房持ちだ。

窓の手すりにもたれて、吉富はついついにやけた。それもべっぴんの女房だぜ！

差配さんのおかみさんが持ってきた縁談は、吉富に佐賀町《さがちょう》の炭屋の娘・お由宇《ゆう》を妻合《めあ》わせてはどうかというものだった。この炭屋はかめ屋を始め、この界隈の木賃宿や商人宿と付き合いがあるお店で、気心は知れている。

そしてお由宇は吉富の一つ年上、色白で瓜実《うりざね》顔で髪の豊かな美人だ。店売りの手伝いをして、炭の粉にまみれていても、かえって肌の白さが引き立って見える。それっくらいの美人なのだ。

吉富とお由宇のあいだに付き合いはない。ただ、お由宇とお竹は同じ三味線の師匠について習

っており、叔母《おば》と姪《めい》くらいの歳の差があるのに、どういうわけか馬が合うらしく、仲がいい。この縁談も、実はお由宇が、

「お竹さんが姑《しゅうとめ》さんになってくれるなら、安心してお嫁にいかれる」

と言い出したもので、つまり見初められたのはお竹であって吉富ではない。

差配さん夫婦は、お稽古《けいこ》仲間として付き合う分には気が合っても、姑と嫁の間柄になったらそうはいかないかもしれない。かえって難しいかもしれないと、さんざん脅しつけたそうである。それでも、お由宇は聞かないという。

お竹が三味線を習いだしたのは、一昨年《おととし》の秋からである。木賃宿のおかみの分際で習い事なんかできるもんかと言うお竹を、伴吉が説きつけて通うようになった。

――おまえは手が大きいし、身体がしっかりしていて、そこらの女にはかなわない力がある。師匠が、太棹《ふとざお》の三味線でもきっと弾きこなせるはずだから、教えたいって言ってるんだ。

実は三味線の師匠と伴吉がデキていて、かめ屋の上がりを謝儀（月謝）の形で師匠に貢ぎたかった――なんていう裏はない。この師匠はしわくちゃの婆さんだし、伴吉は本当にお竹の三味線を聴きたい一心だった。

お由宇は、そういう夫婦のありようにも憧《あこが》れているのだそうだ。

――それともちろん、きっちゃんが真面目な働き者だってわかってて、添うならそういう男《ひと》だって、ね。

吉富にとっては棚からぼた餅《もち》。ぼさっと突っ立っていたら、牡丹《ぼたん》の花のように美しく艶《あで》やかな

ぼた餅が、頭の上に降ってきたという感じがする。

つい、でれでれとニヤけてしまう。涎《よだれ》が垂れていないか、慌てて口元を押さえる。小町踊りが通り過ぎてしまって、二階から見おろすかめ屋の前の道には、今、人通りがない。

この二階の座敷は、かめ屋のなかでもいちばん広い一間で、十二畳ある。もちろん客室としては入れ込みで使うので、押入れには布団と枕と枕屏風《びょうぶ》が何組も備えてある。お盆の前にはまとまった客で混み合い、押入れの中身がでんぐり返っているから、片付けようと階段を上がってきたら、ちょうど女の子たちの歌声が近づいてきたのだった。

という次第だから、この座敷にも今は誰もいない。吉富一人だけである。なのに、どこかから誰かに見られているような気がする。

誰かって、誰だよ。親父かおふくろか、女中のおばさんたちか。誰であれ、さっきのニヤけて涎を垂らしそうな顔を見られたのだとしたら、

——きっちゃんたら、もう夢心地だよ。

ものすごくバツが悪い。

誰だよ、おいらを見てるのは。吉富はさっと振り返る。誰もいない。くるっと身を翻して反対を向く。誰もいない。

気のせいか。ぽうっとのぼせているからか。お由宇のことを考えて、心の臓がとくんとくんと早足になって、身体が熱くて、目が潤んじまって、みっともないぜ、吉富さんよ。

「そんなに浮かれてンじゃねえよ」

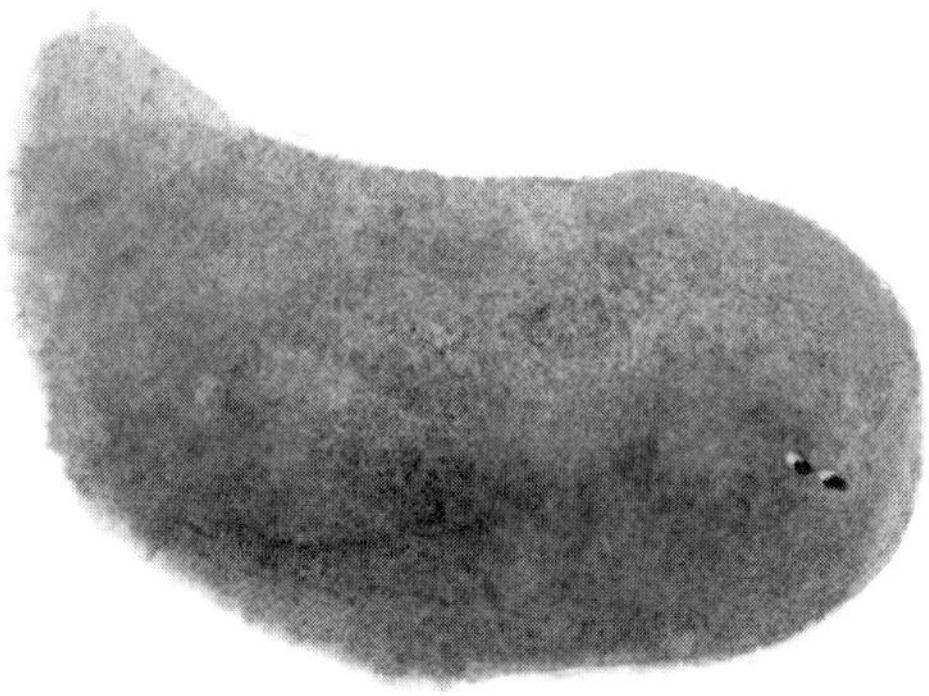

声に出して自分に言い聞かせ、両手でぱんと軽く頬をはたくと、押入れの片付けに取りかかった。

すると、やっぱり背中に誰かの眼差《まなざ》しを感じる。作業をしていて、一度、二度と振り返ってしまうほどにはっきりと。

さすがに薄気味悪くなってきて、音をたてて押入れの戸を閉じると、座敷を横切って廊下に出た。右に進むと階段がある。手すりが傷んで緩んでいるので、強くつかまると手すりごと一階に転がり落ちる危険がある。常客はみんな心得ている。

その手すりをつかんで、みしり。階段のいちばん上の段に足をおろした。

ちょうどそのとき、階段の下を、膳《ぜん》をいくつも重ねて抱えたお竹が通りかかった。

吉富は見おろす。おふくろさんは見上げる。

「ああ、きっちゃん、ちょうどよかった。このお膳――」

そこでお竹の言葉が切れた。吉富の継母《ままはは》は、弟を二人産んだ今でも、肉厚で、はちきれそうな生気に溢《あふ》れた大女だ。立ち止まっていると、階段の下の狭い一角を占めてしまう。

そんなお竹の全身がわなないた。勢いよく膳を放り出す。

「てめえ、このクソおんなぁ！」

放り出された箱膳がまだ空を舞っているうちに、お竹は吠《ほ》え立てながら階段を駆け上がってきた。

「きっちゃんに何しようってんだ、ふざけんじゃねえぞこのアマが！」

お竹の痛快な悪口雑言を知り抜いている吉富も、これには魂消た。おんな？　あま？　え？

おいらのことじゃねえよね？　母ちゃん、何を怒ってんだ？

駆け上がってきたお竹は、吉富をかばうように下の段に引きずり下ろし、自分が上に出た。勢いが付きすぎていて、吉富は階段から突き落とされそうになって、

「母ちゃん、危ねえ！」

お竹につかまりつつ、お竹を引き留める。お竹は階段の上、ついさっきまで吉富が立っていたところへ目を据えて、今にも噛みつきかかりそうに歯を剝いている。

何だってんだよ？

お竹の目を追っかけて、吉富は口から魂が飛び出してしまいそうなほど驚いた。

階段を上がりきったところの天井に、白い帷子《かたびら》を着た女が、四つん這《ば》いになって張りついている。頭だけ持ち上げてこっちを見ており、逆さまになった顔を半ば覆って、長いおどろ髪が流れ落ちていた。

一瞬、その髪の隙間で光っている目が、吉富の目とかち合った。

「きっちゃん、きっちゃん、しっかりして!」

お竹の太い腕と胴に受け止められつつ、吉富は見事に泡を吹いて失神した。


「この歳まで、よろずの恥はかき捨てで生きてきたあたしですが」

たたみ直した手ぬぐいを額の上にひょいと戻すと、吉富は大真面目な顔で続けた。

「蟹《かに》みたいに泡を吹いてひっくり返るなんてみっともねえことは、後にも先にもあのとき限りでござんした」

気絶から覚めると、父、母、二人の弟たちと、毎日商いに来る棒手振《ぼてふり》の魚売りのおっさんが、吉富を取り囲んで見おろしていたそうである。

「妙に魚臭くって、こりゃどうしたことだと思いましたらね、棒手振のおっさんが膝枕をしてくれてたんですよ」

女のお化けと目が合ったくだりなど、ものすごく恐ろしい話なのだが、爺さまのしゃべりが軽妙で可笑しくて、富次郎はつい微笑んでしまう。

「何でおふくろの膝枕じゃねえんだと思ったら、おふくろには、左右から弟たちがかじりついてた。二人とも、死んでも離れまいという顔つきでね」

「何があったか、お竹さんが皆さんに話したんですね」

「はいな。おふくろ本人は何ともバツが悪そうに萎《しお》れていて、親父は燗徳利《かんどくり》みたいに頭から湯気を立ててました」

「え？　怒っていたんですか」

富次郎の問い返しに、吉富は苦笑に頬を緩めた。

「さっきお話ししましたように、親父とあたしは、お化け云々で言い合いをしたばっかりだったもんだから」

――こっちの言うことはまぜっかえしてバカにしたくせに、今度はなんだ、女のお化けを見たなんて言いくさりやがって。

「ははあ、伴吉さんは、吉富さんがふざけていると思ってしまったんですね」

「へえ、あたしが大げさな話をこしらえてるんだと、一途に思い込んでいました」

「お竹さんも見ているのに……」

「そうなんですけどねえ。うちの親父は良い親父だったんだけども、まあ変わり者でしたからね。気分の向きで、何か思い込んで言い出したら聞かねえときもあったんですよ」

そんなふうだからこそ、まわりにはずいぶん反対されたろうに、お竹を後妻に据えることもできたわけだが。

「そうなってしまうと、日にちが経って本人もくたびれて、自然に機嫌が直るまで、誰がどうしたって無駄だった」

善人だが、扱いが難しいときもある男。それを心得ているから、板挟みのお竹もおとなしく萎れていたのである。

「女中のおばさんたちは、たまたま他所《よそ》へ出ていたんでしょう。姿が見えなかった。棒手振のおっさんが寄ってくれてて助かりました。家族だけだったら、親父はもっと怒っちまって、始末に負えなかったろうから」

だけどね――と、吉富は目を細める。

「きっちゃん、宿屋の商いに、お化け話は障りになる。あんたも跡取りなんだから、ふざけなさんなよって、おっさんに説教されたのは、今思い出しても腹が煮えますよ」

吉富は本当に女のお化けを見てしまい、気絶するほど怖い思いをしたのだから。同じ思いをしながらも、吉富を守ろうとしてくれたなさぬ仲のお竹が目の前で叱られているのも、悔しかったことだろう。

「つまらねえおふざけをした罰として、親父はあたしに、今夜は盆踊りに行かずに、一人で留守番してろと言いつけました」

その日、かめ屋の逗留客は一人しかいなかったので、女中のおばさんたちが帰ってしまっても、留守番は一人で用は足りる。

「だけども、材木町の櫓を囲む輪踊りには、その……あたしの縁談相手のお由宇も来るはずだったんで」

そりゃあ会いたかろうよね。

「親父はそれを承知で、あたしに盆踊りには行くなと言いつけたわけですから、こっちは気が揉《も》めまして」

「怒った勢いで、伴吉さんが吉富さんの縁談を断っちゃうかもしれないとか」

「よくおわかりだね、小旦那さん」

吉富爺さまの顔に、若者だったころのみずみずしい表情が一瞬だけよぎる。

「取り越し苦労と笑わば笑え、あたしは生きた心地がしなかった」

その気持ちは重々お察しするが、富次郎は楽しく笑った。吉富も首を縮めて笑いながら、

「まあ、その留守番のおかげで、言葉の綾《あや》じゃなく、本当に生きた心地のしないものに、じっくり御目文字する羽目になったんですけどねえ」


木賃宿は、食べものや寝具など宿泊に要るものはお客が自前で持ち込み、宿の側は薪《まき》の代金くらいしかいただかないから、この名称がついている。

宿によってまちまちではあるが、厳《いか》めしく道中手形を検《あらた》めるなんて手間はかけないところが多い。こうした安宿に泊まるのは方々から江戸市中へやってくる行商人たちで、たいていは馴染みになってくれるからだ。宿の方も頼まれれば何かと融通をきかせる。安い商いながらも、宿と客との繋《つな》がりで成り立っているのだ。

ところが、この盆中、一人だけかめ屋に泊まっていた男の客は、珍しいことにまったくの新顔

だった。昨日、十四日の夕暮れ時に、飛び込みで逗留を請うてきたのだ。

このお客は、何とも珍しい風体をしていた。背丈は並だが、痩せているというより、いっそ骨と皮。顔と手足は燻《いぶ》されたみたいにまんべんなく日焼けしており、髪はうんと短く刈り込んでいる。額はお鉢の底のように張っており、鼻筋も通っているが、それよりも白い歯がやたらに目立つ。行商人らしい荷は背負っておらず、振り分け荷物だけで身軽だった。

そんなふうだから歳も生業も見当がつかないし、何となく怪しまれ、お竹ではなく伴吉が相手をした。で、珍しく切り口上で、

「手形をお持ちですかね」

「はい、こちらが」

日焼け男が懐から取り出してみせたのは、巻紙を幾重にも折りたたんで封をした一通の文書《もんじょ》だった。込み入った紋様の浮き出した、赤い蠟《ろう》で封じてある。

「これじゃ開けられねえ。もしも番屋で何か聞かれたら、面倒になるかもしれねえよ」

「心得ております」

お客はにっこりと真っ白な歯を見せて頭を下げ、

「これこのとおり、わたしは何も持ち込めないので、銭は払いますから、食いものと寝床は都合してもらえませんか」

声を出したら、若いとわかった。せいぜい二十代半ば。爽《さわ》やかな声音なのだ。

吉富は、お客が脚を洗う盥《たらい》を出してやるために、すぐそばに控えていた。だからその声がはっ

きり耳に入って、

——え、何だこの人。

からからに焦げてるみたいに痩せっぽちで真っ黒けなのに、声だけ役者みたいだぞ。

伴吉も驚いたのか、まじまじと客の顔を見直した。

「そりゃかまいませんが、お客さん、銭があるならもっといい宿へ行けばいいんじゃねえのかい」

「そんな贅沢ができる身分じゃありません。本当は江戸で泊まるつもりもなかったんだけど、具合が悪くなってしまって」

「病なのかい？」

「いえ、わたしは鳥目なので」

「ああ、そりゃ不便だね」

鳥目は、暗くなるとよく目が見えなくなることだ。食いものが足りないせいだから、江戸市中ではめったにいないが、地方に出れば珍しくもない。お客の行商人たちから、その土地、その土地の様々な風物を土産がわりに聞かせてもらうのもこの商いの楽しみだから、伴吉はそこそこ見聞が広いのだった。

「それと、この頭が怪しく見えるでしょうが」

日焼け男は、髷も鬢《びん》もない頭を、自分の手でつるりと撫《な》で上げてみせた。

「この前の旅で泊まった宿で、虱《しらみ》をもらいましてね。なかなか退治しきれなくて、髪を剃《そ》ってしまったんですよ。やっとこれだけ生えてきたところなんで」

「うちには虱はいねえ」と、伴吉はむっつり言った。「じゃあ、お客さんは階下の座敷がよかろうね」

日焼け男は問うてきた。「この宿、相客はいませんよね」

「ん？」

「他に泊まってる客はいないでしょう。部屋はみんな空いてますよね」

「盆中だから、これから客が来るかもしれないよ。いつもなら半分は埋まってるんだ」

伴吉の言はまるっきりの嘘ではないが、半分は大げさだ。

「そうですか。旦那さん、気を悪くしたならあいすみません」

日焼け男は、今度はにっこり笑いを引っ込めて、慇懃《いんぎん》に頭を下げた。

「わたしは厄介な性癖で、相客がいると眠れないんですよ。だからこの宿に寄せてもらったんでね。これから新しいお客さんが来るようならば、できるだけ離れてたいんで、狭くっても汚くってもかまいませんから、どっか隅っこの方の部屋を世話してやっておくんなさい」

素直で殊勝な物言いなので、伴吉も毒気を抜かれた感じになった。この親父の顔色なら、吉富は物陰どころか半丁離れたところからだって読み取れる。

「親父、そんなら松の間にしよう」

盥をぶらさげて、吉富は前に出た。

「おいらが案内する。お客さん、脚絆《きやはん》を解いて脚の土埃《つちぼこり》を落としましょう」

松の間なんて、気の利いた名前の座敷はない。北側の三畳間で、じめじめしているから使い道のない空き部屋のことだ。去年の梅雨時にどこからか雨水が染みてしまって、漆喰《しつくい》の壁に大きなしみができた。そのしみの形が枝振りのいい松みたいに見えるので、家族のあいだの笑い話として「松の間」と呼んでいるというだけの話である。

日焼け男は、そんな三畳間に気を悪くするふうもなく、これなら落ち着くと喜んだ。吉富に対しても丁重だった。

「飛び込みで勝手なことを言う不躾《ぶしつけ》な野郎ですが、七之助《しちのすけ》という気の利いた名前がついてるんでございますよ」

しゃべりには語尾が下がる独特の訛《なま》りがあるが、気になるほどではないし、むしろ言葉遣いに品があって感じがいい。

詮索《せんさく》がましくならないよう、遠回しに生業を尋ねてみたら、あっさり教えてくれた。

「わたしは筆屋の番頭でして」

お国は、筆の名産地なのだそうである。そう、このとき七之助は「お国」と言い、土地や藩の名前を口にしなかった。続くやりとりでも同じで、

「江戸のお屋敷で御正室様や若様、姫君様が手習いに使われる筆は、永年、うちのお店から直に納入しているもんで、年に何度かお届けに上がるんですよ」

今はその帰り道なので、手ぶらなのだという。今度は「うちのお店」だ。店の屋号を言わなかった。

行商人や、商用で旅をする商人もいろいろで、宿でもやかましく宣伝して商売しようとする者もいれば、用心深くて口が重い者もいる。七之助は口が重たい方なのだろうが、だったら江戸藩邸へ品物を納めに行ってきたなんてことを言うのは軽率だ。

——ホントのことじゃねえんだろうな。

吉富だって、嫁をとろうかという年頃である。木賃宿稼業の年季も積んできた。こういうのはぴんとくる。そもそもあの文書が怪しかったし、気が利いてるかどうかの以前に、七之助という名前も本名かどうか。

——言わねえけどさ、面倒だもん。

「じゃあ、明日には発《た》たれるんですか」

「そのつもりだったんですが、目の方が心許《こころもと》ないので……」

よく聞いてみると、七之助はいつも鳥目を病んでいるわけではなく、鳥目になってしまうときは、昼間も目の調子がよくないのだという。ものが二重に見えたり、かすんだり、遠近がわからなくなったりするとか。

「これという薬もないので、治るまで休んでいるしか手がありません。何泊かお世話になりそうでしたら、早めに申し上げます」

目の不具合はホントらしい。実際、長い廊下をくねくね歩いて松の間へ行くまでのあいだに、七之助は手で壁をたどったり、段差で躓《つまず》きかけたりしていた。

「そんなのは、心配するには及ばねえ。お客さんがここでいいんなら、好きなだけ泊まってってください」

「有り難い。助かりました」

「けどお客さん、何で、今日のうちには他のお客がいねえってわかったんですか」

あらためて問われて、驚いたのだろう。七之助は斜《はす》な目つきになって吉富の顔を見た。

――わ、黒目がでかい！

間近に覗《のぞ》き込むと、本人の申し状とは裏腹に、めちゃくちゃよく見えそうな目の玉だ。白い歯を覗かせて、七之助は答えた。

「物干しにも窓の欄干にも、干し物がありませんでしたからね」

手ぬぐい一枚干してなかった、と。

「だから、当てずっぽうに申し上げただけですよ」

そっか。そうだったかな。吉富はわざわざ表に出て確かめてみた。確かに、かめ屋の正面には干し物が見当たらなかった。軒先の白張り提灯が、ばかに幅をきかせている。

――当てずっぽう、か。

これまたホントらしい感じがしないのが、自分でも妙に思えた。

一夜明けて今日になっても、かめ屋に新しい客は来なかった。七之助は名ばかり松の間の三畳間で寛《くつろ》いでおり、

「もう少し風通しのいい部屋に移りませんか。明るいところにいた方が、目にもいいんじゃありませんか」

朝飯を出しがてら、吉富がそう勧めても、

「ここがわたしの望み通りですから」と、にこにこして動かなかった。

「そうですか。なら、気が変わったら言ってくだせえ」

この三畳間、湿っぽいのは知ってるけど、いつもこんなに冷えたかな。訝《いぶか》りながら、吉富は引き下がった。

七之助は朝飯をきれいに平らげたし、寝込んでいるわけではない。たたんだ夜具に寄りかかって座り、目をつぶってうつらうつらしている。傍らには振り分け荷物と道中笠《がさ》。手甲《てっこう》脚絆は、汚れていたからお竹が預かって洗って干した。新しいのを買ったらよさそうなほどにくたびれていた。

昼過ぎに、お竹が甘酒を差し入れながら、夕飯に何か食いたいものはあるか問うてみた。

「よくしていただいて……」と、七之助はまた頭を下げた。

「それだけのお足を頂戴《ちようだい》してますから。大したものはお出しできませんけど、ここは河岸のそばだから、魚や貝は美味《おい》しいですよ」

骨と皮の七之助と、丸太のような腕をした大女のお竹の組み合わせは、微笑ましくもあり滑稽《こつけい》でもある。

「江戸のこのあたりは、深川と呼ばれるところですよね。深川で、特に盆中に食べるものはございますかね」

あるのかもしれないが、お竹の育ちではわからない。伴吉からも、おかめから教わったこともなかった。

「盆中に限るものじゃありませんけど、夏にはぶっかけ飯をよく食べますよ」

「ぶっかけ飯？　汁かけ飯のことですよね。汁にはどんな具が入ります？」

「たいていは貝ですねえ。浅蜊やバカ貝。うちで作るときは揚げを細かく刻んで一緒に煮て、食べるときに葱《ねぎ》をまぜるんですよ」

それは旨そうだと、七之助は涎を垂らしそうな顔をした。

「じゃあ、そのぶっかけ飯をお願いしてもいいでしょうか」

「はい、お安い御用で」

すぐに、お竹は浅蜊河岸へ貝を買いにいった。家族にも、夕方盆踊りに出かける前に、うちの皆もぶっかけ飯を食べられるように支度しとくからねと話をした。

このとき、「ねえ、きっちゃん」

ついでに、お竹はこんなことを言った。

「あの三畳間、あんなに底冷えしたかねえ。朝はどうだった？」

吉富はすぐにうなずいた。「おいらもびっくりしたんだ。妙に冷えてたから」

「松の間なんて、茶化して呼ぶのはいいけども、あの壁のしみ、放っておいたらよくないのかもしれないね」

「お客さんの身体に障るかな」

「すぐにってことはないだろうけど……」

「おいら、あとでもういっぺん、様子を見に言ってくらぁ」

「頼むね、きっちゃん」

というやりとりがあって、午後の時が過ぎ、愛らしい小町踊りが通ったと思ったら、女お化けの騒動が起きてしまって、かめ屋一家のあいだはぎくしゃくと険悪になった。

輪踊りに行きたいという想いがある一方、吉富も、むやみに弟たちを怖がらせたくはなかった。もしもあの女お化けが、今度は弟たちの前に現れたらどうしよう――と不安は不安だ。お竹にしてもそれは同じである。台所の竈《かまど》で吉富は飯を炊き、お竹は七輪に載せた鍋でぶっかけ汁をこしらえながら、揃って胸が塞《ふさ》いでいた。

そこへ、七之助がやってきた。

「すみませんが、水を一杯いただけますか」

片手で戸口につかまって立っている。まだ陽は落ちていないから、七之助の黒目に霞《かすみ》がかかったように曇っているのが、吉富にはよく見えた。

「目の具合がよくねえんですか」

「困ったもので……」

七之助は空いた手を持ち上げ、自分の顔の前で動かしてみせた。

「こうやっても、ぼんやり暗くなるばっかりなんですよ。手前の指の数もわからない始末で」

と言いつつ、へこたれているふうはない。小鼻をひくつかせながら、お竹がしゃがんでいる七輪の方へ顔を向けた。

「旨そうな匂いがしますねえ」

「今日は大粒の浅蜊があったんで、いい出汁《だし》が出ますよ」

吉富は、水瓶《みずがめ》から湯飲みに一杯水を汲《く》み、七之助のそばに寄った。「これ」

「ああ、有り難い」

戸口につかまったまま、七之助は喉《のど》を鳴らして水を飲み干した。吉富はそれを見守っていた。

お竹は鍋のそばを離れ、葱を切ろうと腰を上げた。

そのとき不意に、一筋の冷たい風が台所に吹き込んできて、煙抜きから外へ出ていった。煙ではなく風なのに、その動きが目に見えるようで、吉富はぽかんとした。何だ、今の。

気がつけば、襷で袖まくりした腕に、びっしり鳥肌が立っている。

お竹はと見れば、立ち上がりかけの中腰のまま固まっていた。両手をぎゅっと胸にあてている。

「ああ……参ったなあ」

七之助が肩を落とし、湯飲みを持ったままの手を顔にあてて、目を覆った。

「あいすみません。よりによって盆中に、出先でわたしの目がこうなってしまったものだから、いろいろと不都合が起きてしまって」

はあ？　この人、何を言ってんだ。

「お二人とも寒気がしたでしょう。ただ、あれは悪いものじゃありません。お盆ですからね、かめ屋さんにご縁のある魂さんだったかもしれない」

たまさん？

「魂のことですよ。亡魂《なきたま》と言えばわかりやすいのかな。盆中に、あの世から帰ってくる」

七之助は吉富の手のなかに湯飲みを返すと、つと背中を伸ばして立った。

「いつかはわたしらみんな、あの世に行って亡魂になる。この世にある、今の姿はかりそめのものに過ぎません」

吉富はお竹の顔を見た。お竹は、食い入るように七之助を見つめている。両手はきつく胸にあてたまま、低く抑えた声で、

「さっき寒気がしたときに、あたしの耳には、亡くなった姑の声が聞こえてきたんですが」

はあ？　おふくろ、何を言い出すんだ？

「さいですか、やっぱりこの家の魂さんだったんですね。何と言ってました？」

ぜ、ぜ、ぜ。お竹はつっかえた。「贅沢だって」

「ほう、何が」

「きっと、ぶっかけ飯に浅蜊をたくさん入れようとしてる、から」

七之助の口元が笑った。「厳しいお姑さんだったんですかね」

「はい。それはもう……地獄の牛頭馬頭《ごずめず》みたいに怖い姑でした。けど、あたしより」

お竹の言の途中で、七之助はぐいっと首を巡らせて吉富の方を見た。瞳が曇っているのに、眼差しは強い。吉富は気圧《けお》される。

「な、な、な、何だよ」

「吉富さんが叩かれたんだね」

お竹が、首を絞められたみたいに喘《あえ》いだ。

「どうしてそのことを？」

七之助は落ち着き払って、「さっきの魂さんは、何か……鞭《むち》かなあ、それとも曲尺かしら。そういうものを手に持って、こう、振りかぶっているような恰好をしていたから」

か、か、か、曲尺。

「見えるんですか」

尋ねて、お竹がへなへなと座り込んだ。

「見えますし、聞こえます」と、七之助は答えた。「それがわたしの生業だもんで。こちらさんをお騒がせしてしまって、本当に申し訳ない」

問い詰めるべきことは山ほどあるが、とりあえず、吉富の頭に浮かんだ言葉は、

「あんた、何者なんだ」

吉富の顔からも、へたりこんでいるお竹からも、七之助は目をそらした。そして言った。「さっき、小町踊りが通っていったあと、お二人を吃驚《びっくり》させたのは、わたしの連れなんですよ」

げげ。あの女お化けが？

「女の子たちの歌と踊りに誘われて、出てきてしまったんだ。いや、普段はけっしてこんなことはありません。わたしが弱ってさえいなければ、連れは封印を破れないんですからね」

破れません、ええ、けっして。繰り返して言われると、かえって疑わしい。どんな封印だか知らないけどさ。

「今は目がこんなんで、しかも盆中だから、しょっちゅう他の魂さんに気を散らされて、わたしの念が乱れて封印の輪が切れてしまったのがいけない」

確かに、おかめの亡魂が曲尺を持っている様を思い浮かべると、吉富は大いに気が散るし、漏らしそうになる。だけど、七之助の気が散るのは、それとは違うんだろう。

吉富の心の動揺には知らぬ顔、にこやかな眼差しを取り戻し、七之助はお竹に言った。

「今夜は皆さん、お近くの盆踊りにお出かけになるんでしょう。ちょうどいいから、わたしと連れだけにしてもらえれば、何とか言い聞かせて封印を直して、もう迷惑をおかけしないで済むと思うんですよ」

吉富とお竹は顔を見合わせた。互いの目が泳いでいるのを確かめる。

「し、し、姑は?」と、お竹が訊《き》いた。「姑の亡魂が、曲尺を構えたまま獣みたいにうちのなかを飛び回ってたんじゃ、困ります。今さら叩き殺すこともできないし」

七之助がぎょっとして顎《あご》を引いた。「おかみさん、物騒なことを言いますね。あなたが姑さんを叩き殺したの?」

「そんなのどうでもいいだろ。祖母ちゃんの亡魂をどうにかしてくれよ」

「どうでもよくはない」

七之助はつと居丈高な顔をした。

「あの魂さんが、あなた方の誰かに恨みを呑んでいる怨魂《おんたま》だとすると、話はぜんぜん違ってくるんだから」

「祖母ちゃんは卒中で死んだんだよ。おふくろは最期まで看取ってやった。恨まれる筋合いなんかねえ！」

お竹のために、声を大にして言った。

「あら、そうなの」

七之助は女形《おやま》みたいにないよりとして、

「それなら心配ご無用。わたしの連れが温和《おとな》しくなれば、あの魂さんも、ただの和魂《にぎたま》さんに戻りますよ。今は、わたしの連れのせいで気が立ってしまっておいでなんです。それもまた申し訳ないことで」

何が何だかわからん！　いや、わかるような気がしないでもないが、わかってしまっていいのか。

「ともかく、陽が暮れたら、皆さんはお出かけになってください。お留守のあいだに、片付けておきますから」

「そうはいかねえ」

気がついたら、吉富はそう言い返していた。

お竹が目を剝いてこっちを見返る。「きっちゃん、何を言い出すの」

「留守のあいだに、こいつに勝手なことをされちゃ困るじゃねえか。何をやるんだか知らねえが、おいらは見張ってるよ」

「だけどあんた、またあんな怖いものに向き合うなんて……」

「もう怖くねえよ。だって、この人の連れなんだろ？　あんなに脅かされてさ。おいらも挨拶《あいさつ》しなくっちゃ気が済まねえ」

吉富は強がっていた。から元気だった。吉富にも伴吉譲りの、言い出したら頑ななところがあるのである。よせばいいのに、意地を張って後へ引かないところが。

「そうですか。だったら有り難い、吉富さんは残って、わたしを手伝ってください」

七之助の口調は丁寧なままだが、かすかに面白がっている。

「実のところ、連れがあんなふうにお出ましになったのも、吉富さんに興味を持ったからのようだからね。あんたが手伝ってくれるなら、話が早いかもしれない」

そう言われると引けそうになる腰を、吉富は踏ん張って持ちこたえた。

「上等じゃねえか」

かかってこい！　なんてうそぶいていたものの、夕飯のぶっかけ飯は、ぷりぷりのむき身がたっぷり入っていたのに、ぜんぜん味がしなかった。

こうして、その時が来た。最後まで渋っていたお竹も、弟たちのそばにいてやってくれと吉富が頼むと、折れて出かけていった。

一人、かめ屋の留守を守る。この宿と家を、妙ちきりんな日焼け男とその連れの女お化けから守るべく、吉富は名ばかり松の間へと向かった。

廊下に面した、立て付けの悪い唐紙を開けた途端に、吐く息が真っ白に凍った。

真冬より寒いよ。うわぁ。

「吉富さんかい？　どうぞ入っておくんなさい」

お待ちかねだ――と、七之助の声が聞こえる。なぜか三畳間の真ん中に、思わせぶりに瓦灯《かとう》が一つ。黄色い光の輪ができているが、そのまわりは真っ暗闇だ。

敷居をまたいで一歩踏み込み、二歩踏み込んで、吉富は立ちすくんだ。

もう、背後をとられてる。

後ろから真っ白な女の腕が伸びてきて、吉富の身体に巻き付いた。肩越しになぜか白檀《びゃくだん》の香りがして、

「吉富、いい名前だね。誰がつけてくれたの？」

長い黒髪を垂らした白い女の顔が、闇を泳ぐようにして目の前に現れた。

その黒目は針の先のように小さい。白目が底光りしている。流れる髪は、床を掃くほどに長い。首も長い。どう考えたってまっとうな長さじゃない。

「あたしのことは、水面《みなも》と呼んでね。水の面《おもて》のみなもだよ」

甘ったるい声が、吉富の耳元にそう囁《ささや》きかけた。その口からは、墓場の土の臭いがした。

三畳間の壁際では、七之助が笑いをこらえて下を向いている。坊主頭の影が、松の枝振りに似たしみの浮き出た漆喰の壁に浮かび上がる。海坊主みたいにまん丸に。

悔しい――と歯がみする力さえも抜けて、今度は泡を吹かず、声を立てずに、吉富は気絶した。

——おいら、夢を見てる。

吉富は、幼いころの自分の姿をながめている。六歳くらいだろうか。背が小さくて、腕も細くて肘の骨がとんがっている。

幼い吉富は、台所の竈に熾《おこ》した小さな種火に、火吹き竹で風を送って大きく燃え上がらせようとしている。これがなかなか上手くいかない。焦ってふうふう吹くと種火を消してしまう。

ごぉら、きっとみ、まだもたもたしてるんかいいいいいいいいいい！

雷鳴のような怒声が響く。夢を見ている吉富の耳元でがなられたみたいに聞こえる。夢のなかの小さくて痩せっぽちの吉富は、その怒声を聞いただけで縮みあがった。

——ああ、可哀想に。

思った瞬間、目が覚めた。覚めても心は夢のなかの出来事に引っ張られたまま騒いでいる。息が速い。

あれは、まだお竹がかめ屋にくる以前で、吉富を守ってくれる人がいなかったころの思い出だ。吉富は、一日じゅう何かしら用事を言いつけられて追い回され、それが上手くこなせないと叱られて、おかめに曲尺で叩かれたものだった。ぴしり！

伴吉も今のような父親ではなかった。女房に客と駆け落ちされてしまい、裏切られた心の痛みを抱えて日々をやり過ごしてゆくだけで精一杯で、吉富のことなんかかまう余裕がなかったのだ。

——おいら、よく命があったもんだ。

伴吉が逃げた女房を恨んでいるのと同じくらい、おかめも倅の嫁を恨み、怒っていたのは当然の話である。その女房の腹から生まれた吉富は、跡取りの長男であろうと、めでたい名前を持っていようと、おかめにとっては憎い嫁の置き土産にしか見えなかったはずだ。

ぼんやりと黄色い光の輪のなかで、吉富は仰向けに横たわっていた。頰が濡れている。おいら、泣いてるのか。

「怖い夢を見たんだね」

優美な白檀の香り。甘ったるいけれど、ちょっとだけ細波《さざなみ》みたいな震えを含んだ女の声。

吉富のすぐ右側に、水面と名乗ったあの女お化けが寄り添っていた。今、長く白い指を伸ばして、吉富の目元の涙を拭おうとしている。

その指もまた首と同じで、ただ尋常に長いのではない。一本一本が白蛇みたいにうねうねと動いている。

うわ、ご勘弁。吉富は息を止めた。化け物女が首を伸ばしてきて、その不自然に赤いくちびるが、吉富の頰に触れそうになる。

「……首が長い女の化け物を、世間ではよくろくろ首と呼ぶんだけども」

吉富の足元で、七之助の声が言った。

「水面は、ろくろ首のことを知っていて、この姿になったわけじゃないんだよ。巳《み》年生まれでもないしね。こういう化身の決まりは謎が深くって、わたしら魂の里の水夫《かこ》にも、まだまだわからないことの方が多いんだ」

たまのさと。かこ。

「水夫って、船乗りのことだろう。どうりであんた、日焼けしてるわけだ」

吉富は身を起こそうとした。首や肩に、水面の指が絡みついてくる。

「へ、平気だよ。自分で起きられる」

にゅるにゅる指を押し返そうとして、気がついた。水面の二つの眼は、どっちも白目ばかりで黒目は針の先のように小さい。その眼に、うっすら涙が溜《た》まっている。

あれ、何だろう、この気持ち。水面から優しさが伝わってくるような気がする。ああ可哀想に。さっき、おいらが夢のなかの幼いおいらに抱いた気持ち。それが水面のなかにもあるような――

「きっちゃん、夢を見てうなされてたから」

水面は、吉富を「きっちゃん」と呼び、彼の困惑を察したように、先回りして教えてくれた。

「祖母ちゃん、ごめんなさいって」

謝って、身を守ろうとしていた。

「辛い思いをしたんだね。何なら、この宿にいるうちに、あたしがきっちゃんの祖母ちゃんの魂を喰《く》らってやろうか」

「水面、めったなことを言うもんじゃない」

穏やかな声でたしなめて、七之助が光の輪のなかに入ってきた。

「吉富さん、どっか痛いとこはないかい」

「え？　ああ、怪我はしてねえ」

「よかった。水面、ちょっと後ろに下がってくれ。おまえさんは冷気をまとってるんだから、あんまりくっつくと、吉富さんが凍えちまうよ」

冷気をまとっている？　松の間のこの寒さは、水面のせいだったのか。

「脅かしてすまなかったね、吉富さん」

雑な坊主頭の七之助は、修行中の坊さんのように神妙に座り直した。

「からかうつもりじゃなかったんだよ。ただ、申し訳ねえが、あんまり吉富さんの筋がいいもんで、試してみたくなっちまって」

相手が吉富だけだと、七之助の口調もざっくばらんになってくる。

「おいらを試すって？」

七之助はちょっと顎を引き、あらためてしげしげと吉富の顔を検分した。

「魂見《たまみ》の相《そう》はないんだ。吉富さんだけじゃなく、この家の人は誰も相を持ってねえ。なのに、吉富さんもおかみさんも、いきなり水面の姿を眼覚《がんかく》したし」

それは、階段のところで、お竹と吉富が最初に水面を見たときのことだろうか。

「水面は吉富さんに触れるし、吉富さんは水面に触られたことがわかる。しかも今、吉富さんは水面の指に触ったよな」

これらは、たいへん珍しいことなのだと言った。

「わたしはこの二十年ばかり、国じゅうを旅してきたけれど、何の鍛錬もなしにこれだけのことができるお人に出くわしたのは、初めてだよ」

七之助はひどく感じ入っている。見れば、水面もその言にうなずいているようだ。だけど、吉富はちんぷんかんぷんだ。

「もうちっと、嚙み砕いて話しちゃくれませんか」

「うん、そうだね。こいつは重ねて申し訳ない」

七之助は肩をすぼめ、ばつが悪そうに坊主頭を搔《か》いた。

「わたしにとっては当たり前のことだし、仲間同士のあいだでも今さら話し合うことではない。里の外の人たちには、伏せておくことの方が多い。だから、上手く語れるかどうか自信がないんだが……」

するとと、水面が甘ったるい声で割り込んだ。

「あたしらに言い聞かせるときと同じようにしゃべればいいじゃないの」

言って、吉富に笑いかけてきた。安心していいよ。あたしが、わかるようにしたげる。

「あたしら里に寄りつく魂さんはみんな、魂見に道理を説いてもらって、形をつくって落ち着くんだ。あたしらが迷魂《めいたま》や哀魂《あいたま》で済むか、怒魂《どたま》や怨魂になってしまうか、それも魂見の説教と、あとは水夫の面倒見次第さ」

いや、もっとわからない言葉が増えた。めいたま・あいたま・どたま・おんたま？

「あ、あなたは、どんな魂なんですか」

思いついたことを訊いてみると、水面はつと笑みを消して、気まずそうに顔をそらした。

「あたしは怒魂だよ。だから、このとおり、姿形も化け物なんだ」

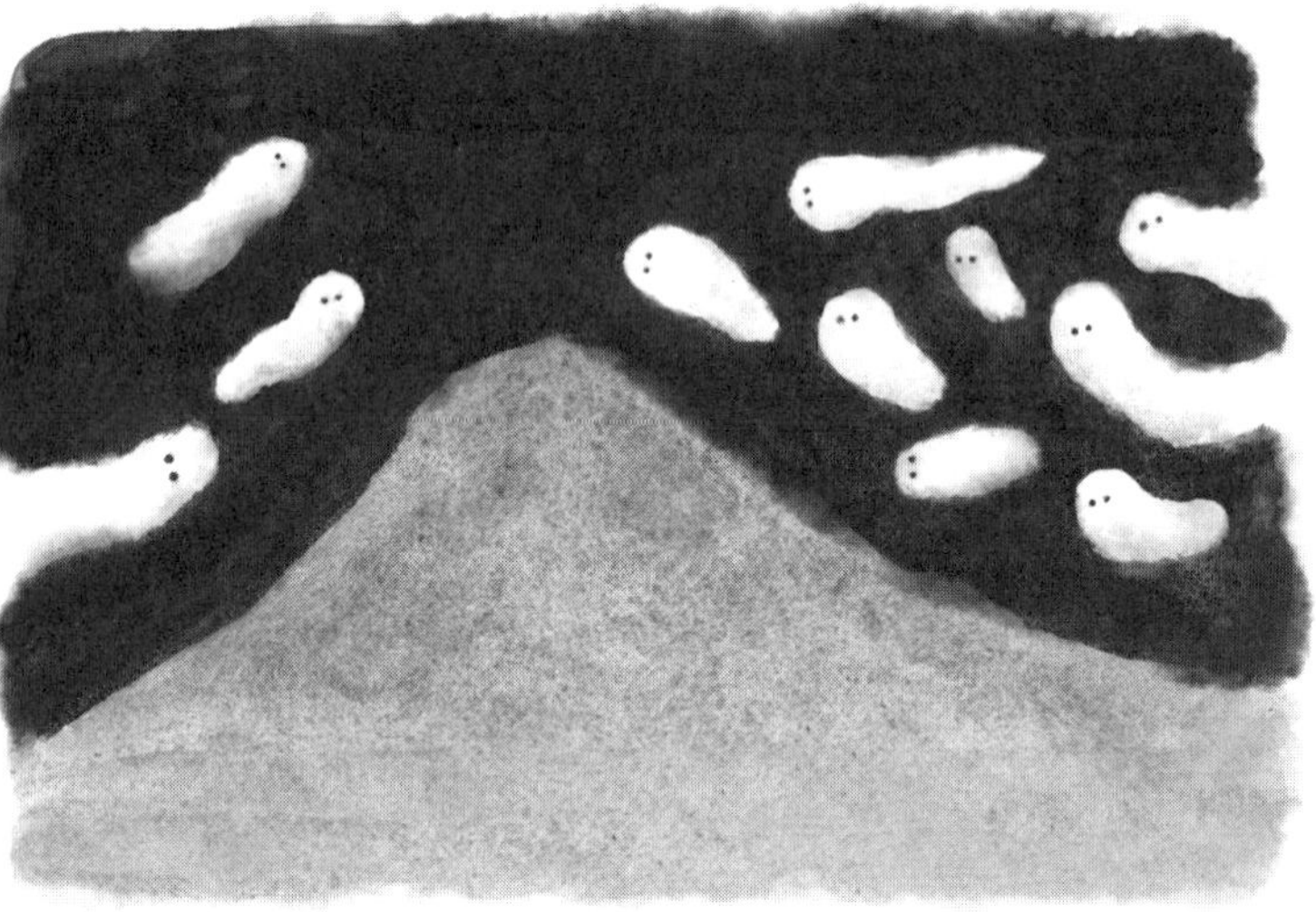

「ど、というのは」

「怒っているんだ」と、七之助が答えた。

「怒っている亡魂……詳しく言うならば、自分は誰かに、あるいは何かにひどく腹を立てているせいで成仏できずにいる──と気がついた亡魂だ」

はあ？　わかったようなわからぬような。

好きなようにしゃべらせているとこんがらがるばっかりなので、吉富の方から一つ一つ問うてみることにした。

「まず、里ってどこの里なんだい。七之助さんの故郷っていうか、今の住まいのあるところなんだよね」

「うん」

「どこにあるの？　江戸から遠いのかい」

「うん……いや、遠くはない、かな」

どっちなんだよ。

「すまないが、吉富さんが言っているような意味での遠いとか近いとか、そういう言葉じゃ正しく表せないんだ」

「じゃあ、箱根山《はこね》のこっちなのか向こうなのか」

「それも、どうかな。こっちと言えばこっち、向こう側と言えば向こう側」

判じ物より始末が悪いぜ。

「まず言っておくが、わたしの里は天領なんだよ」

天領とは、幕府の直轄地である。

「だから、お上からは代官が配されていて、領内を治めているが、里のいちばん大事な役割である魂番《たまばん》には、お役人は誰も介入してこない。できないんだ。魂番には魂番の政《まつりごと》があって、魂番のなかだけの秩序があるから」

そういう特別なやり方が許されている土地。

「わたしらの里には名前もない。つける必要がないからね。魂の里と言ったら、わたしらの里だけだ。まあ、海の向こうの異国《とつくに》には、またその国の魂の里があるのかもしれないが」

では、魂の里とは何か。

「あの世にたどりつけず、現世に残ってしまう魂が集まる土地だ」

あの世に行かれなかった魂の吹きだまりである。

「人は死ねばみんな魂だけになり、あの世へと昇ってゆく。亡き人の魂、亡魂は、それぞれの人生の思い出は持っているが、善悪の理《ことわり》からは離れている」

善いも悪いもない。全てが許され解放されて、あの世へと昇ってゆく。

「あの世へ昇った魂は、それっきり現世には戻らない場合もあれば、盆や彼岸になると子孫のもとへ戻ってくる場合もある」

ちょうど今、曲尺を持ったおかめがかめ屋に戻ってきているみたいに。

「この戻る戻らぬにも、善いも悪いもない。供養が足りているから戻らないのではないし、その逆でもない。要は、死者も生者も、そう易々と互いを忘れないが、けっして忘れぬわけではないということさ」

戻らずとも忘れられないし、繰り返し戻ったところで、過ぎる年月には抗せずに忘れられてゆく。

「ただ……ごく稀《まれ》に、死者の魂があの世に行かれず、そのまま現世で彷徨《さまよ》ってしまうことがあるんだ」

なぜ、そんな彷徨《ほうこう》が起こるのか。

「理由は、わたしら里の者にも、いまだにはっきりとはわからない。ただ、行き迷ってしまい、魂の里という吹きだまりに吹き寄せられてくる亡魂は、きまって名前も思い出も喪《うしな》っているんだよ」

自分がどこの誰であったか。誰の子供で、誰の夫や妻で、誰の主人で、誰に仕えていたか。何を生業として、どんな暮らしをして、何を大切に思っていたのか。

「なぜ死んだのか、それさえも忘れている。思い出という思い出が全て剝《は》ぎ取られているんだ」

身内の記憶も失くなっているから、誰かが回向してくれていてもわからない。懇《ねん》ごろに菩提《ぼだい》を弔ってもらっていても、それを感じ取ることができない。

「魂番は、里に吹き寄せられてきた、そういう不運な亡魂を見つけて、その一つ一つとやりとりをして、その魂さんの本来の記憶を取り戻してやる役目を担っている」

魂番になるには、まず亡魂を見ることができなければ話にならない。この「見る」ことを「眼覚」と呼び、眼覚の力があると、その人の顔相に表れるので、これを「魂見の相」と称する。

「わたしらの里で生まれ育ち、今も暮らしている者どもでも、みんながみんな、いい魂見の相を持っているわけじゃない。十人に一人ぐらいかなあ」

強い相を持ち、優秀な魂番として勤めた者の子孫が、まるで相を持たないこともある。かと思えば、代々まったく相を持たなかったのに、あるとき急に強い相を持った魂番が現れて、そこから優秀な魂見が続くこともある。

「さっきも言ったが、吉富さんもおかみさんも、まったく魂見の相ではないのに、水面の姿を眼覚したろう？　ああいうことは本当に稀なんだよ」

吉富としては、稀でない方が有り難かった。

「どうして、おいらにもおふくろにも見えちゃったんだろう」

横目で水面の様子をうかがうと、壁際に退《ひ》いて、しどけない横座りをしている。こっちに横顔を向け、蛇みたいにうごめく指で、長い髪をゆっくりと梳《す》いている。

くっきり見える。十分に恐ろしい。化け物だ。だけど、今はあんまり……怖くないわけはないが、おぞましくはない。涙を拭いてもらい、笑いかけてもらったせいだろうか。

「水面、おとなしいね」

七之助は穏やかに声をかけた。水面はちらとこっちを見て、また髪を梳く。

「吉富さんは、水面に懐かれたくらいだから、相なんぞ関わりなしに、もともと魂さんを惹《ひ》きつける気を持っているんだろう」

その気のおかげで、水面に触れるし、触られる。

「おかみさんも、吉富さんのおっかさんなんだから、体質が似てるんだな」

いや、そんなはずはない。

「おふくろは……うちのおかみのお竹さんは、おいらの生みの母親じゃないんだ」

吉富が言うと、七之助は「へえ」と目を瞠《みは》った。そのおかげで、瓦灯の頼りない光の輪のなかでも、吉富には見て取れた。

七之助の左目が、水面のそれと同じようになっている。白目ばかりで、黒目が針の先の大きさに縮んでいるのだ。右目はそれほど極端ではないが、白目が大部分を占めて、黒目は小さくなっている。

——だから見えないんだ。

吉富は、つい「あ」と言ってしまった。七之助は察したらしく、片手を庇《ひさし》のようにして、自分の目を隠した。

「びっくりさせて、すまないね」

「いや、おいらこそ」

「水夫はね、長いことやってると、いろいろ身体に障りが出てくるんだよ。どうしても、この世のものじゃないものと付き合っているとね」

さあ、ではその「水夫」とは何なのか。

「里では、魂見の次に大事な役目なんだけども……」

心なし、七之助は誇らしげな口ぶりになった。

「話す前に、吉富さんに一つ訊いてみよう」

生きていたときの思い出という思い出を喪い、名前さえ忘れている魂さんたちが、魂見とのやりとりを通して、少しずつ少しずつそれらを取り戻していったとき、何を望むか。何をしたがるか。

問われて、吉富はあまり迷わずに答えた。

「うちに帰りたがる？　故郷《ふるさと》にさ」

七之助は、声を出して「ほう」と感嘆した。

「大当たりだ」

「自分の身にあてはめたら、そうだろうなと思うからね」

名前も家も忘れて、知らない土地に吹き流されて、寂しいし心細い。思い出せたなら、里心がつくに決まっている。

「そういう魂さんたちを、行きたいところへ連れていってやるのが水夫の役目なんだ」

水先案内もすれば、荷もしょってやる。心細い魂さんを舟に乗せ、目的地へと連れていく。その喩《たと》えから、七之助たちは己を「水夫」と称しているのだ。

彷徨う魂を乗せた小舟を漕ぎ、いつかはあの世へ行かれるように、親しく寄り添って力を貸す

吉富は、おとなしく壁際に退いたままの水面の方を、そっとうかがった。長い首をとぐろに巻いて、半目になって、赤いくちびるを小さく閉じて、指は揃えて膝の上。

「大方の魂さんは、水面みたいにはならないんだよ」と、七之助が静かに言った。

迷魂は、思い出した現世への未練を断ちがたく、あの世に行くのを迷っている。

哀魂は、自分がもう命を失っていることが哀しくて、悲嘆のあまりあの世に旅立てない。

「この二つは、人としてはむしろ自然なことでね。名前を思い出し、自分を弔ってくれた人たちの顔を思い出し、死を受け入れていくに連れてだんだんと落ち着いていって、自然に和魂になってくれるものなんだ」

難しいのは、怒魂や怨魂になってしまった場合である。

「記憶を取り戻してみたら、理不尽に恨みを呑んで死んでいたり、誰かに殺されていたり、酷い死に追いやられていたり……」

そうした事実がわかったとき、怒魂や怨魂は化身してしまう。

「水面さんも、そうなのか?」

声をひそめて、吉富は尋ねた。

壁際で、水面の指も髪も動かない。眠っているんだろうか。

「さんをつけて呼んでくれるんだな。有り難い」

七之助も声を落として囁いた。

「正直、なかなか手強《てごわ》い怒魂でね。わたしの目の塩梅《あんばい》が急に悪くなったのも、ここまで水面の水夫を務めてきて、疲れがたまってしまったからだろうと思うんだ」

そうして水面と同じ、いわば亡魂の目になってしまったことで、

「わたしは魂見の相が弱いから、本来はそんなことがあるはずがないんだけど」

盆中に普通に現世へ戻ってきている和魂がやたらと見えてしまい、七之助の気が散ってしまうのがなおさらいけないのだ、という。

「水面さんのことは、封じてあるって言ってたよな？」

「うん。竹筒に入れて、こよりを輪にして封をしてあったんだけども、その輪が切れてしまったんだ」

竹筒か。魂さんだから、そんな小さいところに封じ込められてしまうんだ。

「……寝ちまったのかな」

こうして話しているあいだも、水面は動かない。

「魂さんは眠らない。ただ、化身した怒魂や怨魂でも、いつでも化け物のような恐ろしい姿を保ったままでいることはできないんだ。とりわけ、生身の人と関わると、力を使うからね」

言って、七之助はつと指を立てた。

「見ていてごらん」

吉富は息をひそめ、水面を見つめた。

そのうちに、水面の身体がぜんたいにおぼろになり始めた。縮んでいくというか、薄れていくというか、輪郭が崩れ、後ろの壁との境目が曖昧《あいまい》になり、黒髪や赤いくちびるから色が抜け、肩が丸まり、腕が見えなくなり、

「わあ……」

西瓜ぐらいの大きさの、半透明の玉になってしまった。松の間の床からわずかに浮き上がり、ふわり、ふわりと揺れている。

「これで、楽に封印できる」

七之助は懐に手を入れると、長さも太さもちょうど人差し指くらいの、小さな竹筒を取り出した。

ぱちり。音がして、竹筒は真ん中で折れて二つに分かれた。つなぎ目に細工がしてあって、また一つにはめ込めるようになっている。

その片方を水面の方に向け、残った片方を、笛を吹くように口元にあてて、七之助は早口に唱えた。

「白蛇の忘れるところ、水面の平らかなところ、水夫の我と赴かんと約定せしところ、戻られよ、とどまられよ」

途端に、あの半透明の玉が竹筒の片方へ吸い寄せられ、あっけなく吸い込まれてしまった。

ぱちん。七之助は竹筒を一つに戻した。片手でしっかり握りしめ、空いた手で今度は真紅のこよりを取り出すと、歯で端を嚙んできりきりっと伸ばし、竹筒に巻き付けて、

「ふう」

結び目に息を吹きかけ、懐に戻した。

七之助は涼しい顔をしているが、見守っていた吉富の額からは、汗が噴き出した。

「吉富さん、もうこれで大丈夫だから、あんたも輪踊りに出かけたらいい。お騒がせしたお詫びに、わたしが留守番をするから」

七之助の言葉が合図になったかのように、吉富の耳が宿の外の物音をとらえた。材木町の方角から聞こえてくる櫓太鼓と、陽気な謡いの声。人びとのざわめき、大勢のすり足。

今の今まで、忘れていた。耳に入っていなかった。

輪踊りには、きっとお由宇が来ている。今夜、あのべっぴんと会い、輪踊りのなかで手を触れあうことがあれば、どんなにか大切な思い出になるだろう――

そう思っていたはずなのに。胸がときめいていたはずなのに。

なぜか今、吉富の心には、水面のあの白目ばかりが目立つ双眸《そうぼう》と、蛇のようにうねる指の冷たい感触ばかりが鮮やかなのだった。

「それから、輪踊りが終わっておふくろが帰ってくると、まっしぐらにあたしのところに来まし

てね。大きな手であたしの肩をつかんで、つくづくほっとしたような顔をして」

――きっちゃん、無事でよかった。松の間のお客さんはどうなった？

黒白の間にいる今の吉富は、歳を重ねて亀の甲より厚い人徳を身にまとい、その温《ぬく》もりが向かい合わせに座っている富次郎のところまで伝わってくるような老人である。

しかし昔話を語り、とりわけその話がなさぬ仲の母親・お竹のことになると、吉富の目元と口元が、おっかさんを想う十かそこらの男の子のようになる。十五ではなく、「十かそこらの」というところがミソだ。こういう顔を絵に描けたらいいなあと、富次郎はつい夢想してしまう。

「あたしはおふくろに、込み入ったことは話しませんでした」

魂の里や魂見や水夫の話は、自分の胸一つにたたんでおこう――

「何でかわからねえが、その方がいいという気がしたもんで」

富次郎はうなずいた。「そういう勘には、従った方がいいでしょう」

吉富は、ちょっと済まなそうな顔をした。もちろん富次郎に向かってではなく、思い出のなかのお竹に向けた表情だろう。

「あたしからおふくろに語ったところで、ちゃんと伝わるって気もしなかったしねえ。大丈夫だよ、あの帷子の女はもう出てこねえし、七之助さんもゆっくり寝《やす》んでる。それだけ言って、さっさと寝ちまいました」

とはいえ、繕った跡がいっぱいある蚊帳《かや》の内で、きっちゃんはあんまりよく眠れなかったんだそうな。

「松の間の方はずっと静かでしたから、安心だったけどね」

一夜明けて、藪入りの朝早々に、吉富は白湯《さゆ》を満たした土瓶と湯飲みを盆に載せて、松の間に向かった。

「寝て起きてみたら、七之助さんのあの目がむしょうに案じられまして」

「水面さんとそっくりの目になっていたんですものね」

「あのまんまだったら、あの人はうっかり出歩くこともできゃしねえ」

松の間は、入口の唐紙が、手のひらの幅ほど開けてあった。のぞきこむと、布団の上に七之助が座っていて、吉富に気づいてこっちを向いた顔には、あの黒目の大きな目玉が戻っていた。

「それで心底安堵《あんど》しましたが、ちょっとやりとりしただけで、七之助さんが気まずそうなのはわかりました」

昨日の七之助は、成り行きとはいえ吉富とお竹を相手にいろいろしゃべりすぎ、見せすぎてしまった。一晩経って、それに気づいてバツが悪いのだろう。

打ち明け話というのは、だいたいそういうものなのだ。だから、お竹にくどくど語らなかった吉富は正しいのである。

「おまけに、あたしにおはようと言った途端に、ケホンケホンと嫌な咳《せき》をしましてね。昨日はそんなことなかったのに」

——あいすみません。莫迦《ばか》がひく夏風邪を引きこんじまったようです。

吉富の感じでは、松の間の冷え方は、だいぶましになっていた。冷気の源である水面が、あの不思議な竹筒のなかに封じられたからだろう。だが、生身の七之助の身体には冷えがしみ込んでしまい、旅の疲れも重なって、風邪を呼び込んでしまったのだろう。

——あれから、水面さんは。

——おとなしくしています。

「それなら心配ねえ。七之助さんはゆっくり養生すればいいんだ。風邪は万病のもとだが、滋養のあるものを食って寝てりゃあ、治る。布団を出したり、冷たい汗のしみた浴衣を着替えさせたり、あたしはせっせとあの人の世話を焼きました。そのついでに」

——うちみたいな商いじゃ、お客さんから聞いた話も宿賃のうちですから、おいら、もらった話は懐に入れて出しません。気に病まねえでくださいよ。

「そう言ったら、からまった糸がほぐれたみたいに、七之助さんがほっとしたのがわかったもんで、あたしも嬉しかった」

お客の話も宿賃のうちだから、懐に入れたら出さない。何とも粋な言い回しだ。十五のときから、きっちゃんには、歳をとったら鯔背な爺さまになる素養があったのだろう。機知と思いやりと、しゃれっ気が。

「おふくろも、あたしがあれ以上のことを言わねえ理由《わけ》を、ちゃんと察してましてね。夏風邪は手強いからって、七之助さんの看病にはすぐと心を砕きましたが、他のことは詮索しようとしませんでした」

きっちゃんの母親も賢明な人なのだった。

「ただねえ……」

語り続ける吉富の頬が、ふと緩んだ。額の深い皺も、目元の縮緬《ちりめん》皺も微笑んだように見えた。

「ひとつ、おふくろに聞かせてやりたいことがあったんですよ」

七之助が、お竹と吉富が実の母子だと思い込んでいて、だから体質が似ているのだと言い切り、なさぬ仲の二人だと知らされると、びっくりして目を瞠ったことである。

「お話しになったんですね」

「へえ。台所で、おふくろが、七之助さんに食わせる卵粥《たまごがゆ》をこしらえてるときに」

お竹は、涙ぐんだそうである。

「粥の湯気が目に入ったって、ごまかしてたけど」

吉富は、遠い思い出を愛《いと》おしむように目を細める。

「あたしがおふくろに似ていたのは、あの人のいいところがみんな伝わるように躾けてもらったからですよ。おふくろを褒める十人が十人、あれだけは困りものだって言ってた言葉の乱暴なところでさえ」

――ぶち殺してやろうか！

「それだって、ここぞというところで役に立ったんですから」

藪入りのおばさん女中二人の分と、だんだんと咳がひどくなるばかりか熱も出てきてしまった七之助の看病に張りついているお竹の分も合わせて、その日の吉富は四人分働いた。

箒《ほうき》とちりとりを手に宿の外まわりを掃き掃除して、打ち水をしながら膝が震えるのはどうしてか。暑気あたりかな。いや、腹が減りすぎているのだと気づいたのは、盆中のお天道様がちょっぴり西へ回った頃合いだった。

何か腹に入れないと、動けなくなる。首に巻きつけた手ぬぐいも、汗でしめって気持ちが悪い。勝手口から中に入ろうと、かめ屋の横手へ回ったところで、隣家の生け垣の方から声をかけられた。

「きっちゃん」

吉富の身体のなかで空っぽの胃袋が飛び上がり、喉仏にぶつかってもとのところに落っこちた。ぐぎゅう、という声が出た。

「いやだ、カエルの真似をしたの？」

お由宇だった。藍色の地に、松葉を入れた変わり亀甲繋ぎ縞の浴衣を着て、白茶と濃紫の片滝縞の半幅帯を締めている。これは、お竹とお由宇が習っている三味線のお師匠さんが、今年の盆踊りの櫓で三味線を弾く弟子たちのために揃えてやった衣装だ。

ここらの盆踊りでは、町の人びとが集い、太鼓と三味線に合わせてにぎやかに踊るのは、十四、十五の二日間だけである。盆の入りの十三日と盆の明けの十六日は、櫓のまわりに篝火《かがりび》を配し、人びとが堀割の端や橋の上で迎え火や送り火を焚《た》いて亡魂を案内するのを見守るだけだ。

それなのに今、お由宇がお揃いの衣装を着ているのは、

「お師匠さんのところで、お復習《さら》いがあったのかい？」

吉富の問いかけに、お由字ははにかみながらうなずいた。髷にさしている小花の笄《こうがい》の飾りが揺れる。

「うん。お竹さんもこられるとよかったのに」

三味のお師匠さんはなかなか厳しく、弟子たちがこういう節目、節目に腕前のほどを披露する際は、事前の稽古もみっちりつけるが、事後のお復習いも欠かさないのだ。

「うちのおふくろは、まだ人前で弾けるほどの腕じゃねえって」

実際そのとおりなのだが、仮に腕前が上がってお師匠さんから許しが出ても、お竹が大勢の人たちの前で三味線を弾くことはないだろう。

——こんな不細工な大女が、恥ずかしいよ。それに、うちの人がいい顔をしない。

前の女房に出奔された傷が癒え切らない伴吉は、後の女房に対しても悋気《りんき》持ちなのである。惚《ほ》れるってぇのは、そういうことよ。

お由字は朝露に濡れた朝顔の花のように、しっとりとして清らかな色香を漂わせていた。

「きっちゃん、昨夜は輪踊りに来なかったね」

「お客がいたんだ」

「あたし、独演したところがあるのよ」

「え、そいつは凄《すご》いな！」

お由字は頬を染めた。「ありがとう。お師匠さんにも褒めてもらったの。それでね、これをいただいたから、きっちゃんにあげる」

浴衣の袂《たもと》に手を入れて、何かを取り出した。小さな袱紗《ふくさ》だ。それを開くと、夏の陽を受けて、中身がきらりと光った。

念珠だった。鴉《からす》の羽根のようにつやつやな黒い玉と、熾火《おきび》のように鈍く光る赤い玉をつなぎ合わせてある。

「房飾りがついてないし、輪が小さいでしょう。腕念珠なんだって。普段から手首にはめておくと、魔除けになるのよ」

きっちゃん家にはいろんなお客さんが来るから――と言って、お由宇はにっこりした。

「ありがとう……けど、師匠《せんせい》はお由宇さんのおとっつぁんにくれたんじゃねえのかい」

この玉のごつごつした風合いは、明らかに男持ちの念珠だ。

「ううん」また花飾りが揺れて、軽やかな音がする。「お師匠さんは、あたしたちの縁談のことをご存じなの。だから、ね」

吉富も耳が熱くなった。「そ、そうか」

「だからこれは、お師匠さんからきっちゃんへの、お盆の付け届けですって。これからも、あたしをお師匠さんのところへ寄越してくれるようにって」

吉富とお由宇をからかいながら、祝ってくれている。よっぽど気が早いや。

「そんならおいら、遠慮しねえでもらっとく」

「うん」

お由宇の呼気がはずみ、きめ細かな白い肌に、きれいな汗の玉が浮く。吉富は、自分と同じくらい相手ものぼせていて、胃袋が膨らんで身体ごと宙に浮かび上がりそうなのだ、と覚った。

お由宇とは、双方の家の商いを通して知り合っているだけだ。二人っきりで話し込んだこともないし、出歩いたこともない。恋仲のわけじゃあない。

なのに、縁談が持ち上がった途端にこれか。お互い、気が合ってるってことなのか。

「それじゃあ、またね、吉富さん」

お由宇は上気した頬をそのままに、くるりと踵《きびす》を返して、小走りで去っていった。浴衣の下にある、ほっそりした背中と丸い尻。裾からちらちらのぞく華奢《きやしや》な足首。足首が細いのは、いい女のしるしだ。

吉富は、のぼせすぎて目が回りそうだった。お由宇が「きっちゃん」と呼んだのは、それがお竹の呼び方だからだ。でも、「吉富さん」と呼ぶのは違う。それはたぶん、限りなく「おまえさん」に近い。

笑み崩れていたら、本当に腰が抜けてしまった。腹ぺこだったことを忘れていたのだ。

日暮れ時になると、七之助の熱はさらに上がって、額に手をあてるとその熱さに驚くほどになってしまった。

薪代しかもらわぬ木賃宿でも、かめ屋は親切な宿だから、熱冷ましや傷薬ぐらいの用意はある。伴吉とあれこれ相談して、お竹が鉄瓶で煮出し始めた生薬は、匂いをかぐだけで口のなかが苦くなるようだったが、

「だからよく効くんだよ。こいつは俺が見ておくから、お竹、子供らを連れて送り火に行ってこい」

伴吉に促され、お竹は提灯に火を入れて、弟たちに茄子《なす》の車やお盛り物を持たせた。

「曲尺の魂さん、よくできた嫁さんと、可愛い孫たちがお送りしますよ」

吉富は、お竹にだけ聞こえるようにそう言って、こっそり笑いを分け合いながら、三人を送り出した。

「なんだ、おめえは行かねえのか」

「七之助さんの具合を見てくる」

「――そうか」

鉄瓶を載せた七輪のそばにしゃがみこんで、伴吉はちょっと眉をひそめた。

「親父、どうかしたのかい」

「あの客、どうも気に入らねえんだが」

声を低めて、しかし凄むように伴吉は言った。吉富は努めて柔らかく、

「怪しくても、追い出すわけにはいかねえよ。病人なんだし」

「誰も追い出すなんて言ってねえさ。いや、俺は気に入らねえが、あいつの持ってたあの文書《もんじょ》な」

幾重にも折りたたまれ、赤い封蠟には込み入った紋様が浮き出していた。

「昼間、番屋をのぞいたら、ちょうど相模屋《さがみや》のご隠居が来てたもんだから」

相模屋は伊勢崎町《いせざきちょう》にある線香と仏具を扱うお店で、市中のあちこちに家作を持つ地主でもある。

隠居は七十を過ぎているが、足腰が達者で頭もはっきりしており、散歩がてらに番屋に立ち寄っては、茶飲み話をするのが習慣になっている人だった。まあ、ここらの名物爺さまである。

「物知りのご隠居に、訊いてみたんだ。道中手形の代わりに、文書を出してくるお客が来てる、今まで見たこともねえ紋様の赤い封蠟がついた文書なんだがって」

――ご隠居さん、覚えがありますかい？　俺はおこわにかけられて、宿賃を踏み倒されそうな気がしてしょうがねえんだ。

確かに、七之助は手形の代わりに文書を出してきた。吉富は気にしていなかったが、伴吉はずっと苛《いら》ついていたのだ。

吉富も声をひそめた。「ご隠居さん、何て言ってた？」

伴吉は、いっそう顔をしかめた。

「封蠟の紋様はどんなだったかって、しつこく訊かれたよ。それで、覚えてる限りのことを話したら」

――ああ、それには触らない方がええな。

「何で」

「何でか、理由は教えてくれねえんだ。ただ、その封蠟がついてる文書なら、まがい物やいんちきじゃねえ。どんな道中手形より確かな手形だから、その客のことは丁寧に扱った方がいいって仰せでな」

伴吉はしゃにむに手で鼻をこすり、鼻の頭が真っ赤になった。

「宿屋だけじゃねえ、大木戸《おおきど》でも、箱根の関所だって、その文書には四の五の言わねえんだそうだ。というより、俺のような無学で無筆の木賃宿の亭主にはかえって通じないが、出るところに出れば誰もが畏《おそ》れ入るような文書なんだってさ、あれは」

吉富は、その言葉にこそ騙《だま》されているような気がした。あの七之助さんが？　そんなもったいない文書を道中手形にしてる？　やせっぽちで色黒で、風体だけ見たら怪しいこと甚だしく、だけど声がよくって、いい顔で笑う。

——魂の里から来た水夫だ。

吉富たち、ごく当たり前の者には計り知れぬ、不思議な役目を担っている人だ。

今さらのように、吉富は息を呑んだ。

——魂の里は天領だって言ってた。

こっちから訊いたわけじゃないのに、七之助は真っ先にそのことを口に出した。

天領ならば、その領民が頂戴する道中手形は、お上が直にくだされる道中手形だということになるまいか。だったら確かに四の五の言う必要はないし、下手にくさしたらこっちの首が危ない。

七之助は、そう匂わせようとしたのではなかろうか。

「親父、ご隠居さんの言うとおりにしよう」

吉富は、伴吉の腕を軽くつかんだ。肉付きのいい、働く男の腕だ。

「あの人のことは、おいらがよく気をつけておくよ。今夜も目を離さねえようにする。親父はあんまり気にしねえでくれ。明日からは、また常連さんたちが来て忙しくなる」

「わかった」

伴吉は、自分の腕をつかんでいる倅の手を、軽く叩いた。働く男の、脂気の抜けた分厚い手のひらで。

「それはそうと、この煎《せん》じ薬はそろそろいいんじゃねえのかな」

鉄瓶を七輪からおろし、ふつふつとわいている熱い生薬をどんぶりに満たして、吉富は松の間へと向かった。

苦い苦い湯気を吸い込みながら廊下を歩いていったのに、松の間の唐紙の前に立つと、白檀の香りを感じ取った。

ぎくりとした。この高貴で優美な香りを、昨日も何度か嗅《か》いだ。水面が近づいてきたときだ。あのお化けの口からは墓場の土の臭いがするのに、身体は白檀の芳香をまとっているようだった。

まさか、また封印が解けてる?

——南無三!

いったん、どんぶりを廊下に置き、両手でそろりそろりと唐紙を開けると、こちらに背中を向け、身を丸めて寝入っている七之助と、その足元にしんなりと座っている首長女の姿が見えた。

「きっちゃん」

離れていても、すぐ耳元で囁かれているみたいな甘い声。

「この人の熱が下がらない。どうしよう」

黒目が点のようで、白目ばかりが光っている。水面は異形で異相だ。化身してしまった怒魂だ。

なのに、どうしてこんなに心細げなんだろう。おいらの気の迷いか。もう、化け物に見込まれちまっているのか。

「く、薬を煎じてきたから」

吉富は松の間に入り、唐紙を閉め切った。行灯《あんどん》も瓦灯も点《つ》いておらず、この狭苦しい三畳間には月明かりも差し込まない。

なのに、ぜんたいに青白い光に照らされて、まわりのものがよく見える。水面の身体が光り輝いているからだった。

「また、竹筒から出ちまったんですね」

「……この人が弱ると、封印も弱るから」

水面の、とぐろを巻く長い首の上に、小さな頭が乗っかっている。その頭がちょっとうなだれる。

「この人が命を落としてしまったら、あたしはここで、はぐれ怒魂になってしまう。心配で心配で、もう少ししたら、きっちゃんを呼びに行くところだった」

吉富は肝を冷やした。「もう大丈夫。今夜はおいら、ずっとここにいますよ」

水面はぬるりと首を回すと、吉富の方を向いた。「それが薬湯?」

どんぶりから、まだ湯気が立っている。

「うん。よく効く熱冷ましですよ」

「もうちっと冷めてからでないと、飲ませられないわ。先に、この人の汗を拭いてやってもらえる?」

吉富はてきぱきと病人の世話を焼いた。七之助の身体は鉄瓶のように熱いのに、夜具をはいで肌を拭こうとすると、さあっと鳥肌が浮いてくる。

「いいから……もういいんだよ……」

目を閉じて横向きになったまま、ぶつぶつと寝言を言った。苦しげな口ぶりだし、眉間《みけん》に皺まで寄せている。

「嫌な夢を見てるのかな」

吉富が小声で言うと、水面は座り直して床に手をつき、首だけぬうっと差しのばして、吉富の隣に顔を並べた。

「この人、骨折り続きだからね」

白檀の香りが鼻先をくすぐった。でも不思議だ。すぐ隣にいるのに、香りはさっきより薄らいでいる。

「どうかしたの?」水面の点のような黒目がくるりと動いた。

「や、いい香りだなあって。水面さんから薫ってるんだよね」

水面は素早くまばたきをした。それはどうにも人っぽくなく、蛇や蜥蜴《とかげ》みたいなまばたきなのだが、今さらもう怖くはない。

「これ、きっちゃんにもわかるの?」

「うん。昨夜っから匂ってましたよ」

「そう……」

頭と首はそのままに、水面の身体の方が布団の裾から立ち上がり、そっくり吉富の隣に移ってきた。

首ではなく、白い腕と指を伸ばして、七之助の背中をさすり始める。優しい手つきで、労《いたわ》るように。すると、七之助が眠ったままふうっと息を吐いた。

「魂の里では、今のあたしみたいに里を離れて旅をしている魂のために、一日に何度かお線香を焚《た》いてくれるの」

白檀のお線香。きっちゃんの肘から下ぐらいの長さのあるお線香。

「その匂いが、あたしにも伝わってくるの。はぐれている魂を慰めるためのお線香だから、生きている人の鼻には匂わない。水夫だって、かなり手練《てだ》れでないと感じ取れないのに、きっちゃんには匂うのね」

あんた、出来物《できぶつ》だわ。水面はそう言って、笑いかけてきた。その笑みは美しく、思いがけないほど優しくて、吉富は胸を打たれた。

こんな魂さんが、なぜ化け物になっているのだろう。何がいけないんだろう。

「この人はね、昔からこんなに痩せてて、日焼けしてたわけじゃないのよ」

ゆっくりと七之助の背中をさすりながら、水面は言った。

「あたしの前に、船乗りの魂さんを故郷《くに》に連れ帰るお役目を務めたんだって」

そこで黙ってしまう。なかなか先が続かない。吉富は焦った。何か気の利いた合いの手を入れなきゃ。

「そ、その魂さんが日焼けして痩せてたから、七之助さんも似ちまったとか？」

「そんなんじゃないわよ」

すぐに水面はそう答えた。甘やかだけど、冷たい口調。白目に点の黒目が笑っているように見えるのは、吉富の勘違いか。

「ねえ、きっちゃん。あたしが手伝うから、この人を着替えさせましょう。この湿った寝間着のまんまじゃよくないわ。きれいなのを持ってきてちょうだいな」

言われるまま、吉富は物干し場へ走って、干してあった浴衣や手ぬぐい、下帯などをかき集めた。それらを抱えて松の間に戻ってみると、七之助は布団の上に仰向けに寝かされ、水面がその頭の真上に座り直していた。お竹が病人用にとあてがった柔らかなくくり枕は、外して横によけてある。

水面は、うねうねとよじれるように動く白い指を揃えて、熱冷ましの入ったどんぶりを捧げ持っていた。吉富は一瞬、七之助の頭の上からざぶりと薬湯をかけるつもりなのかと思ったが、もちろんそんなわけはない。だが、それと同じくらい意外なことを、水面はやった。

どんぶりに口をつけ、煎じ薬を飲み始めたのだ。ぐいぐいっと飲んで、どんぶりの底を天井に向け、すっかり空にしてしまった。

唖然《あぜん》として見守る吉富の目の前で、水面はぷおんと膨らんで、首長女の姿から、胴回りが一抱えはありそうなうわばみに変わった。

真っ白なうわばみだ。うろこは透けていて、胴体の内側へいくほど白みが濃くなって、その白い肉みたいなもののなかを、飲み干したばかりの薬湯が黒い筋になって巡っている。

うわばみがくわっと口を開け、今度は頭から七之助を丸呑みにした。

吉富は小便をもらしそうになった。

七之助を飲み込んだうわばみのなかで、熱冷ましの薬湯の流れがいっそう激しくなる。その流れにはちゃんと向きがあった。すっぽりと包み込んだ七之助の身体へと向かってゆくのだ。

そして、どんどん消えてゆく。七之助の身体に吸い込まれてゆくのだ。

ほどなく、うわばみの内側から薬湯が消えた。うわばみはぶるんと震えて、またくわっと口を開けて七之助を吐き出した。

とろりん。うわばみは張り詰めたものが緩んだみたいに形をゆるめ、端の方からゆっくりと、織物を織り上げるみたいに首長女の姿へと戻っていった。

「ひどい熱だわ」

呟いて、水面はぬるりと首を回し、吉富を見た。

「薬を飲ませるついでに、少し冷やしてあげたけど。きっちゃん、きれいな寝間着を持ってきてくれた？」

水面に、歯がかちかち鳴っているのを覚られぬよう、吉富はきつく口を閉じていた。

親切で優しく、病人の世話を焼く手つきはお竹と同じくらい堂に入っていても、やっぱり水面は生身の人からは遠くかけ離れており、化け物なのだ。

その思いが骨に食い込んできて、おっかなくってたまらないのに、それと同じくらい、吉富は悲しかった。七之助の頭の下にくくり枕をあてがい、もとのような姿勢で寝かしつけて、肩の上まで夜具をかけてやるころには、歯が鳴るのを防ぐためではなく、泣きべそをかかないように、口をへの字に曲げていた。

「……さっきの話の続きをしようね」

いっぺん長い首を伸ばし、ぬるりと巻き直しながら、水面が言った。

「船乗りの魂さんは、無事故郷へ帰り着いたんだけど」

七之助の案内で、帰りたかった故郷に戻ったのだけれど、

「そこで、暴れてしまった」

大きな怪魚に人の手足をくっつけたような、不恰好で恐ろしい姿の化け物になり、漁村の建物や船を壊し、網を破り、老人や女子供にまで見境なく襲いかかった挙げ句に、

「漁師たちに銛《もり》や松明《たいまつ》で追い立てられ、最後は海に飛び込んで、深みへと潜って消えていったんだそうよ」

海のそのあたりには、その後丸一年、魚がまったく寄りつかなかったという。

「その船乗りの魂は、怒魂でも怨魂でもなかったの」

甘い声で語りながら、水面は長い腕で自分の身体を抱きしめるようにした。

「今のあたしみたいな、異形の姿をしてはいなかった。船の難破で命を落として、生きていたころのことを忘れてしまって魂の里に吹き寄せられて、魂番の世話になって」

怪我人や病人が養生するように、少しずつ少しずつ自分を取り戻して、死んでしまった我が身を悲しみながらも、

「故郷へ帰りたい。恋女房と、生まれたばかりの赤子のもとへ。一目だけでも顔を見て、別れを告げて、あの世へ行きたい。そう願っている善良な魂さんだった」

だから、七之助も安心していた。油断していた。船乗りの魂さんが気持ちのいい奴で、言葉に嘘がなくって、妻子への思いが泣けるほどに一途で。

だから、こいつなら受け入れられるだろうと見込んでいた。

それが、測り間違いだった。

「故郷の村に戻って、恋女房がとっくにほかの男の妻になり、赤子もその男になついていると知った途端に、船乗りの魂さんは怒りと悲しみの叫び声をあげた」

水夫さんよお、あんたはこれを知っていたのか。知ってて、おれをこの村まで連れてきたのか。知りたくなかった見たくなかったこんなことこんなこと。おれは死にたくなかった、死んでしまったというだけで、こんなにひどく裏切られるなんて。

許していいいいいいいか。

——だって、もう三年も経ったのに！

「恋女房がそう叫んで、怯《おび》えて後ずさりするのを見た瞬間に、船乗りの魂さんは化け物になった」

もう、七之助の言葉も通じなかった。荒ぶる化け物は、暴れれば暴れるだけ人の心を失っていく。人の血を浴びれば浴びた分だけ、汚れて荒《すさ》んでいく。

「一度でも、生きている人を傷つけてしまったら、この世で害をなしてしまったら」

化け物から魂さんに戻ることはできない。化け物として人びとに怖れられ、闇にまぎれてこの世に在り続け、いつかは退治されるだけだ。

七之助の浅慮が、船乗りの魂さんをそんな暗がりに追い込んでしまった。

「船乗りの魂さんの心の重さを……そこにどれぐらいの悲しみや諦《あきら》めがあるか、どれくらいの執着と怒りが残っているか、この人は見誤ってしまった」

人の心は測りがたい。人の思いは変わりやすい。魂さんになっても、人は弱い。

七之助は、熱のせいで呼気が速い。その顔を見つめて、水面は続ける。

「それは、水夫にとっては命を差し出してもおっつかないほどの失策だった」

その日から何年も、七之助は十穀断ちをした。米も麦も粟《あわ》も稗《ひえ》も口にしない。さらに、雨の日も凪の日も、大雪でも焼けるような陽ざしの下でも、笠をかぶらず蓑《みの》も着なかった。

「それであんなふうに痩せこけて、日焼けが肌にしみついてしまったんだって」

七之助は、取り返しのつかない失策の罰を、身体に焼きつけたのだ。

「進んで罰を受けたわけだから、そのあいだは水夫としてのお役目からも離れていた。この人にとって、あたしは久しぶりの魂さんなのよ」

溜息のようにかすかな水面の呟きを聞きながら、吉富は口をへの字にしたまま、七之助から脱がした寝間着や、汗をとった手ぬぐいをたたんだ。そうやって、泣けてきそうな顔を水面から隠した。

水面は、白い指をうごめかせて自分の黒髪をなでつけた。

「それなのに、あたしもまた、この人を手こずらせている」

指のあいだに挟まった黒髪がごっそり抜けてきて、塵《ちり》のようにはらはらと消えた。

気がつけば、膝頭のあたりが透けてきて、その向こうに床板が見えている。右耳はもう形をなしていない。

生身の人と関わると、魂さんは力を費やしてしまって、化身していてもその姿を保てなくなるという。水面は消耗しているのだ。

「この人は、船乗りの魂さんのことを本当に深く悔やんでいるから、あたしがどんなに手強くてわがままな怒魂でも、けっして見捨てないって言ってるの」

――必ず、和魂になってもらう。

「化身してもいい。どうにもこらえきれずに化け物になってしまったっていい。ただ、人を傷つけなければ、この世で害をなさなければ、和魂になれる道は残ってるんだから」

――今度という今度は、しくじらねえ。

「み、水面さんは」

しゃべってみたら、吉富の声はだらしなく震えていた。

「さっきから、し、七之助さんの名前を呼びませんね」

水面はそわりと微笑んだ。顔の右半分が半透明になっている。半分だけの、優しい笑み。

「水夫は、行く先々で別の名前を名乗るから。本当の名前は、あたしも知らない」

魂番も水夫も、魂さんには自分の本当の名前を教えない。魂の里のしきたりだという。

「たぶん、身を守るための工夫の一つなんでしょう」

水面の微笑みが流れて、顔の下半分がだらりと崩れた。とぐろを巻いている首も、きちんと揃えている膝も半透明になり、水饅頭《みずまんじゆう》みたいにたらんと揺れる。

「長く話してしまって……あたしもそろそろ、休まないといけない」

昨夜と同じように、半分透けた玉に変わってゆく。ふわりふわりとしているだけの玉。休んでいる魂さんを包む殼だ。

「――きっちゃん、さっきの娘さんは、きっちゃんのいい人？」

水面のくちびるが、そう問いかけてきた。

吉富は返事ができない。水面のくちびるは、半透明の玉のなかで、一匹の赤い蝶《ちよう》のようにひらひらと動く。

「あたしも、あの娘さんみたいに生きたかった。うらやま」

うらやましい。そこまで言い切れずに、赤い蝶は玉のなかに溶けた。

吉富は、洗い物を胸に抱きしめたまま、よろよろと立ち上がった。七之助の寝ている布団を回って、ふわり、ふわりと浮いている半透明の玉のそばにいって、寄り添うように床に尻をおろした。

膝を抱えたら、こらえきれない涙が溢れてきた。

薬湯が効いてくれたのか、七之助の熱は一晩で下がった。だが身体に力が戻り、目がすっかり見えるようになるまでは、まだけっこうな日にちがかかりそうだった。
吉富はお竹と二人で七之助の世話を焼いた。七之助が一人で起き上がって厠《かわや》に立てるようになるまでは、夜のあいだは必ず吉富が付き添うようにしたし、お竹はこなれがよくって滋養のある飯を用意するためにいろいろと気を使い、工夫をこらした。
当然、木賃宿の宿賃である「薪代だけ」より金もかかる。しかも長逗留になっているのを気に病んで、七之助は伴吉に金を包んで渡してきた。四の五の言わずに受け取った伴吉は、帳場で包みを開き、びっくりして、しばらくのあいだしゃっくりが止まらなかった。

「相模屋のご隠居が言ってたとおりだ。胡散臭い客だが、大事にしなきゃいけねえな」

七之助が重湯や粥とおさらばし、普通の飯を食えるようになるのを待って、伴吉はその金で鰻《うなぎ》の蒲焼《かばや》きを買い込んできた。

こんがり焼けた分厚い蒲焼きを、吉富は松の間で七之助と二人で食った。台所の方から弟たちの「鰻だ!」とはしゃぐ声がずうっと聞こえてきていたのに、「いただきまぁす」のあとは、食うのに夢中なのだろう、墓場みたいに静かになったので、可笑しいやら恥ずかしいやら。

「すいません、めったに食えねえもんだから」

「にぎやかで楽しいね」

だいぶ回復してきたものの、そもそも棒っきれみたいに痩せている七之助だし、寝込んでいたから無精髭《ぶしょうひげ》まみれである。虱退治のために短く刈り込んでいた髪も、半端に伸びかけている。いよいよ風体は怪しいが、大きな黒目には落ち着いた優しい光が戻っていた。

「七之助さんも、しっかり食ってくださいよ」と、吉富は明るく言った。「明日は、出床を呼んで髭をあたってもらいましょう。髪の方も、これから伸ばすにしたって、いっぺんは揃えた方がいいかな」

「いや、わたしはこのまま坊主頭でいようと思っている。いっそ、きれいに剃ってもらおうかな」

いよいよ頭を丸めるってか。吉富は、水面から聞いた話を思い出す。七之助の後悔と、自らに科した厳しい罰を。

わふわふわふ。たれのしみ込んだ飯をかき込んで味わいながら、自分の腹の内にある思いも味わい直してみた。どうする、吉富。踏み込むかい？　それとも、黙って見送るか。

「ここんとこ、水面さんを見かけないけど」

「気をつけて封印を保っているから、吉富さんたちの前には現れていないだけだよ。本来はそうあるべきなんだ」

旨い蒲焼きとたれ飯なのに、七之助の口調は苦々しい。

「わたしがだらしなく弱って、軽々しくぺらぺらしゃべったもんだから、吉富さんは知らなくていいことを知り、案じなくていいことまで案じる羽目になっちまったね」

その苦みに、吉富は思い切った。今がそのときだ、切り出そう。踏み込もう。

「七之助さんが眠ってるあいだに、おいら、水面さんから聞いたんだ」

七之助は目を上げた。「何を」

「水面さんは七之助さんが案内する久しぶりの魂さんだってことや、一つ前の魂さんでしくじったってこと。七之助さんがそれをすごく苦にしてるってわかっていながら、自分も手こずらせちまってるって、水面さん、しおらしく言ってましたよ」

七之助の口元に、引き攣ったような笑みが浮かんだ。

「やっぱり、吉富さんのご先祖には、魂の里の者がいるに違いない」

そうでなかったら説明がつかない、と言う。

「最初っから水面を眼覚して、触れて触られて、挙げ句にはわたし抜きで親しく話までするなんてさ。吉富さんの身体には、優れた魂見か水夫の血が流れているんだ」

そうだろうか。そんなのが理由じゃねえと、吉富は思う。

「うちで水面さんをがんかくできたのは、おいらと、なさぬ仲のお竹さんだけですよ。血筋だとしたら、おかしいよね」

七之助はあからさまに不機嫌な顔になり、

「だったらどうして」

吉富はその顔に指を突きつけて笑った。

「そうそう、たまにはそういう顔をしてもいいさ。七之助さん、長いこと辛抱ばっかりしてきたんでしょう」

え？　という口の形のまま、七之助は固まってしまった。

「身を削って辛抱して秘密を守って、愚痴もこぼせなきゃ、自慢話もできねえ。ずっとそんな暮らしを続けてきたんじゃあ、どんな強い男だってくたびれるよ」

七之助は疲れ切ってかめ屋に来た。魂の里の秘密にも、自分のしでかした罪の重さにも押しつぶされそうになって。本人は、もうぎりぎりのところまで来ていると自覚していないのも、また救われぬ点だった。

「いっぱいいっぱいになってさ、七之助さん、知らず知らずのうちに、まわりに助けを求めてるんだよ。だから、自分じゃ気づいてねえんだろうけど、すぐそばにいるおいらたちに、七之助さんの持っている力を働かせているんじゃねえのかな」

つまり、お竹と吉富は、優れた水夫である七之助の影響を受けているに過ぎない。夕陽に顔が染まるように。焚き火のそばにいて、煙の匂いが小袖にしみ込むように。

「七之助さんが他所《よそ》へ行ってしまえば、おふくろもおいらも元に戻るよ。うちのことはぜんぜん案じなくっていい。けど、おいらは心配でしょうがねえ」

これから七之助がどうするのか。水面がどうなるのか。

「うちでこんなに長く泊まることになったのは、たまたまなんだよね？ 二人で深川に来たのは、水面さんに因縁のある場所が、この近くだからかい。それとも、ここらはただ通り過ぎるだけだったのかな」

七之助は、吉富が言ったことを噛みしめているのか、ちょっと呆然《ぼうぜん》となっている。やがて、まだ半分ほど飯が残っているどんぶりを膳の上に戻すと、箸《はし》も揃えて置いた。

「わたしの……力が……そんな、ねえ」

そして空いた手で顔をぞりりと撫でた。

「もしもそんなことならば、なおさら厄介をかけてしまって」

「厄介だなんて思ってねえよ。そんなつもりで言ってんじゃねえ！」

吉富は声を張り上げた。七之助は気弱そうにまばたきをして、二人は顔を見合わせた。

「かなわないなあ」

そう言って溜息をつくと、少し表情を緩めて、七之助は言った。「深川は、通り過ぎるだけのつもりだったんだよ」

十四日の午過《ひるす》ぎに、木更津《きさらづ》の方から船でやってきた。乗り合いの客船ではなく、醤油《しょうゆ》船に乗せてもらったのだという。

「もちろん、水面をあまり大勢の生きている人たちにまじらせたくなかったからね」

七之助の目の具合は、その前日あたりから既におかしかったのだそうだ。鳥目気味になり、昼間も遠くがかすみがちになる。

「それでも、十四日のうちに市中を横切って、四ッ谷の大木戸を出てしまうか、そこらで逗留できる宿を探そうと思っていた」

ところが、覚悟していた以上に船が揺れた上に、どっぷりと醬油の匂いにひたっていたせいで、小名木川《おなぎがわ》・五本松《ごほんまつ》そばの桟橋に着いたときには、七之助はすっかり気分が悪くなっていた。すぐには歩くこともできない。

「しょうがないから土手道で休んでいるうちに、気分は持ち直してきたが、何だか億劫《おっくう》になってしまってね。今日はもうここらで宿をとろうと思ったんだ」

深川に来るのは初めてなので、旅籠にあてはなかった。

「路銀には余裕があるし、わたしが持っているあの文書、あれは〈魂手形《たまてがた》〉と呼ばれるものでね、お上から魂の里の水夫にだけ下される、特別な通行手形なんだ。あれさえ出せば、何の遠慮もはばかりもなく、どこだって好きなところへ泊まれるから、不安も不便もなかったんだけども」

しかし、水面は難しい連れだ。

「こうして自分が弱っている以上、封印が弱ることも頭に置いておかねばならないから、わたしも慎重になって、けっこう探し歩いてしまったよ」

――


今さらの話だが、吉富は呆れた。「それで、よりにもよってうちに来たんですかい？」

七之助は微笑んでうなずいた。「吉富さんたちに、揃っていい色の気が見えたからね」

安心して身を寄せられると思った。

「吉富さんも知ってるだろう。わたしの目は水面の目とそっくりになることがある。この世に居残っている亡魂の目に」

亡魂の目は、仲間である魂さんが見えるのと同時に、生きている者の命の輝きである人気《じんき》も見える。

「あのときわたしが、かめ屋さんには相客がいないと察したのは、客が泊まる座敷の方にはまるっきり人気が見えなかったからさ」

一方、忙しそうに立ち働いている吉富たちの人気は、ほんのり桜色だったり、きれいな草色だったり、使い込まれた道具のような鋼の輝きを帯びていたりしたのだそうだ。

「鋼の輝き……親父かな」

「わたしもあのときはそう思ったが、今じゃ考えが違う。あれはお竹さんだね。いちばん大きな気だったし」

冷やかしているのではなく、からかっているのでもなく、敬う口調でそう言った。

「そういえば水面は、階段のところで最初に吉富さんとお竹さんに会ったあと、青くなって叱りつけるわたしを尻目に、こう言っていたよ」

――いくら大柄だって女なんだし、あの人、あたしが怖かったろうに、ちっとも怯《ひる》まずに男の子を守ろうとしてた。

「いいものを見せてもらった、ってね」

吉富は七之助の懐のあたりに目をやった。

「水面さん、そこにいるんですかい」

「いや、今は竹筒ごと荷物のなかにしまってある。なんで？」

「あの竹筒のなかにいても、おいらたちがしゃべってること、水面さんに聞こえる？」

「聞こえたらどうなんだい？」

吉富は両手を筒にして口を囲い、囁くように柔らかく呼びかけた。「お～い、水面さん。そんなこと言ってもらって、うちのおふくろは大喜びするよ。ありがとう」

七之助はほんの少し身体を斜《はす》にして、難しいものを目分量で量ろうとするみたいに目を凝らし、吉富を眺めた。

「……どうして、そんなに水面に優しくするんだね」

吉富は肩をすくめた。「おいら、やさおとこだからさ」

「ふざけちゃいけない。吉富さん、あんた、縁談がまとまりかけてるそうじゃないか」

「へ？」

思わずという感じで、吉富は今度は自分の懐を手でかばってしまった。そこに、お由宇からもらった腕念珠をしのばせてあるのだ。汚さぬよう、けっして失《な》くさぬよう大事にしながら肌身離さず持ち歩くには、それがいちばんだったから。

「そんなこと、なんで七之助さんが知ってるんだよ」

「ここで静かに横になってると、往来で立ち話をしているのがよく聞こえるのさ。昨日の夕方だったかな、本人同士もその気のようだから、どんどん話を進めようって、伴吉さんとだみ声のお婆さんがしゃべっていた」

まったく、隠し事のできない土地柄である。

「おいらに縁談があるからどうしたっての？」

「どうもこうもあるもんか」

七之助は声を荒らげた。短いが風変わりで濃い付き合いのなかで、彼が本気で怒ったのはこれが初めてだ。

「これから女房をもらおうって男が、なんで他の女に優しくするんだよ。水面だって女だ。怒魂になってしまい、化身してたって女なんだから、吉富さんに情をかけられたらなびくんだよ。かえって哀れだとは思わないのかい？」

吉富は言葉を失った。かえって哀れ。そんなふうに考えてはいなかった。

――あたしも、あの娘さんみたいに生きたかった。

弱々しくはばたく小さな赤い蝶のように、水面のくちびるは動いて、そう言った。

生きられるよ。来世では、そう生きられるようにしよう。それには、化け物になってこの世を彷徨うなんて駄目だ。

「教えておくれよ」

二人はどこへ行こうとしているのか。水面が思い出した場所。そこは懐かしい故郷や家でありながら、恨みのしみ込む場所なのか。

「この先、あんたたちはどうするつもりでいるんだい？」

吉富の問いに、七之助は平べったく低い声を出して応じた。

「……物見遊山に行くわけもない。怒魂や怨魂のことは、先にも話したろう」

吉富は、口をへの字に結んでうなずいてみせた。水面の目指す目的地は、ほぼ間違いなく、怒魂の怒りの源がいる場所だ。水面を理不尽に死に追いやった者。水面を殺した者。酷い目に遭わせた者。

「懐かしいから帰るんじゃない。優しい身内に会いに行くのでもない。水面は、恨みを晴らしに行きたがっている」

そこで、七之助の日焼けがしみついた顔が苦悶《くもん》に歪《ゆが》んだ。

「魂さんの行きたがるところへ案内するのが水夫の務めだ。だけどわたしは、水面に、そんな恐ろしい真似をさせたくなくって」

一つ前の失策を悔いているから。怒魂でも怨魂でもなかった亡魂を、永遠に成仏できぬ怪物にしてしまった――

「旅をしながら、ずっと時を稼いできた。水面に世間のほかの人たちの暮らしぶりを見せて、聞かせて、教えて」

恨みを切り捨て、あの世へ行こう。魂さんは昇天し、いつか輪廻《りんね》の理に従って次の生を受ける。

その道を選ぼう。今生の恨みを晴らして気が済んでも、その代償に怪物となってこの世に釘付《くぎづ》けにされてしまうのでは、あまりにも割に合わない。

「水面の強い怒りと恨みと、わたしの説得と、どっちが勝つか、一進一退。そうしているうちにわたしは疲れ、心身が弱り、亡者に近くなってしまって、ここでこうしているというわけさ」

骨張った両手で頭を抱えると、七之助は呻《うめ》いた。

「ああ、さっき吉富さんが言ってたことが、的の真ん中を射貫《いぬ》いているのかもしれないね。亡者に染まってしまったわたしは、次は吉富さんとおかみさんを染めて仲間にしようと、働きかけてしまっている」

そんな真似をする自分は、水夫としてはもう駄目なのだ。あの失敗に懲りて、お役を返上するべきだった。死んでもいいから水面を和魂に戻してやりたいのに、自分にはもうそれだけの力はない。ただ混乱を引き起こすばかりだ——

吉富は言った。「おいら、手伝う」

通りすがりの縁でも、縁は縁だ。放っておかれない。決然として言い切った。

「水面さんを、かえって哀れになんかしねえ。してたまるか。和魂になって、成仏してもらうんだ」

七之助は、いっそ捨て鉢と言っていいような乾いた笑い声をあげた。

「吉富さんに何ができるっていうんだ」

「できるよ。仇《かたき》がどこのどいつで、水面さんにどんな酷いことをしたのか教えてくんな。おいらが仇を討ってやる」

吉富が代わりを務めればいい。憎い仇に、水面が直に手を下さなければいいのだ。

「何を莫迦なことを――」

「血を流すとか、殴るとか蹴《け》るとか斬るなんて言ってねえ。そうじゃなくたって、他にも手はある」

おいらも亡者に染められてる？　それならそれで、大いにけっこう。亡者の力をもらおうじゃないか。


「水面さんの行き先は、ねえ」

語りのなかにありありと浮かび上がっていた若き日の吉富が、変わり亀甲繋ぎ縞の浴衣を着こなした鯔背な老人へと置き換えられる。年月は音もなく飛び去りながら、吉富の顔から若さと生気を少しずつ持ち去り、代わりに知恵としゃれっ気と落ち着きを置いていった。

――こんなふうに歳《とし》をとりたい。

強く思いながら、富次郎は大詰めへと向かう語りに耳を傾ける。

「四ッ谷の大木戸から八王子《はちおうじ》の町までのあいだのどっか。そう申し上げておきましょう」

富次郎はにこやかにうなずく。「はい、それで充分でございますが、場所の名前があった方が語りやすくはありませんか」

「う～ん、そうかなあ」

「二島村《ふたしま》にいたしましょう」

吉富老人は、顔じゅうの皺を活《い》き活《い》きと動かして笑った。

「あっはっは、三島じゃあ、小癪《こしゃく》だもんな」

小僧っ子だった吉富は、水面から直に、いったいどんな酷い目に遭って命を落としたのか聞き出すことはできなかったという。自分が辛いというよりも、水面の辛さを思うとできなかった。だから詳しいことは七之助から聞いた。聞くほどに腹が煮え、怒りではらわたがよじれ、吐き気にえずいてしまい、頬を焼くような涙を流した。ちょっと落ち着いてから自分の手を見ると、左右の手のひらに爪の痕が深く残っていた。それほど強く拳《こぶし》を握りしめていたのだ。

その拳骨《げんこつ》で顔の涙を拭いて、やるべき段取りを考えた。そうなると、怒った分だけ、吐いた分だけ、泣いた分だけ知恵と胆力がわいてくるような気がした。

腹を決め心を決め支度ができると、伴吉とお竹に話をした。七之助はもう大丈夫だから出立すると言っているが、あんなやせっぽちの身体で、いつまた倒れるか知れたもんじゃねえ。

――行き先の二島村ってところまでは、おいらの足でも日帰りがききそうだ。かかっても一泊で済むだろうから、送ってってやりたいんだ。

伴吉は渋ったが、お竹が取りなしてくれた。吉富ほどは詳しいことを知らずにいるお竹だが、倅の顔と、頭をつるつるに剃り上げた七之助の顔を見比べて、察するものがあったのだろう。

「それと、あたしはおふくろに、内緒で一つ借りものをしたんですが、それも深くは問わずに聞き入れてくれました」

――きっちゃんがそんだけ言うんだから、理由《わけ》があるんだろう。

そして、いよいよ出立のその日には、お竹は吉富の目を見つめてこう言った。

――お由宇ちゃんを泣かせるような真似だけはしちゃいけないよ。

なさぬ仲の母は、その大柄な身体をかがめて、なさぬ仲の倅の手を取ると、

――もしもあの娘《こ》を泣かせたら、あたしはあんたを地獄の果てまで追っかけてって、牛頭さん馬頭さんから借りた槍《やり》で尻から串《くし》刺しにして、うちまで引き摺《ず》って連れて帰ってくるからね。

相変わらず、凄いこと言うおっかぁだ。吉富はその言い回しを耳に焼きつけた。

「で、あとでそれをそっくり真似さしてもらいましたよ」

鯔背な吉富老人は、懐かしそうに目を細めてそう言った。

富次郎はへどもどする。「と、おっしゃいますと」

「いや、だからね、水面さんの仇に、雷みたいな大音声で、面と向かってそう言ってやったんですわな。二島村の人たちが大勢集まってる目の前でね」

二島村は豊かなところだった。土が肥えていて水がいいので、上等な葉物や果物が育つのだ。それらは江戸市中で高く売れて、地主の懐を潤した。問屋を通さず担ぎ売りに出かける農家には、貴重な現金を与えた。

「さて、小旦那さんはご存じですかね。金貸しっていうのは、金のないところでは繁盛しないんだ。金のあるところでこそ幅をきかせられる」

二島村の金貸しは、名主と村長《むらおさ》の屋敷に軒を並べて、村のど真ん中にお店と住まいを構えてい

た。屋号は青葉屋《あおばや》という。

「生粋の金貸しだ。もともとは青物問屋だったんだが、当座の金に困った客に融通しているうちに、そっちの方が本業になっちまったんですよ」

金がよく回る二島村のようなところには、こういう役割を果たす商家が一つは必要なのだ。だから、青葉屋はけっして村人たちに憎まれてはいなかった。

「水面さんは、この青葉屋の一人娘だった」

名前は葵《あおい》。名前負けせぬ美しい娘だったという。

「一昨年の春先に、庭先からふっつりと姿を消して、それっきり戻らない。神隠しに遭ったんだろうって噂でさ」

死んでいると、把握されていなかったのである。当然、枕経の一つもあげてもらっていない。

「だから迷ってしまって、魂の里に吹き寄せられたんですね」

富次郎の呟きにうなずいて、吉富老人は続けた。

「七之助さんには村の手前で隠れていてもらって、あたしは一人で、通りがかりの旅の小僧っ子のふりをしていろいろ聞き回ったんですが、皆さんよくしゃべってくれました」

村の人びとにとっては、葵の神隠しはまだ昨日のことのようであり、恐ろしくもあり不可解でもあり、話題の種であったのだ。

「ホントは神隠しなんかじゃねえ。葵さんは家から連れ出されて、酷い目に遭わされて命をとられて、山ンなかに埋められてる。叫び出しそうになるのを我慢して、心細い一人旅の小僧っ子のふりを続けて、ぶらぶら歩きのついでみたいに、青葉屋の暖簾《のれん》の内側をのぞいてさ」

憎むべき仇の顔を確かめると、畑のあぜ道を抜けて、吉富はいったん村を出た。

「水面さんは、自分が縊《くび》られて殺されて、その亡骸《なきがら》が埋められてる場所を、ちゃんと思い出してた」

村はずれの雑木林のなか、使われなくなった道具小屋の、腐りかけた床板の下。

「大事な証《あかし》になるから、あたしが勝手に荒らすわけにはいかねえ。道々つんできた野の花を手向けて、手を合わせて」

またぞろ溢れてきた燃えるような悲憤の涙を呑み込み、吉富は七之助と落ち合って、夕暮れになるのを待った。

「……水面さんは、うわばみになれる」

うわばみになって七之助を呑み込み、薬湯を与えるさまを、吉富はつぶさに見ていた。

「あれと同じことを、あたしにもやってくれって持ちかけたんです」

——おいらを呑み込んでおくれよ。そして水面さんの持っている亡者の力を、おいらの血肉にしみ込ませておくれよ。

「そしたら、この吉富も、化け物のように強くなれる」

つかの間でかまわない。そのつかの間で、

「存分に暴れて、おふくろ仕込みのものすごい言い回しでがなりたてて、集まってきた村のみんなの前で、葵さんを殺した連中の化けの皮を剝いでやる」

語る吉富の声音には、今も怒りがこもっている。

富次郎は問うた。「水面さんは、承知してくれたんですね」

口を真一文字に結んで、吉富はうなずいた。

「すんなりとはいかなかったけどねえ」

夕暮れの藪が鳴り、西の空に残った夕焼けが一筋の血のように見える。薄闇のなかで、吉富は水面を説得した。

「取りかかる前に、あたしは水面さんに、おふくろから借りてきたものを見せました」

お竹から借りてきたもの。「さっきおっしゃった、内緒の借りものですね」

「ええ。浴衣をね」

この夏の盆踊りのために、お竹とお由宇の三味線の師匠が、弟子たちに仕立ててくれたお揃いの浴衣だ。松葉を入れた、変わり亀甲繋ぎ縞。大胆で鮮やかな色柄だ。

「あたしに腕念珠をくれたとき、お由宇が着ていた。おふくろも同じのを持っていた」

――仇討ちはおいらがやる。水面さんはここから動いちゃいけねえ。

「ぜんぶ済んだら、まっしぐらに成仏するんだよ。この浴衣を着ていくんだ。あたしは一生懸命にそう説きつけた。そのときの水面さんの顔は――」

よく思い出せない。夕顔のように白く、月のように明るかった。春の雨のように吉富の手の甲を濡らしたのは、水面の涙だった。

――あたしを手にかけた下手人の顔は覚えてる。

金で雇われたごろつきだった。醜く、臭い男たちだった。

――そいつらを雇って、あたしを掠《さら》わせ、あたしを辱めさせ、あたしを殺させたのが誰なのかも、思い出したからわかっている。

おっかさん。

「葵さんの親父の後妻だって」

青葉屋の主人は早くに妻を失い、一人娘の葵と暮らしていたのだが、葵が物心つくと後妻を迎えた。後妻は芸者あがりの婀娜《あだ》っぽい女で、見た目は菩薩《ぼさつ》のようだったが、その正体は夜叉《やしゃ》であった。

「もともと、目立たぬように葵さんを苛《いじ》める陰険な女だったそうですが、てめえが男の子を産んだら、もっと葵さんが邪魔になってきたんですよ」

先妻の残した一人娘に、青葉屋の財のいくばくかでも持っていかれたら憎らしい。そう歯ぎしりするほど欲深い女でもあった。

「それで、昔の伝手《つて》をたどってごろつきを飼って……」

思い出せば、言葉にすれば、老人となった今も胸を抉《えぐ》られるのだろう。吉富は言葉に詰まった。そして口を開いたときには、唾《つば》を吐くような勢いで一気に言った。

「そいつらが葵さんをなぶり殺した。せいぜい楽しんだら売り飛ばして金にするつもりだったのに、やり過ぎて殺しちまったって、そのクソ野郎どもの笑う声が、水面さんが葵として耳にした、最後のこの世の声だった」

人の所業ではない。獣《けだもの》のやることでもない。人でなしだ。そうとしか言いようがない。

――ごめんね、きっちゃん。なさぬ仲のおっかさんと、あんなに仲のいいきっちゃんには、なおさら忌まわしい話でしょう。

水面の言葉を蘇《よみがえ》らせる吉富の目に、うっすらと涙が浮いてきた。

「それだけ聞いたら、もう充分でしたよ」

やってやるぜ。

「あたしは仇討ちのために化け物になる。だからこそ、魔につけ込まれちゃいけない。そう思ったから、お由字のくれた念珠を懐から取り出して、左の手首にはめました」

亡者の力よ、おいらを満たせ。

水面はうわばみへと姿を変えた。その大きな口のなかにするりと入り込んだ途端に、吉富は身体じゅうの血が沸き立つのを覚えた。

「ぐいぐいと高揚して、手足に力が漲《みなぎ》って、鼻息が熱くなってさ」

火の玉のようになって、うわばみのなかから転がり出ると、一蹴りで木のてっぺんまで飛び上がってしまった。

――これが怒魂の力だ。憤怒《ふんぬ》の力だ。

「行ってくらぁ！　二島村に向かって飛び去りながら、自分じゃそう言い置いたつもりだったが、ちゃんと言葉になっていたもんか、今となっては定かじゃありません」

振り返って一瞥《いちべつ》した七之助の坊主頭には、夕陽の最後の光が照り映えていた。吉富に力を移した水面は、早くも水饅頭のような玉に変わり始めており、七之助がお竹の浴衣でそれをすっぽり包み込むと、赤子を抱くようにしっかりと抱きしめた。

それだけ見届けて、吉富は薄闇のなかを飛んだ。枝から枝へ、木から木へと渡り、大きな声で吠えたてながら。着物の裾を幟《のぼり》のようにはためかせ、風を切って。

「あたしは猿《ましら》になってた。真っ黒でごわごわの毛に覆われた、手足の長い猿にね」

水面はうわばみだったのに、なぜ自分は猿なのだろう。

「干支《えと》なのかなって、空を飛びながら思ったら、笑いがとまらなくなっちまった」

「ああ、水面さんは巳《み》年で、吉富さんは申《さる》年という意味で――」

「はいな」

そんな笑い話でいいのか。吉富老人はからからと笑い、遠くを眺めるような目をする。

「愉快爽快《そうかい》で笑っているのに、耳に聞こえてくる自分の声は、まるっきり雄叫《おたけ》びなんですよ。人と同じ身の丈で、真っ黒な毛に覆われた猿が、叫び声をあげながら二島村に迫っていくんだ！」

村の方でも、その雄叫びに気づいていた。さては獣が襲ってくるのか。夕まぐれのなか、龕灯《がんどう》や提灯を手にした男たちが、いったい何事かと右往左往していた。

「そのど真ん中に、あたしは飛び降りた」

愉快爽快な笑いに、憤怒と憎悪がとってかわった。

「人でなしの住処《すみか》の二島村はここかぁ！」

一声叫び立て、力強く飛んで近くの茅葺《かやぶ》き屋根の上に移ると、力強い声を放って吠え続け、叫び続けた。

来たぞぉ、来たぞぉ、報いのときが来た。地獄を見たい者は誰だ。見せてやろう、教えてやろう、連れていってやろう。

「屋根から飛び降りたところに荷車が一台あったから、その取っ手をへし折って両手でつかんで振り回したら、取っ手が端から煙を放ってみるみる真っ黒焦げになりまして」

地獄の獄卒の担いでいる槍のように。御仏《みほとけ》ではなく悪鬼に仕える僧侶《そうりよ》の錫杖《しやくじよう》のように。

「それをぶん！　と振ると、面白いように火の玉が飛び出すんですよ」

次から次へと生じる火の玉は、生きもののように村のほうぼうへ飛んでゆく。あちらでは藁《わら》の山が燃え上がり、こちらでは板壁に火が走る。

「もういっぺんたかだかと跳んで、あたしは青葉屋の屋根の上に飛び降りました。手にしていた荷車の取っ手を茅葺き屋根に突き刺して、噴き出す炎を避けてとんぼ返り。笑って、罵って、雄叫びをあげ続けた」

葵を虐げ、殺《あや》めて、その亡骸をごみのようにうち捨てた者たちを許さない。

「後妻の名を呼び、雇われたクソ野郎どもの呼び名も暴いて」

てめえらには年貢の納め時だが、観念してももう遅い。この劫火《ごうか》を見ろ。この声を聞け。地獄へ行こう。かばいだてする奴がいるなら、いい度胸だ、みんな道連れにしてやるぞ――

「その尻からこの槍を突っ込んで、串刺しにして引き摺っていってやる、と」

こんな話なのに、富次郎は笑ってしまった。語る吉富も笑っている。

「おふくろの罵詈雑言が、本当に役に立ちました。いくら腹を立ててたって、あれほどの荒い言い回し、空では、ちょっくらちょっとじゃ思いつかなかったからね」

　はらわたに虫のわいた悪人どもめ、頭を引っこ抜いてやる。手足をばらばらにして骨まで焦げるほど焼いてやる。それが嫌なら、

「差し出せ、引きずり出せ、葵を殺した人でなしを！」

　青葉屋の建物に火が回ってゆく。家人も奉公人たちも、外へ逃れ出ている。

「青葉屋の後妻は、ずっといい暮らしをしてたんでしょうねえ。芸者あがりの色香も失《う》せた、太ったばばあでしたよ」

　青葉屋の主人が、青くなって問い詰めている。村人たちは遠巻きにして、悪鬼に遭ったように青ざめている。

「猿の化け物になったあたしよりも、後妻の方をおっかながっていやがった」

　さあ、とどめのひと働きだ。吉富は青葉屋の屋根から飛び降りて、後妻の髷をひっつかんだ。

「そのまんま、生身の女をまさに引き摺って、一目散に村から駆け去ったんで」

土埃を舞い上げ、雑木林のなかを抜け、枝に引っかかろうが、木の根にぶつかろうが、おかまいなし。最初のうちは聞こえていた後妻の悲鳴も、すぐに途絶えた。

「葵さんの亡骸が埋められている小屋まで、駆けて跳んではねていって」

最後にもう一度、身体じゅうのばねの力を集めて、傍らの樫《かし》の木のてっぺんまで飛び上がると、

「枝に帯を引っかけて後妻を逆さ吊《づ》りにして、あたしは逃げ出しました」

そのころには、水面からもらった亡者の力を使い果たして、吉富はただの人に戻り始めていた。

「腕がすべすべになって、足の裏で地面の土の冷たさを感じるようになって、だんだんと正気づいてきたんで」

着物は破れ、ぼろをまとっているような有り様になっていた。腕念珠は失くしていない。ちゃんと左手首にはめてある。ただ、全ての玉が曇って光を失っていた。

暮れ切った空に星が輝いていた。二島村の方角から流れてくる煙が、時たまその星を隠す。吉富は足を引き摺って歩いた。村人たちに見つからぬよう、藪の深いところを這うように進むときもあった。身体じゅう傷だらけだった。

「戻ってみたら、七之助さん一人になっていました」

——水面は成仏したよ。

そう言って、七之助がお竹の浴衣を返してくれた。夜気を吸って湿り、冷え切った浴衣から、かすかに白檀の香りがした。

「浴衣を抱きしめたとき、ぱちんという甲高い音がして――」

お由宇のくれた腕念珠が粉々に砕け、足元に散らばった。星のように。涙のように。

これで終わった。終わってしまった。吉富は泣いた。

「あんなふうにむせび泣いたのも、人生であのときこっきりでございました」


富次郎は深く息をして、胸の奥からわいてくる色とりどりの想いを噛みしめた。

吉富を招き入れ、愉快な浴衣のやりとりがあって、その人柄に大いに好いたらしいものを覚えて語りを聴き始めた。まさか、話がこんなふうに広がるとは思ってもみなかった。語り手本人がもののけになって大暴れするとは、いやはや驚きであった。

吉富もほっとしたように溜息をついて、手元の湯飲みに手を伸ばした。空っぽだ。富次郎は身軽に腰をあげた。

「これは至りませんで。今度は熱いのに淹《い》れ換えましょう」

富次郎が茶筒から新しい番茶を出し、鉄瓶の湯を注ぐと、

「ああ、いい香りだ」と、吉富は微笑んだ。

「こんな贅沢なお膳立てで語らせていただいて、本当に有り難い」

黒白の間の静かなたたずまいを今さらのように見回して、目を細める。

「魂の里にからむこの話は、あたしの人生のなかで、とびっきりの珍しい出来事でね。それ以外は凪《なぎ》の海……というより、潮干狩りにうってつけの遠浅の浜みたいなもんでしたよ」

平らかな浜に飛び出す岩はなく、波が荒れることもなく、おかしなものが流れ着くこともなかった。

「ご両親から、かめ屋の商いを継がれたんですよね？」

「もちろんそのつもりだったんですが、あたしが十八歳の年の冬、かめ屋はもらい火で焼けちまったんです」

幸い、家の者はみんな無事だったが、木賃宿の商いを続けてゆくための器は失《な》くなってしまった。

「それを節目《しお》に、あたしは嫁のお由宇の……まあ、無事に夫婦になってたもんで、あいつの実家《さと》の商いを手伝うようになりましてね」

「炭屋さんでしたよね」

「ええ。お由宇には兄貴が一人いて、立派な跡取りのはずだったんですが、この人がどうも身弱《みじやく》でね。寝たり起きたりの挙げ句に、二十五であの世へ行っちまって、しょうがないからあたしがずるずると婿入りした恰好になって……」

すっかり落ち着いていた吉富の眼差しに、ちょっと細波《さざなみ》が立った。

「おふくろは、あたしとお由宇がいいならそれでいいと喜んでくれましたが、親父はねえ。自分の拠《よ》り所は焼けちまうわ、長男は嫁の実家にとられちまうわで、業腹だったんでしょう。酒に逃げるようになりまして」

吉富とお由宇は子福者で、次々と元気な赤子を授かったが、伴吉は孫を可愛がることもなく、かめ屋の後を追うように卒中で亡くなったそうである。

「お竹さんは、後家になったからってしょげるようなことは一切なかった。弟たちが一人前になるまで、骨惜しみせずいろんな仕事を探して、達者に働きづめでした」

吉富の弟たちは、お由宇の実家の伝手《つて》で奉公先が決まったり、小商いを始めることができた。それほどお由宇の実家がよくしてくれたのは、婿の吉富が働き者で、実《じつ》のある人物だったからに違いない。

「それとね、親父がいなくなってから、お竹さんは三味線の方に本腰を入れたんですよ。そしたら、やっぱり才があったんでしょうね。お師匠さんが後ろ盾になってくれたこともあって、死ぬ前の十年くらいは、そっちの道一本でおまんまをいただいてた」

今でも懐かしい——と、吉富は優しい声で言った。

「いいおふくろさん、いい女、太棹の三味線で、腹の底に響くようないい音を出すことができる。出来物の人だった」

七之助とその珍しくも恐ろしい連れのことを、その後の暮らしのなかで、お竹が話題に持ち出すことはなかった。吉富も語らなかったし、お竹に問いかけようとも思わなかった。

「浮き世の暮らしがにぎやかで忙しくって、それどころじゃなかったってのが、まず一つ。二つ目には、過ぎ去ってしまうと、あれはホントにあったことなのかな、夢だったんじゃねえのかなと疑ったりもしたんですよ」

あまりにも浮き世離れした経験だったから。

ただ、寄る年波にお竹が少しずつ弱り始め、ある年の春先に風邪で寝込んでしまったとき、まさに鬼の霍乱《かくらん》だと恥じ入りながら、

——あたしにも、そろそろお迎えが来るのかねえ。

心細いことを口にしたもんだから、一度だけ話し合ったことがあるという。

——きっちゃん、昔、お盆の最中にかめ屋に泊まった、亡くなった人の魂が見えるっていう鳥目を病んでたお客さんのこと、覚えてるかい？

「うん、覚えてるよ。母ちゃんも覚えてたんだねって」

——おれ、あのときは内緒にしてたんだけど、あの七之助さんって人とけっこう親しくなってさ。びっくりするようなことを見聞きしたんだよ。

——そんな様子があったよね。実はあたしも気がついてて、心配してたんだけど、きっちゃんなら大丈夫だろうと思って、何も言わなかったのさ。

お竹は、おかめの亡魂が曲尺を持ってかめ屋のなかを飛び回っていたことが忘れられない、と言ったそうな。

——人は死んだら、ああいうふうになるんだね。あたしは乱暴で口が悪くて、がさつな女だ。亡魂になってもやかましくて、きっちゃんやお由宇に迷惑をかけるかもしれない。先に謝っておくからね。

「何ひとつ迷惑になるもんか、三味線鳴らして出てきておくれよ。だけど、縁起でもねえ話だから、これっきりにしようなって言ってやりました」

吉富はまた瞼を細める。目尻に、かすかに光るものがある。

「それからほんの二、三日ですよ。夜中に咳が止まらなくなって、血を吐いて」

夜が明けぬうちに、儚《はかな》くなってしまった。

「お竹さんは、生きてるうちに、山のように徳を積んでたお人だ。まっしぐらに、目の回るような勢いで極楽へぶっ飛んでいかれるに決まってる。あたしは、固くそう信じていたけども」

万に一つ、はずみというものがある。運不運もあろう。

「だから、もしもお竹さんの魂さんが迷っちまったら、魂番さん、水夫さん方、よろしく頼みますって、手を合わせて拝もうと思った。だけどねえ、小旦那さん。呆れたことに、あたしは魂の里がどっちの方角にあるのかさえ知らねえわけだよ」

七之助から、はっきりしたことを聞かなかった。思えば、彼もわざと曖昧に語っていたのだろう。

「つくづくもったいないことをした。それでね、考えたんだ。もう、かめ屋はねえ。あたしは木賃宿の主人じゃねえし、弟たちも誰も宿屋稼業でおまんまを食ってはいねえ」

つまり、身軽になった。

「日々宿屋で食ってるうちは、商いに障りそうなことは詮索できなかった。自然と口をつぐんで胸にしまっていたんだけども、もうそんな遠慮をすることはねえ」

魂の里のことを、少しばかり聞き回ってみよう。そう思い立った。

ただの知りたがりではない。それなら、とっくの昔に騒いでいたろう。お竹の魂さんの行き先――お竹の菩提を想うからこそ、吉富の心も動いた。

「……って、小旦那さんに聞いてもらってて、今気がつきましたよ。あたしゃ、親父に対してはずいぶんと冷たいよね？」

剽軽《ひょうきん》に小首をかしげる吉富の前で、富次郎はつい噴き出してしまった。

吉富も笑う。「親父不孝者だよ。でもあの人は、先《せん》の女房に裏切られた分、お竹さんに尽くしてもらえた幸せ者だった。それで満足してるでしょうよ」

富次郎は思った。吉富とお由字も、きっと幸せな夫婦なのだろう。その実感があってこそ、亡き父親とその後妻に向ける、今の台詞《せりふ》があるのだろうと。

「それで、あらためて聞き回ってみたら、魂の里のことは何かわかりましたか」

話の舳先《へさき》を戻してやると、

「おっと、そっちが本題だった」

吉富は首を縮めて、

「七之助さんが来たときだって、近所の物知りのご隠居が魂手形のことを知ってて、親父に教えてくれたんですからね。そう難しいこともなかろうと踏んだんだけども……」

意外にも、すぐと八方塞がりになって、ほとんど何もつかめなかった。

「大方の人は、そりゃ何のことだって不思議そうな顔をする。本当に知らないんですよ。ただ一人だけ、訳知りの人がいた」

同じ町筋にある質屋の番頭で、歳は吉富と同じくらいなのに、

「見事なつるっ禿《ぱ》げなんですよ。そのおつむりをこう、テカらせてね、あたしに説教してきたもんですよ」

――吉富さん、用のないことを聞き回っちゃいけないよ。

「魂の里のことも、魂手形のことも、用がある者の耳にしか入らねえし、用が済んだらみんなすぐ忘れる。世の中にはそういうことがあるんだから、神妙にしといた方がいいですよ、と」

世の中にはそういうことがある。要る者の耳にだけ入る知識。大半の者は、知らぬまま不便もなしに暮らしてゆく秘密。

「吉富さんは、その忠告を受け入れたんですね」

吉富はうやうやしく膝に手を置いて頭を下げた。「へえ、こんなふうに神妙に」

それきり、吉富の人生のなかで、この話はおつもりになった。

「巾着《きんちゃく》の紐《ひも》を引っ張って縛って、固結びにしてね」

今日ここで語るまで、一度もほどくことはなかった。語り終えたらまた結んで、今度は二度とほどかない。

「それならわたしも、その前の駆け込みで、一つだけ当て推量を口に出させてもらってよろしいですか」

「おや、何でしょう」

「魂の里が天領にあり、魂手形はお上からとくだんの配慮でくだされる。お上がそのように懇ろに後ろ盾になっているのは、公方《くぼう》様や御三家や、そういう恭しい方々のなかからも、ときには怒魂や怨魂が生じて、扱いに困る。そういう歴史があったからなんじゃないでしょうか」

黒白の間に、一呼吸の沈黙が落ちた。花器のなかの麒麟草も澄まし顔をしている。

「川下でも川上でも、人のやることに大した違いはねえもんね」

そう言って、吉富はにっかりと笑った。

「さあ、固結びにするよ。小旦那さん、長々聞き取ってくだすってありがとう」

「こちらこそ、ありがとう存じました」

「浴衣はそのまんま受け取っておくんなさい。本当によくお似合いだ」

挨拶が済み、吉富は腰をあげようとしている。その段になって、富次郎はつい追っかけて尋ねてしまった。

「吉富さん」

置手拭が額の上でちょっとずれて、片膝を立てた小粋な老人に。

「どうして、この変わり百物語においでくださったんでしょう」

入り用のないことは聞かない。入り用のないことは語らない。この老人は、そういう人だろうに。

また一呼吸の沈黙。麒麟草も、今度は耳を澄ましている。

「まだ、時たまなんですがね」

吉富は穏やかな声で言った。

「あたしもお竹さんと同じように、咳をすると血を吐くことがあるんですよ」

だから、今のうちに語っておこうと思った。

「ああ、うちの古女房、お由宇は達者ですよ。曾孫《ひまご》を追いかけ回してるくらいですからね。家業も平らかで、何も案じることはねえ」

ただ、あたしの寿命が近づいているというだけのことです――

「小旦那さん、三島屋さんのこの変わり百物語は、あたしのような一生にいっぺんきりの語り手の器になってくれる、優れた趣向だ。長くお続けになってくださいよ」

富次郎は居住まいを正し、指をついて深く一礼した。

「お言葉、ありがたく頂戴しました」


いくらお民に締められても、三島屋のなかはやっぱりおちかのおめでたで浮き立って、誰もがそわそわしている。頭のなかがお留守になって、番頭の八十助はまた腰を痛め、小僧の新太は梯子《はしご》段から落ちておでこにたんこぶをこしらえた。おしまは飯炊き中に小さな火傷《やけど》をして、

――百年の不覚ですよ！

――それを言うなら百年の不作じゃないかなあ。悪妻をもらっちゃいかんという戒めだよ。

伊兵衛も寄り合いの日にちを間違えたり、とうとうお民でさえも、おちかの実家・川崎宿の宿屋〈丸千〉に祝いの手紙をしたためようとして書き損じを重ね、やっとこさきれいに書けたと思

ってお勝に見せたら、

「おかみさん、〈丸仙〉になっておりますわ」

「え！」

そんななかで、富次郎は吉富の語りを絵に仕立てることに打ち込んで、どうにか難を逃れていた。

曲尺を描こうか。腕念珠にしようか。水面が静まっているときの、ふわふわした魂の塊を描いてみようか。あるいは真っ黒な毛に覆われた猿《ましら》の腕。

あれこれ思案して二日目、どうにか考えがまとまって下絵を描いたときは、もう秋の初めの夕暮れで、

――一気に仕上げてしまいたいな。

夕餉を挟んで夜なべしよう。黒白の間に行灯をともして描こう。

お民は日頃、職人や縫い子たちに、まだ日が長いうちに敢《あ》えて夜なべをするのは灯油の無駄使いだと言い聞かせている。だから小旦那の富次郎だって、このわがままには事前に許しをもらっておかないといけないのだが、

「瓢簞古堂さんに、お古の浴衣がそんなにあるとは思えませんよねえ」

「仕事場に積んである古着には、浴衣はほとんどないからね。今のうちから、そのつもりで集めておかないと」

「産着とおくるみは、おかみさんが手ずから仕立ててさしあげるんでしょう。おむつはわたしと

おしまさんで縫いますわ」

幸いにも、お民はおしまとお勝と三人で、おちかの赤子の支度の話に花を咲かせており、

――いいのかよ、それこそ気が早すぎるんじゃありませんかね。

富次郎のことなど忘れている様子だ。ありがたい。そうっと黒白の間に入り込み、これ幸いと行灯の芯《しん》を長くして明るくして、文机《ふづくえ》に向かって墨を擦った。

木賃宿〈かめ屋〉の看板を描く。そう決めた。

白状すれば、いちばん描きたいのは、怒りの雄叫びをあげる猿の顔だ。水面の仇を討つ怒りの化身。姿は猿でも、心は吉富だ。それを猿の眼の輝きで表したい。

しかし、富次郎の力量では、当たり前の猿でさえ巧《うま》く描くことが難しい。志ばっかり高くても、手がついていかなくては情けない。諦めて、考え直した。

かめ屋は、もう吉富たち一家の思い出のなかだけのものだ。その看板を絵にして〈あやかし草紙〉に入れるのも、しめくくりにはふさわしかろう。うん、これも悪くない。

かめ屋がどんな看板を出していたのか、吉富の話には詳しく出てこなかった。だからいいように描けるが、それらしくしたい。富次郎が市中で見かけて知っている限りでは、小さい木賃宿は、庇看板や箱看板ではなく、掛看板と掛行灯で済ませているところが多い。筒型やかまぼこ型、箱型で、紙のところに屋号を記してあり、絵柄がついていることもある。掛行灯は内側に灯が入ると文字や絵柄が明るく浮き出して、小さくてもけっこう目立つものだ。ただ、かめ屋は建物が大きくて広いのが取り柄だったというから、店頭に据え置きの箱看板や看板行灯があってもおかし

くなかろう。

黒白の間の行灯はぼんぼり型である。丸い明かりの輪が文机をすっかり包み込んでくれるよう、傍らに引き寄せておいて、半紙を広げる。語りを絵にするとき、いい紙は使わない。聞き捨てにするために描くのだから、半紙でいいのだ。

筆先を揃えていると、廊下の側の唐紙を、ほとほとと叩く音がして、お勝が笑顔をのぞかせた。

蚊遣《かや》りの入った素焼きの器を手にしている。いい香りがした。

「まだ、夏の名残の藪蚊が鬱陶しゅうございますからね」

なにしろ気が利く人である。お勝の目はごまかせない。

「ありがとう」

「こちらの雨戸と障子はどういたしましょうか」

黒白の間は、六畳間に床の間と縁側がついた造りだ。縁側との仕切りには雨戸と障子戸が五枚並ぶようになっている。富次郎は無頓着に雨戸は出さず、雪見障子だけ閉めていたのだが、蚊遣りも来たことだし、ちょっと風通しをよくしてもいいだろう。

「雨戸は左右の一枚ずつ戸袋から出して、障子は真ん中の一枚を半分だけ開けて、そこにこの蚊遣りを置くというのでいかがでございましょうか」

「お勝さんに任せておくと、何でもいちばんいいようになるね」

お勝はてきぱきと動き、蚊遣りを据えると、

「おかみさんは、わたしどもとこれからお湯に行くところです。どうぞごゆっくり」

優しく言い置いて出ていった。

富次郎は一人、かめ屋の看板を描くことに没頭した。

よくある看板行灯は、土台の部分が台形になっており、その上に箱形の行灯が載っている。この行灯に亀や瓶を描いたら、確かに宿屋の看板らしい恰好になるのだが、つまらない。いっそ、ぼんぼり行灯の丸い部分を亀の甲羅に見立てて描いてみたらどうだろう。残念ながら、この絵を語り手の吉富に見てもらうことはできないが、あの鯔背《いなせ》な爺さまが「こりゃ面白い」と喜んでくれそうな絵にしたいものじゃないか。

あれこれ考えて、どれぐらい経っただろうか。

ぼんぼりを亀の甲羅にするのでは奇抜すぎる、やっぱり箱行灯で、そこに描かれる絵柄に凝るべきか、木賃宿にしては構えが大きいのを誇るため、やぐら行灯の看板はどうだ。いや、それじゃ行灯のところに格子がついてるから、大きな絵を描くことができないぞ。

「何だよ、さっぱり決まらないなあ」

声に出してぼやいて、文机から目をあげたとき、そろそろ燃え尽きそうで薄くなった蚊遣りの煙の向こう側、真っ暗な縁側に、誰かが座っているのが見えた。

藪蚊さえも寝静まったような夜更け、庭木も小さな石塔も闇に包まれている。こちらから闇を眺めることができるのは、ぼんぼり行灯の光のおかげだ。

――でも、それもじきに油が尽きる。

思った瞬間に、行灯の光がすうっと弱くなった。それまでの明るさを十とするならば、一気に三くらいに落ちてしまった。

それなのに、縁側に座っている誰かの姿は、変わらずに見て取れる。

富次郎に背中を向けている。座っているから、見えるのは腰から上。右半分は雪見障子の陰になっているので、身体の左側半分だけである。

男だ。髷は町人の銀杏髷《いちょう》。富次郎と同じ形である。

――唐桟《とうざん》の着流し。独鈷紋《どっこ》の博多帯《はかた》。

夜目にもくっきりと見える。闇のなかで活き活きと浮かび上がっている。

「こんばんは」

背中を向けたまま、男が声を出した。艶《つや》やかな、響きのある好《よ》い声音。

その瞬間、富次郎の脳裏に記憶が蘇った。

一度会ったことがある、この男。

おちかの祝言の日だ。短い花嫁道中を済ませて、瓢箪古堂で祝宴をしているとき、富次郎は酒を飲み過ぎて、少し風にあたろうと、勝手口から外へ出た。

そして、この好い声の男に挨拶されたのだ。

――三島屋のおちかさんの祝言は、滞りなくお済みになったんですか。

――手前はいささかご縁があった者でございます。どうぞお幸せにとお伝えください。

愛想良く笑って、男は消えた。くるりと背中を向けたと思ったら、かき消えたのだ。そして富次郎は見た。男は裸足だった。高価な着物と帯を身につけながら、亡者のように裸足だった。そう、この男はこの世のものではない。

文机に向かって正座しているのに、膝が笑う。おれもつくづく器用な臆病者《おくびょう》だ。富次郎は笑ってみようとする。口の端が引き攣ってしまって、思うように動かない。ついでに歯までかたかた鳴り出した。

「夜分に申し訳ありません。また、一言お祝いを申し上げに来ただけなんですがね」

男は振り向かない。背中で言い続ける。

あのときは正面から向き合って、顔を見た。白目がちの目玉に黒目が小さかった――あっと思って、危うく声が出そうになった。いいいいいいいい、それって水面と同じじゃないか。

「こんな時刻まで、ご精が出ますね、富次郎さん」

おれの名前を知っているのか。

「おちかさんのおめでたに、三島屋さんはすっかり浮かれているようだ。あなたも、それで寝つかれないんですか」

十五の小僧だった吉富が負けず怯えず、水面と向き合ったのだ。この富次郎さんだって負けちゃいられないよ。

「おちかの祝言のときも、挨拶に来てくれましたよね」

情けないが、声が震えている。富次郎はきつくくちびるを閉じ、腹の底に力を込めた。

「おちかといささかの縁がおありだとおっしゃった。あのときはそれっきりだったが、いい機会だ。どういうご縁でしょう。それによっては、わたしもきちんとご挨拶しなくてはいけませんからね」

しゃべると落ち着いてくる。破れかぶれになってるだけかな？　どっちでもいいや。

「三島屋さんは、百物語をなさっている」

依然、背中で男は言った。

「ただの百物語じゃありません。うちだけの変わり百物語ですよ」

「どのみち、そういう趣向のあるところには、私のような者が引き寄せられるものなんですよ」

商いになりそうだからね――

「商い？　どんな商いでしょう」

「この世とあの世のあいだを行き来して、何かを求めているお人と、何かを売りたがっているお人との仲立ちを務めるんです」

そして仲介料をいただく。

「おちかさんにも、商人としてお会いしたんですがね。仲介料はもらわなかった。あの人の商いじゃなかったから」

どうして、お地蔵さんみたいにあっちを向いたままなんだよ。富次郎は焦《じ》れる。でもその一方で、こっちを向いてくれるな、振り返らないでくれと念じてもいた。顔を見せないでおくれ。この前の顔とは、きっと違うんだろう？　あんたの本当の顔は、人の顔じゃないはずだから。

「あのおちかさんが嫁にいって、今度は母親になる。おめでたいことだ」

「無事に生まれるまでは、手放しじゃ喜べませんよ」

富次郎が言い返すと、男は背中で笑った。笑い声までよく響く。

「わたしはね、おちかさんに尋ねたことがある。自分のせいで死んだ許婚者に、悪いと思ったことはないのかって」

富次郎の心に閃光《せんこう》のようなものが走った。たぶん怒りだ。ありきたりの怒りじゃない。たぶん、義憤というもの。

「おちかの許婚者は、おちかのせいで死んだんじゃない。許婚者を殺されて、おちかの心も死にかけた。あんた、いい加減な難癖をつけてもらっちゃ困るよ！」

富次郎の怒声が響く。その下をかいくぐるようにして、男の含み笑いが聞こえてきた。

肩も、くっくと揺れている。

「おちかさんの許婚者の魂の方が、よっぽど迷って恨んでいるでしょうよ」

「……え？」

富次郎は、おちかの身に降りかかった不幸な出来事を詳しく知らない。横恋慕された挙げ句に許婚者が殺され、殺した男も自ら命を絶った。おちかは怒りと悲しみの持って行き所がなかった。それくらいしか知らない。

「おちかが悪かったたっていうのかよ」

蚊遣りの煙は消えた。ぼんぼり行灯の灯心が、じじ、じじじと低い音をたてている。

「罰《ばち》ってものは、当たるときには当たる」

男の声音には、念じるような響きがある。

「百物語なんかしていると、この世の業を集めますよ」

穏やかに言って、男は縁側から腰をあげた。途端に、ほっそりと粋な銀杏髷の頭が闇に溶けて見えなくなった。

「富次郎さんも、その覚悟でおやりなさい。おちかさんの赤子、無事に生まれるといいですねえ」

男が一歩、前に踏み出す。消える。いってしまう。

富次郎は文机を押しやって立ち上がり、男に向かって叫んだ。

「こちとら、覚悟なら千枚も重ねて押し漬けにして固めてらぁ。てめえ、おちかの幸せを邪魔すんじゃねえぞ！　おちかは、おちかはおれが」

おれが守る！

身体じゅうの力を集めて言葉にした。

「あの世の商人だか何だか知らないが、どうしてもおちかに罰が当たるっていうなら、上等だ、そんな理不尽な罰、おれが代わって引き受けてやるよ！」

闇のなかに溶け込みながら、商人風の男はちょっと振り返った。目のあるところが光り、富次郎の目を射た。

「お好きなようになさい。だけど富次郎さん、自分を安売りするのも、ほどほどにしておくことだ。いつかあんたに、ただの従妹より大事なものができたらどうするおつもりです?」

男は消えた。その声の残響を耳に、富次郎は立ち尽くす。

――ただの従妹より大事なものができたら。

今はまだ何者でもなく、どんな人生を生きようか決めかねている富次郎だから、おちかをいちばんに「守る!」と言い切れる。

だが、いつまでもそうしていられるか。富次郎、おまえの人生に、おまえだけの大事なものは見つからないのか。見つけずに、だらだらと生きてしまっていいのか。

この世の業を集めるという、危ない橋を渡りながら。

富次郎は声を出そうとした。何でもいい、とにかく自分で自分の声を聞きたかった。

「こんちくしょうめ」

出てきた言葉はそれだった。

おかげで助かった。笑えたから。

「すっとこどっこいの裸足野郎、一昨日来《おととい》やがれってんだ。頭引っこ抜いて、手足をばらばらにして骨まで焼いてやるぞ!」

そうするべきときに、ふさわしい悪態をつくのは、何て気持ちがいいのだろう。富次郎は声を出して笑った。手の甲で顔を拭う。冷汗でびっしょりだ。

「あはははのはだよ!」

ぼんぼり行灯が燃え尽きた。黒白の間が夜の闇に呑まれる――

いや、文机の上が明るい。
富次郎が描いた、かめ屋の看板行灯に灯がともっているのだ。お月様のように丸い亀の絵が浮かび上がっている。
富次郎の絵が、富次郎の闇を照らす。

「――小旦那様」

お勝の声がして、やわらかな手が肩に触れた。

富次郎は跳ね起きた。いつの間にか、文机に突っ伏して眠っていたらしい。

夢だったんだ。

「え、あ、お勝」

「絵は仕上がったようでございますね」

何と、夜が明けている。庭先はもう明るい。お勝が立っていって雨戸を開けきると、黒白の間に朝が流れ込んできた。

富次郎は手元を見た。かめ屋の看板行灯の絵だ。滑稽味のある丸い亀。

ちゃんと描いてた。

ありがとう吉富さん。わたしにこの絵を描かせてくれて。

「居眠りはいけませんね。寝汗をかいておいでです。朝湯に行ってらっしゃいましな」

いつものお勝だ。いつもの朝だ。

みんな生きている。

膝の上に落ちている筆を拾い上げ、富次郎はお勝に笑いかけた。

「そうだね。放蕩《ほうとう》息子らしく朝風呂を浴びて、今日という一日を始めることにしよう」

了

初出
「小説 野性時代」二〇二〇年二月号～二〇二一年二月号
単行本化にあたり、加筆修正を行いました。

宮部みゆき（みやべ　みゆき）
1960年東京生まれ。87年「我らが隣人の犯罪」でオール讀物推理小説新人賞を受賞し、デビュー。92年『龍は眠る』で日本推理作家協会賞長編部門、同年『本所深川ふしぎ草紙』で吉川英治文学新人賞、93年『火車』で山本周五郎賞、97年『蒲生邸事件』で日本SF大賞、99年『理由』で直木賞、2001年『模倣犯』で毎日出版文化賞特別賞、02年に同書で司馬遼太郎賞、07年『名もなき毒』で吉川英治文学賞、08年英訳版『BRAVE STORY』でThe Batchelder Awardを受賞。他の著書に『おそろし』『あんじゅう』『泣き童子』『三鬼』『あやかし草紙』『黒武御神火御殿』（「三島屋変調百物語」シリーズ）、『今夜は眠れない』『夢にも思わない』『過ぎ去りし王国の城』『さよならの儀式』『この世の春』『きたきた捕物帖』などがある。

魂《たま》手《て》形《がた》　三島屋《みしまや》変調《へんちよう》百《ひやく》物語《ものがたり》七《なな》之《の》続《つづき》

2021年３月26日　初版発行

著者／宮部《みやべ》みゆき

発行者／堀内大示

発行／株式会社KADOKAWA
〒102-8177　東京都千代田区富士見2-13-3
電話　0570-002-301（ナビダイヤル）

印刷所／大日本印刷株式会社

製本所／本間製本株式会社

本書の無断複製（コピー、スキャン、デジタル化等）並びに
無断複製物の譲渡及び配信は、著作権法上での例外を除き禁じられています。
また、本書を代行業者などの第三者に依頼して複製する行為は、
たとえ個人や家庭内での利用であっても一切認められておりません。

●お問い合わせ
https://www.kadokawa.co.jp/（「お問い合わせ」へお進みください）
※内容によっては、お答えできない場合があります。
※サポートは日本国内のみとさせていただきます。
※Japanese text only

定価はカバーに表示してあります。

©Miyuki Miyabe 2021　Printed in Japan
ISBN 978-4-04-110853-6　C0093